Hervé Jaouen

Hervé Jaouen est né à Quimper. Après des études de droit et d'économie, il fait d'abord carrière dans le monde de la banque, qu'il abandonne peu à peu au profit de l'écriture. Il publie en 1979 *La mariée rouge*, premier roman noir qui lui vaut une reconnaissance immédiate. Il élargit ensuite sa palette aux récits de voyages avec *Journal d'Irlande* (1985), à la littérature pour la jeunesse avec par exemple *Mamie Mémoire* (2000), et aux romans : *Que ma terre demeure* (2001), *L'adieu au Connemara* (2003), *Au-dessous du calvaire* (2005), *Les ciels de la baie d'Audierne* (2006). Hervé Jaouen a reçu de nombreux prix littéraires ; cinq de ses romans ont été adaptés à la télévision et deux téléfilms ont été tournés à partir de scénarios originaux qu'il a écrits. L'Irlande et la Bretagne restent ses sujets de prédilection. Son dernier roman, *Les filles de Roz-Kelenn*, racontant l'histoire d'une famille bretonne tout au long du XXe siècle, a paru en 2007 aux Presses de la Cité. En 2008, il publie *Suite Irlandaise* : 2000-2007 chez le même éditeur.

Hervé Jaouen

Hervé Jaouen est né à Quimper. Après des études de droit et d'économie, il fait carrière dans le monde de la finance, qu'il abandonne pour se [illegible] au [illegible] l'écriture. Il publie en 1979 [illegible] [illegible] premier roman noir qui lui vaut une [illegible] immédiate. Il diversifie ensuite [illegible] [illegible] [illegible] [illegible] [illegible] [illegible] [illegible] à la littérature pour la jeunesse avec par exemple *Mamie Bretonne* [illegible] et des romans [illegible] [illegible] [illegible] [illegible] (2001), [illegible] [illegible] [illegible] [illegible] [illegible] [illegible] (2005), [illegible] [illegible] [illegible] [illegible] (2006). [illegible] [illegible] [illegible] [illegible] nombreux prix littéraires. Plusieurs de ses romans ont été adaptés à la télévision [illegible]

LE TESTAMENT DES McGOVERN

DU MÊME AUTEUR
CHEZ POCKET

QUE MA TERRE DEMEURE
L'ADIEU AU CONNEMARA
AU-DESSOUS DU CALVAIRE
LES CIELS DE LA BAIE D'AUDIERNE
LE TESTAMENT DES McGOVERN

HERVÉ JAOUEN

LE TESTAMENT DES McGOVERN

PRESSES DE LA CITÉ

Le papier de cet ouvrage est composé de fibres naturelles, renouvelables, recyclables et fabriquées à partir de bois provenant de forêts plantées et cultivées durablement pour la fabrication du papier.

POCKET - 12, avenue d'Italie - 75627 Paris Cedex 13

CPI Bussière

Cet ouvrage a été imprimé en France par CPI Bussière
à Saint-Amand-Montrond (Cher) en janvier 2009.
N° d'impression : 90058. Dépôt légal : février 2009.

ISBN 978-2-266-19134-0

« J'aime beaucoup que l'effort soit inutile. L'ascension vers l'échec est une chose tout à fait humaine. De réussite en réussite, l'homme chemine irrésistiblement vers son ultime échec, qui est total, absolu : la mort. »

Jean-Pierre MELVILLE

Je m'en souviens comme si c'était hier : à vingt-trois heures, heure irlandaise, le car-ferry largua les amarres et s'éloigna du quai de Roscoff pour mettre le cap sur l'Irlande.

« Je m'en souviens comme si c'était hier... » En général, cette phrase n'annonce pas des rondes endiablées de joyeuse opérette, ni les répliques hilarantes d'une comédie de boulevard.

Cette phrase que j'hésite à faire suivre d'une autre, ces larmes que je verse à l'avance, ces mots que je rumine, je crois entendre leur sourde vibration, ce bourdonnement funeste qui précède le premier coup de glas.

J'entends qu'on frappe sur le cadenas de ma mémoire. Je résiste. Je fais bloc. Je pèse de tout mon poids sur le couvercle du souvenir.

Je pèse de toute ma peine.

Pourtant, si je veux me débarrasser de ce fardeau et lancer la toupie du récit, mon histoire devra débuter dans l'allégresse : par une bonne fortune. Rien de moins qu'un héritage inouï, au beau milieu de l'Eden. Aubaine coupable ? Il faut croire que les dieux en ont jugé ainsi, qui me guettaient au tournant. Patients, roublards, pervers, ils ont pris leur temps pour réclamer leur dû : deux vies humaines.

Deux vies, c'est très cher payé.

Les dieux ont le goût du sang. Et ils le savent bien, eux qui décident, que la différence entre le drame et la tragédie, c'est la fin de l'histoire. Vais-je avoir la force d'aller jusque-là ? Je l'espère.

Allons donc, Gwendal Maguern, sois sincère avec toi-même. Tu dis « Je l'espère », alors que ton esprit renâcle à poursuivre.

C'est vrai, parce que si je commence il me faudra bien finir, et que j'ai peur des mauvais jours qui se terrent, là-bas, après les points de suspension de ce leitmotiv que je bégaie dans ma tête, phrase-prétexte, phrase-prière, phrase-œillères, je m'en souviens comme si c'était hier…

Assez, Gwendal Maguern !

Passe-le donc au gueuloir, ton refrain ! Avale la coupe d'un trait ! Nectar d'abord, et dans le fond le marc du poison. A déguster à la petite cuiller.

D'accord.

Bouchez-vous les oreilles parce que je vais crier.

JE M'EN SOUVIENS COMME SI C'ÉTAIT HIER !

C'est drôle comme vos propres cris vous apaisent. On comprend pourquoi les couloirs des asiles résonnent de hurlements insensés. Ce sont les tambours des rabatteurs, ce sont les « Taïaut ! Taïaut ! » du veneur. A l'orée de la forêt hantée, les démons des fous bondissent et se dispersent comme des antilopes.

Plus un oiseau, plus une bête sur les éteules.

L'esprit nu, je peux labourer le souvenir, à présent.

Alors oui, que je m'en souvienne comme si c'était hier : à vingt-trois heures, heure irlandaise, le car-ferry largua les amarres et s'éloigna du quai de Roscoff pour mettre le cap sur l'Irlande.

1

Sur le pont, ce vendredi de septembre 1989, l'air était plutôt frisquet. J'ai relevé le col de mon imper et suis resté accoudé au bastingage le temps que le navire laisse l'île de Batz à bâbord et que s'évanouissent les lumières de la côte.

Anjela n'était pas venue agiter son mouchoir sur le quai, comme dans les scènes d'adieux aux émigrants. En pensant à elle, j'ai eu ce geste, presque un tic, coutumier aux voyageurs, passagers d'un train, d'un avion ou d'un bateau : du bout des doigts, j'ai touché dans la poche intérieure de mon veston la pochette où se trouvait mon billet de retour, huit jours plus tard.

Quand le car-ferry a commencé de sarcler la houle par le travers, mon cœur s'est mis à cogner contre ce fameux billet de retour, comme une cloche d'alarme se mettrait toute seule à sonner un péril. J'ai éprouvé le sentiment absurde de sauter à pieds joints et les yeux bandés dans un piège tendu par le destin. Mais alors, quel drôle de piège, et tragiquement paradoxal, qu'une chausse-trape qui vous ferait non pas chuter dans un cul-de-basse-fosse mais vous envoler par-delà les nuages vers le paradis que je ne doutais pas de trouver en Irlande. Pour peu qu'elle se révélât inéluctable, cette félicité que je devinais au bout de la traversée serait lourde de conséquences pour Anjela et moi, si par malheur pour nous je déchirais mon billet de retour et restais en Irlande.

L'Irlande ! J'ai eu l'extraordinaire impression de la voir en face de moi telle qu'elle était en moi, incrustée dans mes gènes depuis qu'un couple vêtu de hardes et les bras chargés de bambins s'était échoué sur la côte nord du Finistère, fuyant les lois d'exception et la Grande Famine, pour vivre une misère plus douce sur des terres moins ingrates où s'élevaient, comme autant de dieux de la fertilité, d'innombrables moulins à vent, à eau et à marée dont les meules transformaient le froment et le seigle en espoir de bon pain, alors que le Seigneur en personne n'aurait pas pu faire lever un grain de sarrasin des tourbières et des prairies spongieuses desquelles ces émigrants s'étaient échappés.

Sur quel genre d'esquif avaient-ils traversé la mer d'Irlande et la Manche ? Sur un curragh équipé d'un bout de voile ? Comment s'étaient-ils dirigés ? A la grâce de Dieu ? Avaient-ils en tête les voyages erratiques des moines irlandais partis évangéliser la Bretagne ? Alors, se seraient-ils dit, pourquoi pas nous ?

Ces Irlandais que le hasard des vents et des courants avait menés dans le Finistère et qui, guidés par leur bonne étoile, avaient franchi les barres d'étocs devant les abers au lieu de se noyer dans leurs dédales, ceux-là, les survivants, avaient été une vingtaine à peine. Leur petit nombre avait facilité les recherches de l'avocat américain à qui je devais de me trouver à bord de ce car-ferry.

Ces émigrants irlandais sont d'abord repoussés comme des sauvages par une population réputée sans pitié pour les malheureux naufragés. Contenus sur l'estran, ils construisent des cabanes couvertes d'ajonc. Très vite affamés, ils tombent à genoux, paumes ouvertes en signe de paix, et, contre du pain et un peu de lard, proposent de troquer leur seule richesse : la force de leurs bras, au défrichage, au dessouchage, à la collecte du goémon, les plus durs des travaux dans cette région entre terre et mer. Dès qu'il leur apparaît que ces gueux ne sont pas des klaskerien-bara, des « chercheurs de pain », un joli euphémisme breton pour « mendiants », mais des nécessiteux plus pauvres encore que les plus pauvres d'entre eux, les farouches Léonards les regardent d'un autre œil et leur trouvent un air de cousinage.

Bien qu'ils ne les comprennent pas, tout comme eux ces étrangers ont un parler écorché et guttural qui semble venir du même ailleurs dans le passé. Ils ont les yeux bleus et les cheveux de toutes les nuances du châtain. Les hommes sont solidement charpentés et durs au travail. Les femmes sont courageuses et dignes dans la misère. Mieux encore, hommes et femmes se pressent le dimanche devant la chapelle comme des assoiffés devant une fontaine.

On leur fait signe d'entrer, ils demeurent dans le fond, mais on voit bien qu'ils prient le même dieu, suivent le même rite et respectent le même clergé. Ils apprennent la langue – les petits enfants en premier, au contact des petits Léonards – et peuvent raconter comment l'Anglais les a réduits en esclavage quand il ne les a pas massacrés, cet Anglais honni, cet Anglais à pourfendre, cet ennemi héréditaire des corsaires bretons. On se souvient que ces Irlandais, puisque aussi bien c'en sont de bien braves et non pas les barbares qu'on avait cru au départ, appelèrent la France à l'aide quand ils tentèrent de se soulever. Des lettrés rappellent comment l'armée de Hoche, débarquée à Newport, fut défaite et les insurgés pendus sans procès.

Les Irlandais s'installèrent, leurs filles et leurs garçons grandirent et trouvèrent à se marier dans le pays des abers. Le sang gaélique se dilua dans le sang breton, pour irriguer des racines qui seraient les miennes et nourrir de sa sève un arbre généalogique dont j'étais le dernier rameau, moi, Gwendal Maguern, héritier, un siècle et demi plus tard, d'un bout de terre au pays de mes ancêtres les gueux irlandais.

Tout commença par une conversation téléphonique, fin juin, juste avant le coup de feu de la saison touristique. A cette époque, qui paraît antédiluvienne, le téléphone portable n'existait pas. Tout juste si quelques vétérinaires de campagne étaient équipés de radiotéléphones, dont le prix était phénoménal. J'avais jugé la dépense inutile. Dans mon métier, il n'y avait pas de véritables urgences. J'étais représentant en vins, comme mon père avant moi, par opportunisme et non par vocation.

A l'approche de la trentaine, après avoir papillonné jusqu'à la maîtrise d'anglais et plus fréquenté les bistrots du port de commerce de Brest que les bancs de la fac Victor-Segalen, je m'étais mis à chercher du boulot. J'avais vendu des photocopieuses, des assurances vie et des programmes immobiliers, au grand dam de mon père qui aurait voulu me former à son métier, et il n'avait pas tort. Il gagnait joliment bien sa vie – j'avais d'ailleurs profité sans vergogne de son aisance en menant une joyeuse existence d'étudiant dilettante – et il ne désirait rien tant que transmettre son portefeuille de clients à la seule personne qu'il eût encore au monde, son fils unique – ma mère était partie d'un cancer alors que j'avais douze ans.

Le vœu de mon père fut exaucé, et plus tôt que prévu. Post mortem. C'est que le métier de représentant soumet l'organisme à rude épreuve. Mon père n'abusait pas de l'alcool – quand on connaît le bon vin on en jouit, on ne s'en abreuve pas – mais aimait la bonne chère. A bâfrer au restaurant midi et soir, du lundi au vendredi, on prend de la mauvaise graisse... Bref, infarctus ou accident vasculaire cérébral, il eut une attaque au volant, en revenant de Nantes. Un routier qu'il venait de doubler vit sa voiture dériver vers la gauche et être freinée sur plusieurs centaines de mètres par les barres de protection médianes de la quatre-voies, jusqu'à s'arrêter. Le routier appela la police, et la police le SAMU.

Le décès subit de mon père me vieillit d'une bonne décennie d'un coup. Organiser les obsèques, mettre le nez dans les comptes en banque du défunt, régler la succession chez le notaire, ça vous met du plomb dans la tête. Il n'y a plus personne devant vous sur le plongeoir du grand saut. En plus de ses économies, mon père me laissait Bernbily, la maison familiale de Lilia-Plouguerneau, et ce qu'il aurait voulu me transmettre de son vivant : ses cartes exclusives de châteaux de vins de Loire, muscadet, gros-plant, saumur, touraine, chinon, bourgueil, sancerre, ainsi qu'une liste d'hôtels-restaurants dans la Bretagne historique. En consultant le répertoire de la clientèle de mon père ainsi que ses fiches où il notait les qualités et les défauts de chaque cru, année après année, je ressentis une émotion que je n'aurais su imaginer. Une sorte de devoir de mémoire s'imposait à moi. Je connaissais la musique – le produit d'abord, puisque forcément mon père m'avait initié à la qualité ; et la vente, à laquelle je m'étais formé sur le tas –, alors, pourquoi pas ?

Après m'être accordé le temps de la réflexion, je repris les cartes et les tournées, telles que mon père les avait conçues. Et je n'eus pas à le regretter. Excepté quelques bougons de naissance, l'accueil des restaurateurs fut plus que chaleureux. S'ils plaisantaient sur la différence de « nature » entre le père et le fils, et s'étonnaient que ce type sec comme un coup de trique et plutôt réservé puisse être le fiston du gros pépère jovial qui avait toujours le mot pour rire, le souvenir ému de la gentillesse et de la bonhomie de Maguern père les faisait s'attendrir et regretter qu'il fût parti si tôt. Comme de bien entendu, je me rendis compte que je n'avais jamais vraiment connu mon père, cet homme qui, au dire des clients, ne cessait de parler de moi et de l'affection qu'il me portait. J'en conclus que jusque-là je n'avais été qu'un jeune con.

Ce jeune con que je n'étais plus, au fond de lui-même, accordait toute sa gratitude à ce père qui lui avait laissé ces tournées qui valaient n'importe quel fonds de commerce avec pignon sur rue. Les clients étaient pour ainsi dire captifs – captifs des liens entretenus depuis vingt ou trente ans avec mon père et ficelés par l'espèce de devoir de mémoire, aussi, de traiter avec le fils. C'est tout juste si on pouvait parler de ventes. Les rendez-vous tenaient plus de rencontres œnologiques que de sollicitations argumentées conçues pour entortiller le gogo. Le capital confiance de mon père avait été reporté sur ma tête. La signature des bons de commande relevait de la formalité vite expédiée. Et les commissions tombaient sur mon compte en banque, automatiques et substantielles, comme une rente.

Aussi les tournées avaient-elles les agréments de promenades de santé – à condition de manger et de boire léger. A chaque étape, c'était la joie des retrouvailles, en général semestrielles, avec des amis qui mettaient les petits plats dans les grands pour honorer ma visite. M'astreindre à un régime exigeait force de caractère, diplomatie ou rouerie (je m'inventai un ulcère de l'estomac) aux bars et dans les salles à manger de mes clients restaurateurs. Heureusement, la diététique était dans l'air du temps. On finit par voir en moi non pas un vilain ascète, rabat-joie et pisse-vinaigre, mais un jeune homme soucieux de sa santé et sérieux comme un pape.

Sérieux comme le gendre idéal…

Cela, Lucien Birou, le propriétaire de l'hôtel-restaurant des Tourteaux au Croisic, ne me le dit pas carrément, mais il vit d'un bon œil, et c'est peu dire, lever en un week-end, une fin novembre (la tournée d'avant les fêtes de fin d'année), la pâte dorée du bel amour-toujours entre sa fille Anjela et moi. C'était la deuxième fois qu'on se voyait.

La première fois, six mois auparavant, il y avait eu entre nous de ces non-dits propices à de tendres revoirs : joues rosies et yeux baissés d'Anjela, gaucherie inaccoutumée de ma part. Cette fille m'avait tapé dans l'œil. J'en avais connu, des filles, pendant ma folle jeunesse, des nanas exubérantes, joyeuses et extraverties, délurées et entreprenantes au lit. Anjela était a priori l'antithèse de ces filles-là.

D'abord, elle n'avait plus leur âge. De mauvaises langues auraient pu dire qu'elle incarnait à merveille l'idée qu'on se fait de la vieille fille en devenir : jupe, chemisier et cardigan de chaisière de chapelle, maquillage discret, vocabulaire châtié, froide efficacité à la réception de l'hôtel et à la caisse du restaurant. Oui, Anjela était indéniablement une demoiselle de trente ans à qui on ne proposait pas la botte entre deux verres au bar d'une boîte de nuit, mais tout de même une demoiselle qui faisait plus jeune que son âge, belle, vraiment belle, icône de la vraie féminité aux yeux d'un dragueur blasé des filles trop libérées.

Elle était grande et mince, et on pouvait imaginer sous ses tenues austères un corps sans doute gracile, mais parfait. Ses longs cheveux châtain foncé encadraient un visage ovale à la peau mate de Méridionale (la famille était originaire de l'île d'Oléron), aux pommettes légèrement saillantes, aux yeux gris-bleu en amande et aux lèvres pâles et charnues. Ce visage était délicieux à observer, quand il passait de la courtoisie distante de fille des patrons à la confusion, qu'elle aurait voulu contenir, de midinette au cœur à prendre.

Tout autant que me surprit ma métamorphose en adulte, presque du jour au lendemain, dès le décès de mon père, l'effet que me fit cette fille me médusa. Elle ne cessait de me tournicoter dans la tête. Elle me donnait des idées de vie à deux. Déjà rangé de la vie de bohème, il ne me restait plus qu'à me marier, et s'il existait au monde une fille avec laquelle on pouvait envisager de se passer la corde au cou, c'était bien Anjela. A plusieurs reprises, de passage en Loire-Atlantique, je faillis faire un crochet par Le Croisic. Je renonçai. En me traitant d'andouille. D'un double point de vue : idiot de ne pas y aller, et idiot de croire qu'elle pût partager mes sentiments.

Mais il n'était pas impossible qu'elle les partageât. Elle me téléphona trois fois, deux fois sous des prétextes gros comme une maison – une livraison qui tardait et un complément de commande – et la troisième, quinze jours avant ma tournée de novembre, pour me dire que son père espérait que je passerais le week-end à l'hôtel. On me réservait la chambre d'angle, la meilleure, avec vue sur l'océan de deux côtés.

« Et vous, répliquai-je, ça vous dirait que je reste ?

— Oui », dit-elle.

Elle ne minauda pas, ne joua pas les chochottes, elle dit « Oui », tout simplement.

Ce « oui » était dans ses yeux quand nous nous serrâmes la main à la réception de l'hôtel, un vendredi soir, début décembre. A Lilia-Plouguerneau, dans le Léon, on appelle le dernier mois de l'année miz kerzu, « le mois très noir », un nom qui n'était pas volé, à dix-sept heures, cet après-midi-là. La nuit était tombée et il faisait un temps à retourner les parapluies. Une tempête de nord-ouest cinglait le port, les quais et les rues. L'enseigne de l'hôtel balançait son halo rouge et vert comme un encensoir ses vapeurs. Je m'ébrouai et ôtai mon imper dégoulinant de pluie.

— Je dois sentir le chien mouillé, dis-je.

— Quand mon père chassait le canard et que je l'accompagnais, j'aimais l'odeur des chiens mouillés.

— Vous ne l'accompagnez plus ?

— Il a arrêté de chasser.

Elle me servit un grand café au bar et une part de tarte aux pommes. Lucien Birou, alias papa Lulu, vint y ajouter une goutte de calva, que je ne refusai pas.

— Allez, dit-il, sors tout de suite ton carnet, qu'on soit tranquilles.

Il semblait à la fois gêné et plus familier. Il y avait dans l'air quelque chose d'irrémédiable. La commande de vins (des plus classiques, Lulu était fidèle à ses châteaux) fut rédigée en cinq sec.

— Maintenant, force pas trop sur la tarte aux pommes, ce soir je te fignole un bar en croûte. Peut-être bien le dernier bar de ligne de la saison, alors s'agit d'en profiter.

— Pas trop gros, j'espère.

— Un bar pour deux, dit-il en clignant de l'œil. Si ça ne t'ennuie pas qu'Anjela le partage avec toi. D'ailleurs, je ne sais pas avec qui tu le partagerais, on n'a encore aucune réservation pour ce soir.

— Tu sais bien, Lulu, que la galère du représentant, c'est de dîner en tête à tête avec ses mots croisés.

— Je vous montre votre chambre, dit Anjela.

Je remarquai forcément le grand lit. J'allai d'une fenêtre à l'autre. On devinait seulement, à la lumière des lampadaires du port, que la mer était verte et blanche de colère.

— Vous voulez que je pousse le chauffage ?

Troublé par sa présence dans la chambre, je faillis répondre par une connerie graveleuse, du genre « à deux on se réchauffera ». C'eût été terminé. Elle ne m'aurait pas pardonné. J'en frémis. J'avais peur de briser le charme ténu, entre nous, de promesse informulée.

— Huit heures, ça vous va ?

— Parfait.

— S'il vous manque quoi que ce soit, appelez la réception. J'y serai, ou bien maman. Elle est allée au foyer-logement porter son repas à mémé Marie, la mère de papa. Elle ne va pas tarder à rentrer.

Je pris une douche et me changeai. J'avais apporté ce que j'appelais ma tenue de soirée hivernale : pantalon de velours noir, chemise blanche, cravate en soie à dominante rouge et veston gris. Je descendis. Maman Claudette accrochait son manteau à la patère de la réception. Elle souleva le battant du guichet pour venir me faire la bise et me féliciter.

— Vous êtes superbe, mon petit Gwendal ! Vous faites très gentleman-farmer après une journée de chasse en Brière !

Maman Claudette était parfaitement assortie à son Lulu de mari et à l'établissement qu'ils tenaient. Port de tête de propriétaire foncière, forte poitrine, et le reste, de maîtresse femme, abondant chignon relevé, petits rires de femme chatouillée et gestes maniérés d'hôtelière habituée à recevoir le bourgeois décoré et le politicien de moulière. Je demandai des nouvelles de la grand-mère.

— Votre père l'a bien connue. C'est elle qui a créé l'affaire, avant de repasser le flambeau à Lulu. On ne peut rêver mieux que de voir ses enfants vous succéder, n'est-ce pas ? Elle est heureuse, dans son foyer-logement. Ils peuvent apporter leurs meubles, vous savez, et même leurs animaux de compagnie. Le week-end, on tient à lui améliorer son ordinaire, parce que la cantine, hein… Lulu lui mijote ses petits plats préférés. Remarquez bien, nous, elle ne nous dérangeait pas. C'est elle qui a décidé qu'elle nous encombrait. Elle a toujours été tellement discrète. Anjela doit tenir d'elle… Il paraît que les caractères sautent une génération, vous croyez ça, vous ?

— Euh… A vrai dire…

— Vous êtes si différent de votre père. Il avait plus de… comment dire… Il était plus convivial, quoi, mais dans votre genre vous êtes très bien aussi…

Elle posa sa main sur la mienne.

— Ce n'est pas moi qui m'en plaindrais…

Tout en conversant, nous étions passés au bar, ou plutôt au coin de bar, trois tabourets, deux tables et huit fauteuils, lumière tamisée – papa Lulu et maman Claudette ne tenaient pas à attirer chez eux le soiffard du port. Maman Claudette disposa trois coupes de champagne et un verre à whisky sur un plateau.

— Lulu m'a prévenue que vous n'aimiez pas beaucoup le champagne. C'est surprenant, de la part d'un représentant en vins.

— Je lui ai acheté une bouteille du feu de Dieu ! cria papa Lulu de la cuisine. A gauche, près du frigo !

Maman Claudette trouva la bouteille. Un Macallan de dix-huit ans d'âge. Elle fit la moue.

— Je ne comprends pas qu'on aime ça, ça sent un peu la punaise écrasée, non ? Enfin…

Le champagne était d'une cuvée rare, d'un millésime des grandes occasions. Pour des fiançailles ? J'eus l'impression qu'ils m'avaient déjà accordé la main d'Anjela, avant même que j'aie formulé ma demande – ni volé le moindre baiser à la fiancée. Elle entra dans le bar, cachant son trouble sous ses paupières baissées et la rigueur d'un tailleur anthracite orné d'un camélia blanc, comme si elle portait sa virginité à la boutonnière.

— Vraiment... s'extasia maman Claudette.

— Vraiment quoi ? demanda Anjela en s'asseyant sur un tabouret et en croisant les jambes.

Elles étaient superbes.

— Vous faites un très beau couple.

— Sers donc le champagne au lieu de déconner ! lui intima gaiement Lulu en sortant des cuisines.

Il servit lui-même le whisky et me laissa le soin de le couper d'eau fraîche.

— De l'eau de source, mon gars. C'est pas parce qu'on n'aime pas qu'on ne respecte pas.

On choqua nos verres. A la troisième coupe, maman Claudette aborda de nouveau le thème de la fuite du temps, de l'âge de la retraite et du bonheur qu'on ne mesure pas quand on a des successeurs tout trouvés.

Anjela et moi passâmes à table, conduits par maman Claudette dans le rôle de l'hôtesse. Un bon feu brûlait dans la cheminée, que nous partageâmes avec les seuls clients de la soirée, un couple de hobereaux âgés, qui prirent le grand menu.

Pendant le repas, je fis les frais de la conversation, mais sans contrainte, avec la frénésie brouillonne du défricheur trop pressé de présenter son domaine en ordre. Je parlai de moi, de mon métier, de mes clients et de ma maison, Bernbily, sur la côte au pays des abers, dans le Finistère. J'aurais récité le bottin qu'Anjela aurait bu mes paroles de la même manière : dans le quasi-silence du recueillement amoureux. Cela m'effraya un peu, comme si je me trouvais sur un tremplin de saut à l'élastique. On sait qu'il y a tout un tas de sécurités, mais quand même... Et tant pis... On saute, et quel bonheur d'avoir plongé !

Les hobereaux se levèrent de table et adressèrent leurs amicales salutations à Anjela. Lulu et maman Claudette vinrent prendre congé des « amoureux », en feignant la fatigue avec une telle ostentation que je faillis éclater de rire. Restés seuls, nous rapprochâmes deux fauteuils de l'âtre et sirotâmes une infusion.

Je me sentais un peu godiche. J'avais peur de brusquer les choses. Mais nous avions trente ans, je n'allais tout de même pas mettre un genou en terre devant elle et lui déclarer ma flamme... Anjela me tira de l'embarras. Elle se leva et me prit la main. Je rabattis nos mains jointes dans son dos à elle, comme pour un pas de valse écossaise, l'attirai contre moi et l'embrassai. Elle écourta le baiser et dit :

— Viens, maintenant.

Un instant plus tard nous étions au lit, dans ma chambre. Nu, le corps d'Anjela tenait ses promesses : délié, léger et d'apparence fragile, comme de la porcelaine – s'il se pouvait que la porcelaine fût brûlante. A peine étions-nous enlacés, jambes mêlées, qu'elle se mit à trembler, et à mon tour je fus pris de longs frissons. Cela ne m'était pas arrivé depuis mes premières expériences. Ensuite, la technique avait tué l'émotion, avec des filles faciles qui font l'amour comme on se brosse les dents...

Elle m'attira sur elle, prête à me recevoir, palpitante, volontaire, têtue comme une vierge – qu'elle était. J'éprouvai comme de la honte, aussitôt surmontée par une enivrante gratitude qui fit que je ne pus me retenir plus longtemps. Son bassin cogna contre le mien. Elle me mordit la lèvre.

J'étais mordu, amoureux fou d'Anjela.

2

Le lendemain, au petit déjeuner, maman Claudette poussait la ritournelle en nous servant le thé. Aux fourneaux, Lulu sifflotait comme un merle qui salue le soleil levant.

Un vent d'est refoula les nuages sur l'Atlantique et maman Claudette nous poussa dehors, nous, les « jeunes cœurs ». Nous allâmes nous balader le long de la côte. Nous fîmes l'amour dans les dunes, sur un plaid, avec juste ce qu'il fallait de vêtements défaits. Le soir, Anjela commença à découvrir les premiers jeux auxquels on s'amuse quand on sait qu'on a toute la nuit devant soi – toute la vie devant soi.

Après, sans que Lulu et maman Claudette y mettent plus d'un modeste grain de sel – à moins que leur discrétion ne fût une stratégie –, on se dirigea doucement vers le mariage, à petits pas. Je modifiai mes tournées et revins le week-end suivant. Je fêtai Noël à l'hôtel des Tourteaux et Anjela vint avec moi passer le nouvel an à Bernbily et y resta tout le mois de janvier. Elle fut accueillie par une énorme tempête. Les embruns volaient par-dessus le toit de la longère.

On s'acagnarda devant l'âtre, où un feu d'enfer mêlait ses grondements aux sifflements de la tempête. C'est là qu'on dormit, sur un matelas déménagé de l'étage.

Bernbily, qui tirait son nom de la dune de galets (bern, « butte », et bili, « galet »), était une « maison d'homme ». Anjela l'égaya de rideaux, de fleurs séchées et d'objets chinés dans les brocantes alentour. A Pâques, nous allâmes à Majorque. En juin, la date du mariage fut fixée : fin septembre, quand l'hôtel fermait, pour un mois ou deux, cela dépendait des bénéfices de la saison, pour rouvrir avant les fêtes de fin d'année. Papa Lulu et maman Claudette auraient-ils voulu un mariage en grand ? Il n'y eut pas de débat là-dessus, du moins en ma présence. Anjela décida d'une cérémonie toute simple : mairie, bénédiction à l'église, une vingtaine d'invités, pour la plupart des amis de ses parents, à un repas dont papa Lulu abandonna le soin à un confrère de Pornic. Le soir même, nous partîmes en voyage de noces en Sicile.

L'impression que je gardai de ces quelque neuf mois de fiançailles fut celle d'un bonheur parfait et... silencieux. Sûrement que nous nous étions parlé, à Bernbily, au Croisic, à Majorque, en Sicile, au coin du feu, à table, au lit, mais jamais nous n'avions discuté, de façon pragmatique, comme on pose les termes d'une addition ou d'une soustraction, de ce que nous ferions une fois mariés. Et ni maman Claudette ni papa Lulu n'étaient allés plus loin que leurs habituelles allusions. Pour moi, ça tombait sous le sens : nous habiterions ensemble à Bernbily en attendant que notre nouvelle vie à deux se décante et éclaircisse un avenir économique dont nous nous fichions éperdument.

Aussi fus-je désagréablement surpris d'entendre de la bouche de mémé Marie, un jour que nous étions allés lui rendre visite dans son foyer-logement, que papa Lulu et maman Claudette avaient tiré pour nous plus que des plans sur la comète. Mémé Marie m'enchantait. C'était une vieille dame de grande classe, élégante et courtoise, indépendante et peu encline à ennuyer les autres avec son ankylose ou son angine de poitrine. Seulement voilà, elle s'inquiétait pour sa petite-fille et profita de ce qu'Anjela fut descendue à l'accueil régler une question de paperasses pour me confier :

— Je ne crois pas que vous soyez faits pour tenir un hôtel. Ma petite Anjela a besoin d'une vie calme. On ne sort jamais totalement intact des ennuis de santé qu'elle a eus. Votre femme est fragile…

Fragile ! Comme de la porcelaine ?

— … prenez grand soin d'elle. Mais bon, j'ai confiance en vous. Pas comme l'autre. J'ai toujours dit que ce Rodolphe n'était qu'un salopiaud.

Par bribes, par allusions suscitant les confidences lapidaires d'Anjela, je remplaçai les points de suspension par des faits. Entre seize et dix-huit ans, Anjela avait été anorexique. A vingt ans, elle avait été fiancée à l'héritier, « ce Rodolphe », de conserveurs nantais qui avaient provoqué la rupture quand ils avaient appris l'état dépressif de la future… Après quoi elle s'était retirée à l'hôtel des Tourteaux comme on entre au couvent, au service d'une mère supérieure et d'un papa sacristain de l'office, tous deux anxieux que ne survienne jamais un joli cœur qui la prendrait sous son aile, lui redonnerait goût à la vie et… le désir de reprendre l'affaire.

Je refusai l'idée d'avoir été piégé. J'aimais – j'adorais ! – Anjela et ne doutais pas qu'elle m'aimait. Mais je commençai à voir mes beaux-parents sous un autre jour : de bien braves comploteurs, légèrement hypocrites et menaçant de devenir directifs, sinon envahissants. Ils abattirent leurs cartes en fin d'année. Oh, gentiment, mais précisément et généreusement : ils nous feraient donation du fonds, et pour les murs se contenteraient d'une modique rente viagère. Qu'ils aient dans leur tête établi des étapes, un véritable calendrier de la reprise de l'affaire « par les jeunes », me braqua. Je ne m'imaginais pas tenancier d'hôtel-restaurant avec, jusqu'à leurs vieux jours, belle-maman à la réception et beau-papa commis bénévole aux cuisines. Je décidai de faire la sourde oreille. Laisser courir ? Je m'aperçus très vite que ce ne serait pas facile, pour un tas de raisons.

Anjela s'installa à Bernbily, mais maman Claudette n'était pas une mère à l'abandonner comme ça, d'un au revoir sur le pas de la porte de l'hôtel, à l'amour de son époux. Elle téléphonait plusieurs fois par semaine. En catimini, s'interrogeait sur ses chances d'être bientôt grand-mère. Elle appelait au secours : « L'hôtel est complet à Pâques, on aurait besoin d'un coup de main… Et pour l'été, je me demande bien comment on va faire… »

Anjela ne se plaisait pas à Bernbily. Elle ne le disait pas et ne se plaignait pas, mais le pays ne lui allait pas au moral. Faut-il regarder son clocher avec les yeux d'autrui pour se rendre compte qu'il n'incarne pas le paradis qu'on croit ? Le mois de janvier fut épouvantable. Le vent se déchaîna contre Anjela. Un vent polaire. Rien ne protégeait Bernbily du vent du nord, sinon, au ras des flots, les herses d'écueils contre lesquelles il se déchiquetait et semblait se multiplier en lanières glaciales qui fouettaient les pierres de la longère et faisaient chanceler les flammes dans l'âtre. Le feu n'y pouvait rien. Quand le vent s'orientait au nord-ouest, le ciel se chargeait de grésil et gelait sur place les colonies de cormorans alignés comme des gargouilles sur la crête des roches. Anjela était frigorifiée. Nous faisions l'amour sous les couvertures, presque sans bouger, comme enroulés dans une même camisole. J'achetai des radiateurs électriques.

Ce temps de cauchemar dura jusqu'à mi-février et je dus admettre que la vie à Bernbily n'était supportable qu'à condition de s'en éloigner. Moi, j'allais reprendre la route, recommencer à partir et à revenir, mais Anjela ? Comment supporterait-elle sa solitude ? Notre anxiété à tous les deux augmenta à mesure que se rapprochait la reprise de mes tournées. Je m'absentai tout d'abord dans la journée – tournées proches, Finistère, Morbihan, Côtes-d'Armor. Je fis l'expérience de m'absenter trois jours de rang. Au retour, je vis traîner sur la table de nuit des boîtes de comprimés suspects... Le silence, le doux silence d'Anjela, se transforma en mutisme.

Je tentai alors de remplacer mes tournées par des mailings confirmés par des coups de téléphone. Le rendement – les « retours » – fut bien inférieur à mes espérances. Mes clients avaient beau être des habitués, rien ne valait le contact direct et la signature du bon de commande après le repas de midi ou du soir. En plus, la concurrence était rude. Si je rompais les liens avec ma clientèle, je serais vite oublié. Or, j'avais besoin de gagner notre vie.

Carte du Grand Ouest étalée sur la table de la salle à manger, j'associai Anjela à la recomposition de mes tournées de façon à ne travailler que quatre jours par semaine et passer au maximum trois nuits à l'extérieur, du lundi au jeudi soir. En contrepartie, cela doublerait voire triplerait le nombre de kilomètres parcourus, et par conséquent la fatigue, mais c'était le prix à payer pour qu'Anjela retrouve le sourire.

Elle le retrouva, bien qu'il fût le plus souvent un peu pâlichon, le lundi matin, à l'heure d'une nouvelle séparation. Avant de partir, je lui laissais la liste de mes soirées-étapes où elle pourrait m'appeler en cas de problème, de coup de cafard, ou en cas de rien du tout.

Ce système fonctionnait depuis le mois d'avril, mais j'étais conscient que ce n'était qu'un pis-aller. J'avais épousé une femme de porcelaine, elle risquait de se briser dans les tempêtes de Bernbily. Il fallait la mettre à l'abri et se préparer à passer sous les fourches caudines de papa Lulu et de maman Claudette, autrement dit accepter la reprise du commerce.

Dans ma tête, j'en fixai l'échéance à la date anniversaire de notre mariage, au moment des congés d'automne, de manière à m'acclimater avant de rouvrir l'hôtel à la Toussaint. Nous serions hôteliers-restaurateurs aux chrysanthèmes. Est-ce à dire que notre vie, ensuite, aurait la mélancolie des fleurs des morts, la couleur rose pâle des amours fanées ? Quand j'y songeais, j'avais dans la bouche l'amertume de l'échec. Sans doute était-ce ma faute. Je m'étais bercé de romantisme et illusionné de clichés, ayant imaginé que, pendant que je serais sur la route, Anjela arpenterait les dunes et l'estran, enveloppée dans un châle, longue jupe et cheveux au vent, sauvage comme une fille de naufrageur, cependant qu'à l'heure de mon retour elle viendrait à ma rencontre, heureuse de m'attirer bientôt sur elle dans le lit, autant que d'avoir été seule en m'attendant.

Pendant les vacances, nous n'aurions plus bougé de Bernbily. J'aurais acheté un canot pour pêcher le bar autour des étocs, nous aurions ramassé des coquillages, aurions brûlé du goémon rien que pour humer le parfum des brûlis. Et peut-être que… Ah, je butais sur ce « peut-être que… » avant de convenir avec moi-même qu'un gosse résoudrait sans doute les problèmes d'Anjela. Je ne voyais pas la nécessité de se reproduire, dans ce monde de fous, mais je ne me voilais pas la face pour autant : les femmes veulent des enfants. Anjela avait-elle deviné que je n'en souhaitais pas vraiment ? Ni elle ni moi n'osions aborder la question.

Parfois, au volant, sur le chemin du retour, je me faisais peur. En filigrane sur le pare-brise apparaissait l'image en noir et blanc de l'hôtel des Tourteaux, moi « en salle », jouant les maîtres d'hôtel, un gamin dans son parc entre la réception et les vestiaires, et Anjela, les yeux cernés, enceinte d'un deuxième, promenant son gros ventre avec cet air de lassitude et de fierté des femmes heureuses dans la maternité. J'accélérais brutalement, la vision s'effaçait. En vue de Bernbily, elle réapparaissait et je l'acceptais, cette image grisâtre de notre futur à l'hôtel des Tourteaux, comme un long cabotage paisible d'une génération à l'autre, de la disparition de papa Lulu et de maman Claudette à la transmission par nous-mêmes du commerce à notre descendance, et ainsi de suite.

Nos silences amoureux tendaient vers des silences d'acceptation du sort et la volonté de garder pour soi des désirs contraires – et probablement contrariés, quant au désir de maternité.

Nous en étions là, à ne pas trop savoir comment lutter contre ce début de flétrissure, quand un soir de fin juin le téléphone sonna dans ma chambre d'hôtel, à Paimpol, où je venais juste de poser mon sac, à mi-chemin du retour de ma tournée sur la côte nord, de Cancale à Bernbily. C'était Anjela. Je crus qu'il y avait quelque chose de cassé – chauffe-eau en rade ou voiture en panne. Mais non. Elle me dit qu'un type à l'accent étranger avait appelé à la maison, vers dix-neuf heures.

— Il voulait te parler. Je lui ai demandé pourquoi. Il m'a répondu : « Pour une raison très agréable. »

— J'ai gagné un cadeau à l'Univers du cuir ?

— J'ai pensé à un truc comme ça. Il m'a rassurée tout de suite. Mais il n'a pas voulu m'en dire plus. Alors, comme il me paraissait sérieux et très sympathique au téléphone, je lui ai donné le numéro de ton hôtel en lui disant de t'appeler après dîner. A neuf heures. J'ai bien fait ?

— Tu n'as aucune idée de ce qu'il me veut ?

— Aucune.

— Bon, on verra. Et à part ça ?

Elle tarda à répondre.

— Je t'aime.

— Moi aussi, je t'aime.

J'étais sincère, bien qu'un peu irrité de me sentir fleur bleue quand on se parlait au téléphone.

— Tu n'es pas déçu ?

— Déçu ? Mais par quoi, Anjela ?

— Par la vie que je te fais. Par la vie qu'on aura au Croisic.

— C'est notre vie. C'est notre destin. On est heureux, non ?

— Moi oui, mais toi ?

— Je suis le plus heureux des hommes.

Toujours cette porcelaine que je ne voulais pas briser… Comment aurais-je pu lui avouer les horreurs qui me passaient par la tête – l'image en noir et blanc, dans le pare-brise de ma voiture. C'eût été pire que d'arracher les plumes, les yeux et le cœur à une colombe.

— Tu vas dîner, maintenant ? demanda-t-elle après un moment de silence.

Au téléphone, il nous était presque impossible de parler de la pluie et du beau temps. On essayait, mais ça n'allait jamais bien loin.

— J'ai faim. Et toi ?

— Oh, moi, tu sais…

— Je serai à la maison demain soir vers huit heures.

— Prends ton temps, ne roule pas trop vite.

— A demain, mon ange.

— Je t'embrasse.

— Moi aussi.

Je restai quelques minutes à rêvasser, allongé sous le ciel de lit – un fourmillement d'oiseaux et de plantes exotiques à vous donner le tournis, à vous hypnotiser. Je n'avais pas menti. J'étais heureux d'être marié à Anjela et, à cette minute précise, presque heureux de changer de vie en fin d'année – l'image en noir et blanc se colorait –, et en tout cas heureux d'être là, dans cette chambre immense, parmi tous ces meubles patinés par les siècles.

Je ne mégotais pas sur les hôtels, d'abord parce qu'il est de bon usage commercial de renvoyer l'ascenseur à ses meilleurs clients, tout comme, a contrario, d'espérer en gagner de nouveaux en descendant dans des établissements à prospecter. En fréquentant de nouveaux hôtels j'effectuais en outre des repérages, soit dans l'idée d'y amener Anjela plus tard en week-end, soit pour étudier leur organisation en vue de, eh bien, n'est-ce pas, transformer un jour les Tourteaux en hôtel de classe supérieure.

A Paimpol, j'avais mes habitudes au Bleiz ar Mor, un « relais et châteaux » face au port, une ancienne malouinière du XVIIe siècle où l'on se sentait plus invité que cochon de payant. « Ma » chambre faisait trente mètres carrés et la salle de bains autant qu'un compartiment de motel autoroutier.

Je pris une douche, me rasai et allai prendre un whisky au bar près de la cheminée monumentale où brûlaient des pains de tourbe. Quelques jours plus tard me viendrait à l'idée que tout cela était prémonitoire du coup de fil que j'allais recevoir : un ancien manoir de corsaire ou de trafiquant d'esclaves, et de la tourbe dans la cheminée.

Fidèle à mon régime, je dînai légèrement d'un steak grillé et de pommes vapeur, d'une poire et d'un yaourt arrosés d'une demi-Badoit, puis remontai attendre le fameux coup de fil. Tout en regardant la fin du journal télévisé, suivi des pubs et de la météo, je ne pus m'empêcher de supputer le pourquoi de ce rendez-vous téléphonique. Un ancien copain de fac ? Mais quid de l'accent étranger ? Un viticulteur désireux de me confier la représentation de ses meilleurs crus ? Mais quid de l'aura de mystère ?

A vingt et une heures pile le téléphone sonna. Je coupai le son du poste de télé et décrochai.

— Allô ?

— Allô ? Monsieur Gwendal Maguern ?

Accent anglais, ou anglophone, en tout cas.

— Lui-même.

— *Do you speak english, mister Maguern ?*

— *I do my best.*

— Ah, ah ! poursuivit mon interlocuteur en anglais. Puisque vous avez répondu « je fais de mon mieux » au lieu de « un peu », c'est que vous parlez anglais mieux que je ne parle français. Puis-je vous poser une question avant de continuer ? Question de pure forme, parce que vous imaginez qu'avant de vous déranger je me suis renseigné. Mais on ne sait jamais, n'est-ce pas ?

— Allez-y.

— Merci. Monsieur Maguern, êtes-vous bien né le 5 novembre 1956 à Brest, département du Finistère, France, de Maguern Francis, né à Saint-Renan le 25 août 1933, et de Seznec Léonie, née à Lesneven le 14 octobre 1934 ?

3

— C'est exact, dis-je, interloqué.

— Parfait. Cher monsieur Maguern, pourriez-vous m'accorder un entretien demain ou après-demain ?

— Pour quelle raison ?

— Je l'ai dit à votre épouse : pour une raison fort agréable.

— Qui êtes-vous ?

— Ah oui, pardonnez-moi, il est temps que je me présente : Henry Whittington, avocat généalogiste, New York City.

— Vous appelez des Etats-Unis ?

— De Paris.

— Vous ne voulez vraiment pas me dire le pourquoi de ce rendez-vous que vous me demandez ?

— Non. Au téléphone, ce serait… comment dire, inadéquat… Ce que j'ai à vous dire mérite d'être dit et entendu autour d'un verre. De champagne, par exemple.

— Ç'a à voir avec la généalogie ?

— Tss ! Tss ! Tss !

— Et ce rendez-vous aurait lieu où ? A Paris ?

— Mais non, chez vous, à Bernbily. Demain ou après-demain ?

— Après-demain.

— Très bien. Une minute, je vous prie... Il y a un avion qui décolle d'Orly à... Parfait. Cela ne vous dérangerait pas de venir me chercher à l'aéroport en fin de matinée ?

— Comment vous reconnaîtrai-je ?

— J'agiterai un petit drapeau américain.

— Sans blague ?

— J'aurai le *New York Times* sous le bras. OK, monsieur Maguern ?

— OK, monsieur Whittington.

— Champagne, n'oubliez pas !

Il y a des gens dont les intonations vous emballent en moins de deux. Ce Whittington aurait fait un télévendeur formidable. Qu'avait-il à vendre ? Je demeurai quelques secondes le combiné collé à l'oreille, à écouter la tonalité, incrédule et séduit à la fois, comme si je venais de parler à un extraterrestre, puis raccrochai.

Cette étrange conversation n'arrêta pas de me trotter dans la cervelle. Je m'endormis en y pensant, me réveillai en la récitant, et tout au long de ma tournée du jeudi, elle ne cessa de me gratouiller comme une piqûre d'ortie. Sur les vingt-quatre heures, grosso modo, qu'il me restait à tuer d'ici au vendredi midi, je décidai de tirer un trait, d'un grand coup de raillerie, du zéro à l'infini : on m'avait fait une bonne blague, ce Whittington n'était qu'un mauvais plaisantin, il n'y aurait pas plus d'Américain à l'aéroport de Brest-Guipavas que de cacahuètes à cueillir dans les tamaris.

Le soleil brillait encore sur Bernbily à l'heure où je rentrai. J'embrassai Anjela.

— Et alors, qu'est-ce que c'était, ce coup de téléphone ?

— Attends un peu, je te raconterai pendant qu'on prendra un verre.

Je servis le whisky, qu'Anjela s'était prise à apprécier, aussi. Elle avait acheté des langoustines, des huîtres de Prat-ar-Coum et du pain bis, et mis la table dehors. Elle était craquante comme une chorus girl, en jupe courte et boléro décolleté devant et dans le dos, la nuque dégagée par un chignon haut placé et planté d'une grosse épingle espagnole. En des instants comme celui-là, je brûlais vraiment du désir de lui faire un gosse. Belle et mélancolique Anjela... Le beau temps lui allait au teint et au moral. J'appréciais l'été autant qu'elle, mais mon été à moi, chez moi, sur cette côte sauvage, dans cette lumière toujours grisée d'un bémol, qui vous laissait accroire que le Créateur n'avait pas achevé ici son travail de séparation des eaux, du ciel et de la terre.

— Une blague ? dit Anjela après que je lui eus raconté. Ce serait étonnant. Et alors une blague de rien du tout, parce qu'elle se résumerait à quoi ? Un aller-retour à l'aéroport pour rien.

— C'est vrai.

— Tu seras fixé demain.

— La nuit sera longue.

— Ça dépend... Qu'est-ce que tu nous offres de bon à boire ? J'ai envie de boire, ce soir, je ne sais pas pourquoi.

Parce que c'est l'été et qu'après l'été tu espères bien qu'il n'y aura pas de deuxième hiver à Bernbily, songeai-je avec fatalisme. Je débouchai une bouteille de quincy, notre vin blanc des grands jours. Les huîtres étaient délicieuses et les langoustines cuites à la perfection, al dente, pourrait-on dire – Anjela n'avait-elle pas de qui tenir, avec un père cuistot ? Pompettes tous les deux, nous débarrassâmes la table puis enfilâmes une veste et allâmes marcher sur la grève, par moments enlacés, par moments côte à côte, regard baissé à la recherche de morceaux de bois flotté qu'Anjela s'amusait à nettoyer, décaper et repeindre au besoin, pour les assembler en compositions hétéroclites qui décoraient le manteau de cheminée. On ne découvrit aucun trésor.

Anjela passa son bras autour de ma taille et se laissa aller contre moi. Sa jupe n'était pas bien difficile à relever… On n'eut que l'embarras du choix pour faire notre lit dans un creux de dune. Le phare de l'île Vierge s'alluma, rameutant tous ses petits dans son sillage. Se coucher la fenêtre ouverte et s'endormir médusé par les éclats du grand phare, c'était aussi cela, l'été, pour moi.

Le lendemain matin, je me levai le premier. Je sortis prendre *Ouest-France* que le porteur glissait à l'aube dans un bout de tuyau fixé au portail et préparai le petit déjeuner. Anjela se prélassait au lit jusqu'à tant que je prépare une deuxième théière. Je gardais la page des mots croisés et posais le journal près de sa tasse. Elle le feuilletait tout en grignotant ses tartines de pain complet. Je faisais les mots croisés. Notre petit déjeuner durait souvent deux heures, dans l'harmonie du silence de Bernbily, seulement troublé aux beaux jours, quand les fenêtres étaient ouvertes, par la rumeur du ressac ou le crachotement du moteur Diesel d'un canot occupé à poser ou relever des casiers entre les étocs.

Ce matin-là, pendant que l'eau chauffait, je demeurai planté devant le buffet d'angle dont la partie supérieure servait de vaisselier décoratif. Dans l'espèce de fourmillement de pensées fugitives et disparates qui précèdent le réveil, un souvenir m'avait traversé la mémoire, qui avait à voir avec l'Américain. Plus qu'un souvenir : un objet et ce qui allait autour, des réflexions acerbes de ma mère et des réponses amusées de mon père. Soudain, je me rappelai... L'objet était posé là, sur la tablette supérieure de l'encoignure que la fenêtre n'éclairait pas. Dans l'ombre. Dans l'obscurité de son secret ?

Je le pris et le posai sur la table. Il était carré, avec un fond légèrement évasé. Quel était son usage ? Salière ? Beurrier ? Confiturier ? Tabatière ? Avait-il eu un couvercle, autrefois ? Un décor champêtre, qui évoquait les tableaux de Gainsborough, courait tout autour : sur un fond de grands arbres et de ciel blanc et bleu au-dessus, une grange (à l'intérieur on devinait une charrette), une chaumière, puis des champs qui se fondaient sur le quatrième côté avec le bocage attenant à la grange. C'était une porcelaine Royal Doulton, numérotée et signée. Je me rappelai l'espèce de jeu entre mes parents. Mon père feignait de chérir cet objet comme la prunelle de ses yeux, tandis que ma mère se moquait de lui – mais pour autant elle l'avait toujours mis en bonne place, et c'était pour perpétuer cette tradition que j'avais tenu à le mettre sur l'étagère du buffet d'angle. Ma mère disait : « Non mais, c'est qu'il me tuerait, si jamais je cassais son héritage de la tante Millie ! »

Je déchirai la page des petites annonces d'*Ouest-France*, emballai la porcelaine et la mis dans la poche de mon blouson, mais sans en parler à Anjela, de peur d'avoir l'air d'un gamin qui se monte la tête et croit au père Noël.

Le petit déjeuner fut écourté : en prévision d'embouteillages à l'entrée de Brest, je me donnai une bonne demi-heure d'avance pour me rendre à l'aéroport.

— Si tu me vois revenir avant midi, c'est que c'était une blague… Ne prépare rien, dans ce cas on ira manger une salade à l'Aber-Wrac'h. Sinon, je suppose que notre ami américain m'invitera à déjeuner. Tu pourras te passer de moi pendant quelques heures ?

— Du moment que ton Américain n'est pas une Américaine…

Anjela demeura près du portail, à regarder la voiture s'éloigner. Je m'en allais à trente kilomètres de là et nous avions l'impression que je partais en voyage. Il n'y eut pas d'encombrements, j'arrivai très en avance et tuai le temps en prenant un café au bar de l'aéroport.

Le vol de onze heures trente était un vol bleu, à tarifs spéciaux pour voyageurs dont le temps n'était pas compté. Les hommes d'affaires, eux, débarquaient avec le premier avion, dès huit heures.

Même sans le *New York Times*, je n'aurais eu aucun mal à identifier l'Américain parmi les passagers. Dans la file de gens du troisième âge, de couples et de jeunes, il tranchait, bien qu'il ne répondît pas à l'idée reçue que je m'en étais faite – un vieux bonhomme à la Babbitt, grosses lunettes d'écaille, couperose de bon aloi, veston, chemise et cravate de couleurs criardes.

Agé d'une quarantaine d'années, il était grand et bien bâti et avait les épaules et les mâchoires carrées, ainsi que l'allure un peu dégingandée d'un héros de western. Sur une chemise à carreaux, il portait une veste de chasse en toile, que je trouvai divine, un vêtement de sportsman, à porter au volant d'un pick-up cabré en direction de forêts enneigées, dans les espaces immenses du Vermont ou du Montana.

Comme les gens fortunés qui prennent l'avion comme on prend le bus, l'Américain voyageait léger. Pendait à son épaule une simple besace en cuir, mais visiblement assez lourde et gonflée (de bouquins ? de dossiers ?). Je captai son regard, il capta le mien – surprenant coup d'œil qu'échangent des gens qui ne se sont jamais vus mais qui se reconnaissent – et agita le *New York Times*.

— Hello, Gwendal !

Des gens se retournèrent et je m'en voulus d'éprouver une espèce de fierté puérile – moi, le représentant en vins, rien qu'un numéro parmi tous les numéros de cadres moyens, j'accueillais à l'aéroport un Américain qui avait fait le voyage rien que pour ma petite personne. C'était dingue. Whittington passa amicalement son bras autour de mes épaules et m'entraîna vers la sortie.

— Ravi de faire votre connaissance, Gwendal. Appelez-moi Henry. Ha, ha, ha ! C'est très américain, n'est-ce pas, de s'appeler par son prénom ? Avouez que si je ne vous l'avais pas dit vous auriez été déçu. On aime que les choses se passent comme on s'attend qu'elles se passent, vous n'êtes pas d'accord ? Les idées reçues, mon cher Gwendal, ce sont les charentaises de l'esprit. Très confortables. Je ne suis jamais venu à Brest. En revanche, j'ai déjà visité d'autres coins en Bretagne. Saint-Malo, le golfe du Morbihan…

Très urbain comme tous les gens de grande classe, Whittington continua de me mettre à l'aise en répondant pour moi à la question que je me posais : l'interroger ou non, d'emblée, comme ça, sur le parking de l'aéroport ?

— Je vous propose de parler de notre affaire devant un bon déjeuner. L'hôtesse, dans l'avion, m'a recommandé un restaurant de poissons, le Saint-Pierre, au port de commerce. Vous connaissez ?

— Très bien. Ce sont des clients.

— Il vaut mieux réserver ?

— Pour deux, ils nous trouveront toujours une table.

— Alors, parfait !

Sur le parking, Whittington marqua le pas et dit :

— Attendez… Je parie que votre voiture c'est le break Volvo, là-bas. Ma femme a le même pour faire ses courses et conduire les gosses à l'école. Une excellente voiture. Très, comment dire, country ? Alors, je ne me trompe pas ?

— Non. Mais qu'est-ce qui ?…

— Elle correspond à votre personnalité.

— Vous ne me connaissez pas.

— C'est vrai, je connais peu votre présent, mais je sais à peu près tout de votre passé. L'autre jour au téléphone, votre épouse m'a dit que vous étiez représentant en vins. Ça marche ?… Vous n'avez pas peur du *wine D-day* ?

— Que voulez-vous dire ?

— Le débarquement des vins californiens !

— Aucun risque.

— Vous avez raison. Il n'empêche que…

Tandis que nous nous dirigions vers le port, Whittington disserta sur les différents cépages et assemblages de rouges et de blancs. Je me demandai s'il y avait le moindre trou d'épingle dans sa culture, qui semblait universelle.

Au Saint-Pierre, le patron nous trouva une place idéale, en bout de terrasse, face à l'embarcadère de la compagnie Penn-ar-Bed pour Molène et Ouessant. Nous commandâmes de la langouste et un turbot à suivre. Whittington examina la carte des vins.

— Que diriez-vous d'un champagne rosé ? Il devrait à la fois accompagner correctement la langouste et le poisson, et se montrer digne de célébrer la révélation que j'ai à vous faire.

— J'ai ma petite idée là-dessus, dis-je en adoptant le ton enjoué de l'Américain.

— Ah, ah ?

Je tirai de ma poche la porcelaine anglaise, dépliai le papier journal et posai l'objet entre nous.

— Vous permettez ? Ah, je vois !

— Et quoi donc ?

— Une pièce unique. Fin XVIIIe, début XIXe. En Angleterre, vous en tireriez un bon prix.

— Mais encore ?

— Souvenir de famille. Cadeau d'un oncle d'Amérique.

— D'une tante Millie.

— Elle a existé. J'ai vu son nom sur une feuille de votre arbre généalogique.

— Plutôt mythique et sacrément radine, d'après mon père. A l'en croire, c'est le cadeau de mariage qu'elle avait fait à mon grand-père paternel. Pour une tante d'Amérique, elle ne s'est pas fendue de grand-chose, se moquait ma mère. En revanche, mon père tenait beaucoup à cet objet.

— Il avait raison. C'était un formidable cadeau. Le seul objet d'une quelconque valeur possédé par une famille irlandaise émigrée aux Etats-Unis. Et de ce fait un signe que la tante Millie adressait à votre grand-père. On continue ou on en parle au dessert ?

— On continue. A moins que ça ne me coupe l'appétit.

— Cela m'étonnerait... Je vais essayer de synthétiser.

Délicat et modeste euphémisme : l'Américain connaissait le dossier par cœur et le développa point par point, en laissant de côté les détails de ce qui relevait de sa « cuisine » d'avocat généalogiste.

Au début du XIXe siècle, dans une Irlande asservie et affamée par les Anglais, une famille de métayers du comté de Mayo se résout à émigrer. Famille nombreuse, composée du patriarche et de plusieurs fils. Un seul des fils, francophile depuis la défaite de Hoche à Castlebar, opte pour la France. Les autres partent aux Etats-Unis.

— Cette famille s'appelait McGovern, un nom assez répandu dans le nord-ouest de l'Irlande.

Au gré d'embarquements divers, Desmond McGovern, âgé de vingt et un ans, débarque en Bretagne avec sa femme. Ses descendants s'intègrent et, au fil des actes d'état civil, le nom de McGovern se trouve « bretonnisé » en Maguern.

Les frères de Desmond McGovern deviennent américains. Révolution industrielle, explosion des échanges, guerre de 1914-18 qui enrichit les Etats-Unis, les McGovern d'outre-Atlantique réalisent le rêve américain.

— Dans l'entre-deux-guerres, l'un d'eux, Daniel McGovern, fait fortune dans l'industrie textile. Celle que vous appelez la tante Millie, en réalité une petite cousine de votre père, était sa femme. Elle est morte il y a près de trente ans. Daniel, lui, est décédé il y a tout juste deux ans et demi, à l'âge respectable de quatre-vingt-quatorze ans. Deux ans et demi, c'est le temps qu'il m'aura fallu pour vous retrouver. N'ayez crainte, mon cher Gwendal, je n'ai pas travaillé à plein temps sur votre dossier. La généalogie est une espèce de litanie d'équations à inconnues multiples. Aussi passionnante qu'ennuyeuse. Passionnante quand on en résout une, mortellement ennuyeuse quand on ne peut rien faire d'autre qu'attendre des pièces officielles. J'appartiens au cabinet d'avocats chargé de l'exécution de son testament.

— Je commence à entrevoir… Il me lègue le reste du service de table Royal Doulton ?

— Qui sait ? Dans une vieille armoire, dans un buffet ? Quoi qu'il en soit, je vous rassure, n'ayez aucun scrupule, vous n'héritez que des miettes. Daniel et Millie McGovern sont morts sans descendance directe, mais avec une flopée de petits-neveux et de petites-nièces à qui faire plaisir. Comme tout bon Américain qui a du sang irlandais dans les veines, soit quinze millions de personnes, Daniel McGovern s'est rendu un jour en Irlande, à la recherche de ses racines. Il les a trouvées, et il les a achetées, si l'on peut dire… A mon tour de vous montrer quelque chose…

Whittington ouvrit sa sacoche et en tira un album photo. Il débarrassa la desserte du seau à champagne, qu'il posa par terre, et ouvrit l'album, tourné vers moi.

— Au fin fond du comté de Mayo, une propriété. La propriété que ses aïeux, et les vôtres, avaient fuie, parce qu'ils y crevaient de faim, pauvres métayers à la merci de landlords, plus tard chassés d'Irlande après le traité de Londres et la naissance de l'Etat libre. Juste retour des choses que de l'acheter, n'est-ce pas ? Ballynakill Manor… Une grande maison de maître, un peu bâtarde, je dois dire, en partie edwardienne, en partie victorienne – l'aile nord n'est pas d'origine…

Whittington continuait de tourner les pages de l'album.

— Le lac et la rivière… Comme vous le voyez, le manoir est adossé à des montagnes desquelles descendent des ruisseaux qui alimentent le lac. Et ce lac s'écoule dans une rivière, qui elle-même se jette dans l'océan. L'ensemble est réputé pour la pêche au saumon et à la truite de mer. Les terres… Aucun risque d'être ennuyé par les voisins. Une centaine d'acres, c'est-à-dire environ cinquante hectares. Ballynakill Manor, le Lough Nakeela et la Blackross River, Daniel McGovern a voulu que tout cela revienne au dernier des McGovern de la branche bretonne. Vous êtes celui-là, tout cela vous appartient. Moyennant quelques ultimes formalités paperassières que je vous aiderai à liquider en Irlande, ajouta Whittington en levant sa coupe de champagne. Ah, j'oubliais…

Qu'avait-il bien pu oublier ? Je le fixai d'un air idiot.

— Daniel McGovern était un homme sage, vertueux et prévoyant. Comme il ne souhaitait pas vous faire un cadeau empoisonné, votre héritage immobilier est assorti d'un legs mobilier : une somme de deux cent mille dollars, afin que vous puissiez faire exécuter quelques travaux d'aménagement. Je vous laisse l'album en souvenir de ma visite. Vous verrez, à la fin, si votre filiation vous intéresse, j'y ai mis votre arbre généalogique. Toutes mes félicitations, monsieur Gwendal McGovern ! Et maintenant, faites-moi faire le tour de Brest. Je voudrais voir comment a été reconstruite la ville que mon père a bombardée.

Je ne relevai pas le propos. Tous les changements dans notre vie qu'impliquait cet héritage m'avaient plongé dans une sorte de détresse. Le ciel se mit au diapason. Soufflée d'Ouessant par une brise de nord-ouest, une brume de mer boucha l'horizon et flouta les superstructures des navires. Le remorqueur de haute mer appareilla pour rejoindre son poste de guet.

Je demeurai sonné jusqu'à ce que Whittington reprenne l'avion. Je lui fis mes adieux devant le guichet d'enregistrement.

— Faites-moi signe, si vous passez par New York…

Je ne me rappelais même pas l'avoir remercié. J'espérais que si.

Je dus allumer les codes dans la descente vers Bernbily. Le vent hachait la brume en longues écharpes presque verticales qui se pressaient sur la lande, telles des religieuses encapuchonnées et fantomatiques. L'air était un peu plus frais. Un châle sur les épaules, Anjela lisait sur la terrasse. Je l'embrassai sur le front.

— Alors ?

— J'ai besoin d'un sacré remontant. Tu en veux aussi ?

— Une goutte, pour t'accompagner.

Je posai l'album de photos de Whittington sur la table de jardin et entrai chercher deux verres, une bouteille de Talisker et des glaçons. Je me servis un whisky bien tassé et en versai un doigt dans le verre d'Anjela. Le classeur n'avait pas bougé. Je bus une longue gorgée et me laissai choir sur une chaise, les jambes étendues, le regard vide, comme un boxeur compté neuf et sauvé par le gong.

— Une incroyable histoire... Regarde...

J'ouvris l'album et résumai mon entretien avec Henry Whittington. Le whisky aidant, je me relevais du K-O, dans l'euphorie.

— Tu te rends compte quelle vie on va avoir ! La vie de château ! En Irlande !

Je riais comme un gamin, Anjela demeurait silencieuse.

— On dirait que ça ne te fait pas plaisir...

Elle haussa les épaules. Ce geste doucha mon enthousiasme. J'eus envie de la mordre, comme un chien mord sa chaîne, pour se libérer.

— Si tu préfères que j'y renonce...

Dans les yeux d'Anjela, on lisait comme de la peur. J'insistai :

— Mais qu'est-ce qui se passe ? Qu'est-ce qui te déplaît ?

— J'ai peur que ça change tout, entre nous.

— Mais qu'est-ce que ça peut changer ? Rien !

— Laisse-moi le temps de m'habituer...

Je partis marcher sur la grève. J'enrageais. Des gens normaux auraient exulté ensemble, seraient allés aussi sec arroser la grande nouvelle, et Anjela, elle, au contraire… A mon retour, je rangeai le classeur dans le tiroir d'une commode. Notre week-end était foutu.

Le lendemain, Anjela téléphona à ses parents. Comme de bien entendu, ils lui recommandèrent de me conseiller d'aller empocher mon héritage sur place et… de vendre Ballynakill. « Vous pourrez agrandir les Tourteaux sans demander quoi que ce soit aux banques ! » dit maman Claudette.

— Compte là-dessus, marmottai-je à part moi.

Quand j'étais gosse, j'enfermais les plus précieux de mes jouets à clé quand les copains du quartier venaient chez moi… J'avais bouclé l'Irlande dans le placard aux rêves, pour la mettre à l'abri de l'esprit terre à terre de mes beaux-parents et de l'indifférence d'Anjela. C'est elle qui rouvrit la porte du placard, pour ne pas me perdre, pour ne pas nous perdre.

— Où on va, comme ça, avec ton héritage, ou ton rêve d'héritage, entre nous deux ? Il faut que tu ailles en Irlande. Sans moi.

— Ecoute, ça ne tient pas debout. Viens avec moi.

— Non. Après, si ça te plaît, je ferai selon ta volonté.

— Ma volonté ? Pas question. Ce sont des choses qui se décident à deux.

— On en reparlera à ton retour.

Voilà pourquoi j'étais seul à bord du ferry, ce vendredi de septembre 1989, avec au cœur ce goût aigre du bonheur non partagé.

4

Cependant que le jour se levait et que dans le sillage du bateau-pilote le car-ferry remontait la ria de Cobh, le choc primordial fut celui des couleurs. A tribord, s'étirait au ralenti, en épousant la courbe de la côte, un interminable arc-en-ciel de maisons dont les façades déclinaient le jaune en paille et en citron, le rouge en brique et en sang, le bleu en outremer et en layette, le vert en amande et en émeraude, ainsi que tous leurs mélanges inédits, violets, pourpres et ocres, sans compter le noir bitume et le blanc mat marbré de bleu des pierres chaulées.

Dressées en haut de la ville, deux cathédrales dominaient le port de leurs flèches grises vers lesquelles montaient les fumées blanches de nombreuses cheminées. L'air sentait ces fumées et j'ai cru respirer l'odeur de ces vieux livres de Jules Verne et de Charles Dickens que j'empruntais à la bibliothèque paroissiale, quand j'étais élève chez les Frères. Cette odeur évoquait des aventures et des explorations, des destins maudits et de profondes tristesses. Une odeur de solitude.

Keep your left ! répétaient des avertissements à la sortie du bateau. Une fois surmontée la panique du premier carrefour, la conduite à gauche ne m'a pas paru moins naturelle que la conduite à droite, d'autant que la manière de conduire des Irlandais n'avait rien en commun avec celle des Français. Courtoisie, obligeance, ignorance du Klaxon. Mon break Volvo, en harmonie avec les vieilles caisses irlandaises, inspirait de la sympathie…

Dans la traversée de Cork, en captant du coin de l'œil des images d'entrepôts délabrés, puis celle de gosses en guenilles assis en train de mendier contre la rambarde d'un pont, j'ai été de nouveau empli de cette sensation de tristesse fertile, terreau duquel pouvaient éclore, mais aussi dépérir, des bouquets de sentiments aussi variés que la palette des façades des maisons, du bleu romantique au rouge de la révolte, du blanc immaculé d'une aube de communiant au noir des voiles de deuil. L'Irlande m'avait déjà planté dans le cœur le grappin de la mélancolie.

J'ai roulé d'un trait de Cork à Limerick, en traversant des villages endormis. La campagne, banale, ressemblait au bocage breton, mais il y avait dans l'atmosphère quelque chose de plus, comme un envoûtement. A partir d'Ennis, les villages ont commencé à s'animer. A Gort, j'ai été obligé de me faufiler entre un tas de voitures et de remorques à bestiaux garées ou manœuvrant sur la place du marché. Je suivais mentalement mon itinéraire sur la carte. Je savais que je laissais à main gauche les splendeurs du Kerry, de la presqu'île de Dingle et du comté de Clare, mais n'avais-je pas toute la vie devant moi ?

Et puis ce fut Galway, une ville dont le nom résonnait comme la promesse de toucher enfin des yeux l'Irlande de mes ancêtres. Comparée à Cork, Galway produisait une impression de richesse. J'ai franchi un nouveau pont – l'Irlande n'était-elle qu'une succession de ponts ? – où il n'y avait point de mendiants mais des pêcheurs accoudés à la rambarde, je suis passé devant une imposante cathédrale qui semblait flambant neuve, j'ai pris la route de Clifden et bientôt « mon » Irlande m'a fait verser ce qu'on nomme par défaut des larmes de bonheur, et qui le sont aussi, mais ce sont des larmes d'un bonheur étrange, où se mêlent l'allégresse d'être là, en face de cette munificence, et la mélancolie d'admettre que vous ne pourrez jamais la retenir, pas plus qu'une poignée d'eau entre vos doigts ; embrasser un paysage, c'est comme voir double ou triple ou quadruple, et refermer ses bras sur le vide, sur une image et non pas l'objet du désir. Mais pour l'instant, dans mon ivresse, la réalité se superposait très exactement à l'imaginaire : sombres tourbières criblées d'étangs et de lacs où couraient les nuages, montagnes elles-mêmes ocellées de l'ombre filante des nuées et sculptées de ravines où étincelaient des torrents.

Ebloui, je suis resté un bon moment sur le terre-plein du marché de Maam Cross, à contempler les Twelve Pins – les douze sommets du Connemara –, derrière lesquels, au nord-ouest, m'attendait mon destin. Je n'avais qu'une hâte : filer vers là. Henry Whittington m'avait pris rendez-vous à quinze heures avec un solicitor chargé de la liquidation de la succession en regard de la loi irlandaise, à Ballinrobe, un gros bourg distant d'une quarantaine de kilomètres.

A partir de Maam Bridge, j'allais apprendre qu'il valait mieux compter en heures qu'en kilomètres sur des routes sinueuses et étroites, creusées de nids-de-poule à vous cogner la tête au plafond, dans une région démunie de beaucoup de choses, mais pas du principal aux yeux de ses habitants : le temps sidéral dont Dieu, dans son immense générosité, a pourvu l'Irlande sans compter. Aussi, du sablier inépuisable de l'éternité irlandaise découle un adage de tous les instants, que j'apprécierais bientôt : à quoi bon se presser puisque, du temps, il y en aura pour tout le monde, et toujours plus qu'il n'en faut.

La route longeait le Lough Corrib et son paysage idyllique de centaines d'îles et d'îlots crépus d'une végétation dense, comparables à des bonsaïs dispersés sur un miroir. Deux hommes dans une barque dérivaient dos au vent en fouettant l'air comme des métronomes – cette découverte-là, aussi, m'attendait : la pêche à la mouche de la brown trout, dans le Corrib et le Mask, l'autre grand lac voisin.

A un carrefour après Cornamona, j'ai hésité sous un poteau indicateur en gaélique. Je me suis retrouvé à Clonbur, et de là à Ballinrobe, une petite ville sans attraits pour le commun des touristes, mais, à l'instar des vieux villages de la Bretagne profonde que j'aimais, ce gros bourg avait ce caractère de fief de traditions, de château fort – défendu par des manants, peut-être, et alors ? – assiégé par un progrès qui pouvait toujours courir pour en obtenir les clés.

Repu d'émotions et de paysages depuis le matin, je n'en étais pas moins mort de faim. J'ai regardé ma montre : quatorze heures dix. En France, j'aurais jeûné jusqu'au soir. Au cours de mes tournées, j'avais été dressé, bien obligé, à m'arrêter déjeuner au plus tard à midi et demi pour ne pas me faire jeter par un chef gueulant de ses cuisines, à partir de treize heures : « Terminé ! Plus de clients, nom de Dieu ! Ils n'ont qu'à bouffer à l'heure ! »

Garé devant l'église, à proximité de deux banques et en face du cabinet du solicitor, j'ai contourné l'édifice – à l'estime, à l'intuition – pour apercevoir dans le renfoncement d'une place un pub dénommé Flannery's. J'y suis entré dans l'intention de quémander un sandwich et j'ai été surpris de découvrir un tas de gens attablés devant des plats chauds.

J'ai commandé le plat du jour, des côtelettes de mouton accompagnées de trois sortes de légumes et d'une énorme pomme de terre sur une assiette. J'ai bu ma première pinte de Guinness. A quatorze heures cinquante-cinq, j'avais fini de manger, avalé un café et payé. A quinze heures, je soulevais la tête de lion en laiton du marteau fixé à la porte impeccablement laquée de vert antique de C. Cusack, solicitor.

Le « C » n'était pas l'initiale d'un vieux barbon d'avoué, mais celui d'une Carolyn, grande et belle femme dans le début de la cinquantaine, que des lunettes sans monture n'enlaidissaient pas, bien au contraire. Elle était vêtue chic, d'un corsage crème assez transparent et d'une jupe ample qu'elle a fait virevolter en une espèce de swing de golfeuse – ce qu'elle devait être : dans le couloir, un porte-parapluie contenait un véritable fagot de clubs anciens et modernes.

Elle m'a prié de la suivre le long d'un couloir, dans le sillage de son parfum vanillé, jusqu'à un bureau qui datait de l'occupation britannique. Le contraste était saisissant entre la solennité de ses sombres lambris et la pétulance de Carolyn Cusack : un bouquet de fleurs champêtres égayant la pompe d'un décor victorien. L'encadrement d'une baie plus large que haute enjolivait la pièce d'un paisible chromo changeant : une large prairie qui descend en pente douce vers un canal, des chevaux nonchalants sous de grands frênes, le moutonnement vaporeux de pâturages bosselés, le Lough Mask réduit à un trait par la perspective et, enfin, dans le lointain, les montagnes de Partry sur lesquelles le soleil commençait à descendre.

— Joli paysage, ai-je dit.

— Depuis que les soldats anglais n'y sont plus, a répondu Carolyn Cusack. Ces prairies étaient le terrain de manœuvre des dragons. Leur caserne se trouvait à côté d'ici et cette maison était celle de leur commandant.

— Mes ancêtres ont dû voir cela.

— Je suppose. Malgré l'éloignement. Combien, un jour de marche, à l'époque, de Keelkyle à ici ? Ils devaient bien venir au marché de Ballinrobe de temps en temps.

— Une histoire incroyable, n'est-ce pas, que cet héritage ?

En défaisant la sangle d'une chemise épaisse d'une dizaine de centimètres, Carolyn Cusack a eu ce tendre sourire d'une jeune maman qui raconte un conte de fées à son petit garçon.

— Une histoire irlandaise. Je ne prétendrais pas que nous avons un dossier comme celui-là toutes les semaines, ni tous les mois, mais bon, avec ces Irlandais qui ont fait fortune aux Etats-Unis, cela arrive. Cela dit, tout le monde n'hérite pas d'un Ballynakill Manor…

Elle a ouvert le dossier.

— La routine. Règlement de la succession et transfert de propriété. Documents administratifs américains et irlandais. J'en ai transmis un double à Henry Whittington. J'ai sa bénédiction. Je vous lis les documents ou vous signez les yeux fermés ?

— Qu'est-ce que je risque ?

— De devenir propriétaire dans un instant.

— Alors…

J'ai paraphé et signé un tas de feuillets.

— Mes félicitations, monsieur Maguern.

Elle prononça « McGuern ».

— Et maintenant, la banque…

Elle a décroché le téléphone.

— Allô ? Liam ? Nous sommes prêts à aller te voir. C'est bon ?… OK.

Elle enfila une veste.

— Nous n'avons que la rue à traverser. Liam, le directeur de la Bank of Ireland, est un ami. On joue au golf ensemble.

J'ai regardé sa main gauche. Une alliance. Mariée. Carolyn a eu une espèce de sourire de connivence.

— Ah ! Une dernière chose ! Rien ne vous oblige à rester client de mon cabinet. Je peux transmettre le dossier à un solicitor de votre choix. Mais, bien entendu, je serais ravie de rester votre conseil.

— Le plaisir sera partagé, croyez-le.

— Merci.

De l'autre côté de la rue, ainsi que ces chenets à têtes d'animaux qu'on appelle firedogs encadrent l'âtre de la cheminée, l'Allied Irish Bank et la Bank of Ireland veillaient sur l'église, située en retrait au bout d'une allée gravillonnée. Les deux bâtiments se ressemblaient, tous deux bâtis au XIXe siècle dans le même style bâtard, sorte de lourds coffres-forts germaniques agrémentés de fioritures gréco-romaines.

A l'intérieur de la Bank of Ireland, l'ambiance était feutrée : cuivre et acajou à profusion, jeunes filles en tailleur vert… La porte du bureau du directeur était entrouverte. Liam O'Connor, manager, était un type de la génération de Carolyn, au visage de sportsman couperosé par le grand air – au bout de quelques jours je ne m'étonnerais plus de ces visages tannés par un soleil qui vous brûle bien plus vite et bien plus fort que le soleil du Sud, même à travers le ciel gris.

— Bienvenue dans le comté de Mayo, monsieur Maguern. Maguern ou McGovern ? a-t-il ajouté sur un ton enjoué.

— Nous verrons. McGovern, si un jour je demande la nationalité irlandaise.

J'ai été surpris par ma propre réplique et le paradoxe qu'elle sous-entendait : je me sentais déjà chez moi, alors que dans huit jours Anjela m'attendrait au port du Bloscon, à Roscoff.

— Je ne doute pas que vous l'obteniez, a dit Liam O'Connor, mais c'est le climat qui décidera. Il faudra qu'il vous convienne.

J'avais à peine prêté attention au temps depuis le matin. Ciel de traîne, hauts nuages blancs, air frais…

— En Bretagne, il n'est guère différent.

— Gwendal a vraiment de la chance, a dit Carolyn Cusack, nous avons une fin d'été magnifique. Un mois de septembre vraiment glorieux.

— Etes-vous pêcheur ? m'a demandé Liam O'Connor.

— Comme ci, comme ça.

— Vous y viendrez. Ici, dans le Mayo, on a la pêche dans le sang.

— Et la Guinness, a ajouté Carolyn Cusack.

— Vous héritez non seulement d'une belle propriété mais d'une fantastique fishery, monsieur Maguern. Vous vous en apercevrez dès demain. Les saumons d'été, les grilses, et les truites de mer doivent pulluler, en ce moment, dans le Lough Nakeela et la Blackross River.

— Gwendal voudrait peut-être s'y rendre dès ce soir, Liam. Il est déjà plus de quatre heures.

— C'est vrai, excusez-moi, je suis très bavard. Eh bien, voilà ce que je vous propose…

C'était plus qu'une proposition. Tout était prêt, comme si le banquier ne doutait pas que j'allais m'installer définitivement en Irlande. Il avait converti dix mille dollars en livres irlandaises, qu'il avait logées sur un compte de chèques, et placé les cent quatre-vingt-dix mille dollars restants sur un compte à terme à un mois renouvelable.

— Les taux en dollars sont supérieurs.

— Ça me convient.

J'ai signé les formulaires d'ouverture de comptes et pris le chéquier et la carte de crédit établis à mon nom.

— Il ne nous reste plus qu'à célébrer ça, a dit Liam O'Connor.

Le verbe anglais *to celebrate* sonnait plus agréablement à l'oreille que la trivialité de son équivalent français, « arroser ». Il s'agissait de célébrer, de fêter mon nouveau statut de nanti et d'Irlandais putatif. D'un tiroir de son bureau Liam O'Connor a tiré trois petits verres et une bouteille de whiskey. Du Middleton Very Rare, vingt-cinq ans d'âge, un vrai nectar dont la chaleur nous est montée immédiatement aux joues, à tous les trois. Carolyn Cusack et Liam O'Connor se sont mis à discuter du meilleur itinéraire à prendre pour se rendre de Ballinrobe à Ballynakill Manor.

— Le mieux est de passer par Cornamona, Maam Bridge et Leenane, a dit Carolyn Cusack.

— A Maam Bridge il pourrait monter jusqu'à Maam Cross, suivre la route de Clifden pendant un moment et couper ensuite par le Lough Inagh et Kylemore. Une belle balade.

— Liam, tu n'y songes pas ! Par là-bas la route est à peine carrossable…

— Mais le paysage est magnifique.

— Il fera à moitié nuit, Liam. Au fait, Gwendal, vous logez où, ce soir ?

— Eh bien, au manoir, non ?

— Hum, il n'est pas occupé depuis des années, vous savez… Sans doute serait-il plus sage de dormir à Ballinrobe. J'ai une tante qui tient une farmhouse à Cushlough, au bord du Mask. Vous voulez que je lui téléphone ?

— C'est gentil, Carolyn, mais je trouverai bien quelque chose à Keelkyle, n'est-ce pas ?

— Oui, sûrement. Il y a plusieurs B&B.

— Alors…

— Pressé, hein ? a lancé Liam O'Connor.

— On peut comprendre ça, a remarqué Carolyn.

— N'hésitez pas à m'appeler, pour quoi que ce soit, a dit Liam O'Connor.

— Je n'y manquerai pas. Merci pour tout et à bientôt.

J'ai retraversé Clonbur et, à la sortie du hameau, me suis engagé dans les lacets qui descendent vers le

Lough Corrib et Cornamona, ce qui m'a permis d'admirer de nouveau le paysage, a priori identique puisque j'avais suivi ce chemin à l'aller, et pourtant si différent, déroulé dans l'autre sens. Je n'ai pas pu résister à l'envie de boire un verre à Maam Bridge Inn. Une pelletée de coke rougeoyait dans la cheminée. Des paysans en veston de tweed et bottes en caoutchouc étaient accoudés au bar. Le patron, en cravate et chemise blanche, m'a accueilli d'un « *Hello, my dear ! How are you ?* », comme si nous étions de vieilles connaissances. Bizarrement, au lieu d'en être amusé ou flatté, j'ai éprouvé cette même oppression qu'au départ du ferry : toujours ce sentiment d'inéluctable, de destin qui s'accomplit envers et contre soi.

Après Maam Bridge, la route suivait le fond de la vallée où coulent la Bealanabrack River et son affluent, la Joyce River, entre les hauteurs des Maumturk Mountains à l'ouest et le Maumtrasna, point culminant des montagnes de Partry, à l'est. Le soleil était couché quand j'ai atteint Leenane. J'aurais l'occasion d'y revenir, puisque je suis là pour longtemps, me suis-je dit en songeant à l'image de carte postale d'une Anjela la main en visière, guettant le retour du marin, en vain. Ma solitude et le plaisir que j'y prenais m'inspiraient un sentiment de culpabilité.

J'ai longé la rive gauche du fjord de Killary Harbour pendant deux ou trois milles, puis la route bifurquait dans les terres, et bientôt, du haut d'un tertre, s'est offert à ma vue ce qu'il fallait bien nommer mon domaine, sur lequel les leprechauns, ces lutins facétieux de la mythologie celtique, venaient d'abaisser le rideau d'ombres du crépuscule. Trop tard, mon vieux, ricanaient-ils en me tirant la langue, tu es condamné à patienter encore une nuit avant de voir ta fortune s'étaler devant toi en plein jour…

Seul l'ovale allongé du Lough Nakeela reflétait la lumière de la lune montante. Plus bas, surgie du lac, la Blackross River serpentait en méandres tour à tour argentés ou mats comme du plomb, selon qu'elle pétillait et cascadait dans des failles rocheuses ou élargissait son lit sur l'éponge des tourbières. Plus en aval, la rivière disparaissait dans un noir massif forestier où se devinaient les cheminées de Ballynakill Manor. Plus loin scintillait la mer, pas tout à fait encore l'océan, mais ses prémices, une longue et étroite ria. En son amont, en dessous d'un seuil infranchissable par les marées, la Blackross se mélangeait à l'eau salée, après avoir cascadé une dernière fois sur les marches d'un dénivelé de paliers rocailleux qui formaient des pools où pouvaient se reposer les saumons et les truites de mer montés avec le flux.

Une pensée quelque peu parasite, déplacée au milieu de cette splendeur, m'a fait suivre des yeux le double alignement de poteaux en bois, pour la plupart penchés vers l'est. Ils aboutissaient bien au manoir. J'aurais donc l'électricité et le téléphone…

Par-dessus l'éboulis de roches qui marquait la limite du partage des eaux, un pont de pierre en dos d'âne franchissait la Blackross. De là une route côtière menait à Keelkyle. C'était plus qu'un village, mais moins qu'un bourg : une rue principale, en son milieu l'espèce de hernie d'une place du marché, et de chaque côté, une arborescence de chemins d'accès à des hameaux de trois ou quatre chaumières ou à des maisons isolées.

J'ai remonté la grand-rue au ralenti en cherchant des yeux des panonceaux B&B. Le village était désert mais de nombreuses voitures étaient garées de façon anarchique sur la place, entre deux pubs qui se faisaient face : O'Flaherty's et Moran's. Je me préparais mentalement à passer la nuit dans mon break, lorsque j'ai enfin aperçu un panonceau à l'entrée d'un chemin : *Blackross House, B&B, ITB approved, 1 mile.*

Au bout d'un chemin grossièrement empierré, la maison, bâtie sur une colline, surplombait les derniers méandres de la rivière – d'où la légitimité de son nom, Blackross House. C'était l'une de ces maisons modernes, de plain-pied, qu'en Irlande on appelle bungalows, mais jolie, cependant : son jardin était éclairé de luminaires élégants et discrets, ses murs peints en vert pomme et ses menuiseries extérieures en blanc, et sur les rebords de ses fenêtres prospéraient des pois de senteur dans des jardinières. Elle évoquait la coquetterie d'une fermette bretonne ou normande restaurée par des Parisiens.

Une vieille Land Rover encombrée d'un fatras de matériel de pêche était garée dans la cour. Une Toyota Estate se trouvait sous un auvent accolé au pignon droit. Les deux voitures étaient immatriculées dans le Mayo.

A l'aplomb d'une marquise, une véranda aux parois latérales demi-pleines avait été rajoutée pour protéger la belle porte d'entrée, en bois exotique verni, des vents dominants. A l'intérieur de ce sas, des objets donnaient une touche campagnarde, à la fois authentique et légèrement surfaite, comme dans les magazines de décoration : les bottes en caoutchouc étaient vraiment crottées, le Barbour bien râpé, mais la binette et le râteau étaient neufs et les chapeaux de paille accrochés à un perroquet ne devaient pas servir souvent. L'ensemble était néanmoins agréable à l'œil, qui dénotait un art de vivre fort sympathique, à l'instar de la lampe en porcelaine de Delft et de son abat-jour en cloche allumée contre la fenêtre la plus proche de la porte d'entrée et, à l'intérieur, pour ce que j'ai pu en juger d'un coup d'œil, de l'espace très cosy d'une grande pièce unique à usage de salon et de salle à manger. Il y avait du feu dans la cheminée. J'ai prié saint Patrick que le B&B ne soit pas fermé. Je n'ai pas eu le temps de sonner que la porte s'est ouverte.

— Hello !

— Euh… hello ! ai-je bafouillé.

Au lieu de la vieille dame pomponnée que j'avais imaginée, me faisait face une jeune femme dans le début de la trentaine, en jean et débardeur moulants – une fille superbe, aux yeux pers et aux cheveux acajou, une nana, une nénette, un canon, aurais-je traduit si j'avais été à Brest, dans un café du port. J'ai failli en perdre mon anglais.

— Euh, je cherche une chambre…

Derrière la fille a surgi un grand type en cuissardes et ciré. Il m'a adressé un signe de tête plutôt froid.

— Je te laisse, Magali. A bientôt.

— A bientôt, Dermot.

La Land Rover a démarré sur les chapeaux de roue en faisant gicler des gravillons. La fille a souri et repris en anglais :

— Alors, vous cherchez une chambre… Pour une nuit ?

— Peut-être plusieurs. Je ne sais pas encore.

— Pas de problème, vous aurez le choix. En septembre, les touristes se font rares, m'a-t-elle répondu. En français, avec un petit air moqueur.

5

— Ah, c'est la plaque de ma voiture qui… ? ai-je dit, déconcerté.

Elle s'est haussée sur la pointe des pieds pour jeter un coup d'œil par-dessus mon épaule.

— Votre voiture ? Ah non ! C'est votre accent. Normal qu'une Française reconnaisse l'accent français, non ?

— Le vôtre évoque le Sud, si je ne me trompe pas ?

— Je tiens ça de ma mère. Elle est niçoise, mais je suis de Lyon. Bon, je vous montre la chambre ?

— Volontiers.

Nous avons traversé la cuisine où, sur la toile cirée de la table, gisait un beau poisson, puis franchi la porte de communication d'une annexe qui abritait trois chambres, dont celle de la propriétaire.

— Vous aimez le calme ? Bon, celle-ci devrait vous convenir…

La chambre n'avait rien à voir avec les B&B que j'avais connus lors de séjours linguistiques, quand j'étais potache, en Cornouailles et dans le Devon, où la rusticité évoquait plus la piaule meublée pour carabin spartiate que l'hôtel trois étoiles. A Blackross House, on baignait dans le luxe : grands bouquets de fleurs séchées, lampes de chevet coûteuses, commodes à boutons, fauteuil à jupe, tapis ancien sur le parquet en chêne, objets de brocante choisis avec goût, tel ce nécessaire de toilette, cuvette, broc et boîte à savon en faïence sur la coiffeuse de la salle de bains.

— Un peu cucul, non ? a dit la jeune femme. Mais ça plaît beaucoup aux Irlandais. La majorité de ma clientèle, en fait… Les Irlandais se baladent beaucoup en Irlande.

— Ah ? Je ne l'aurais pas pensé.

— Moi non plus. Ils n'ont pas tellement les moyens d'aller à l'étranger, à vrai dire. Bon, la chambre vous convient ?

— Bien sûr !

— Vous avez dîné ?

— Non, mais j'ai vu deux pubs en passant dans le bourg.

— C'est samedi, il y aura foule. Ça vous dirait, une petite dînette au coin du feu ? Un copain vient justement de m'apporter une truite de mer toute fraîche sortie de l'eau.

— Ecoutez, je ne voudrais pas…

— Ne vous inquiétez pas. Un filet de truite de mer au court-bouillon, une salade composée et de la vraie mayonnaise, pas cette espèce de machin sucré que personnellement je déteste.

— Eh bien, alors…

— Formidable. Vous rangez vos affaires et pendant ce temps-là je me colle aux fourneaux. Ne vous pressez pas, il n'y a aucune urgence.

J'ai porté mon sac de voyage dans la chambre, pris une douche et un shampoing, me suis rasé. J'ai enfilé une chemise blanche et jeté un pull gris sur mes épaules – et m'en suis félicité : la jeune femme s'était également changée, qui avait troqué son jean et son tee-shirt contre une petite robe noire sans manches. Elle avait ravivé le feu dans la cheminée et préparé la longue table basse. Le grand jeu : nappe et serviettes brodées, verres en cristal. J'ai observé qu'elle n'avait pas disposé les deux couverts côte à côte. L'un était en face du canapé, l'autre à l'extrémité de la table basse, devant un fauteuil.

Quand je suis entré, elle posait deux verres et un seau à glace sur la table du salon. Je me suis annoncé d'un toussotement. Elle s'est retournée et a souri en me toisant. C'était un peu un sourire de satisfaction, mais aussi, m'a-t-il semblé, comme un sourire de remerciement – parce que je m'étais mis sur mon trente et un ou parce que j'avais accepté son invitation ? Ou les deux ?

— Whiskey ? Bushmills, ça vous va ?

— Je ne le connais pas.

— Un whiskey tricard en République. Il est fabriqué en Irlande du Nord.

— Cet après-midi on m'a offert un Middleton Very Rare.

J'ai aussitôt regretté cette confidence, craignant qu'elle ne m'interroge. Tiens donc, et où donc, et pourquoi ? Que répondrais-je ? Que j'avais hérité d'un manoir à deux pas d'ici ? Cela me paraissait inavouable, comme si j'avais peur qu'on ne me prenne pour un gamin qui fabule. Or, le conte de fées se poursuivait bel et bien. Un manoir, une avocate des plus avenantes, un banquier qui offre le whiskey, un B&B de rêve planté dans le désert comme le château des fées au beau milieu de la forêt, et une hôtesse en petite robe du soir, au coin du feu. Une hôtesse discrète.

— Un whiskey des grandes occasions, s'est-elle contentée de répliquer. De la glace ?

— S'il vous plaît.

— Cheers !

— A la vôtre !

Nous avons bu une gorgée en évitant de nous regarder dans les yeux.

— A propos, mon nom, c'est Magali.

— C'est ce que j'avais cru comprendre. Gwendal.

— Breton ?

— Pur sang.

— Je m'arrange bien avec les Bretons. On en voit pas mal dans le coin. Le Connemara, c'est leur terre promise.

— La fameuse celtitude, ou celticité. Ou celtomanie.

— Il y a de ça. C'est touchant. Ils débarquent ici en voulant tout voir, tout croquer, tout avaler. S'ils pouvaient engloutir les paysages et les gens, ils le feraient.

— Je suis venu dans cette intention.

— Vous êtes journaliste ?

— J'en ai l'air ?

— Je ne sais pas. Solitaire, décontracté… Le look de ces pigistes de *Géo* ou de *National Geographic* qui passent quelques jours dans le bled à humer l'air.

— Mon métier est bien plus prosaïque. Je suis représentant en vins.

— Ça alors ! Mon père a un petit vignoble dans le Lyonnais. Justement, j'ai mis un rouge léger à fraîchir dehors.

— C'est avec plaisir que je le découvrirai. Ma spécialité, ce sont les vins de Loire.

— Vous êtes en Irlande pour affaires, si je comprends bien ?

— Pas vraiment. Oui et non.

A présent, je brûlais d'envie de tout lui dire, cependant que me retenait le désir de couver mon secret, comme quand, tout gosse, je retardais le moment de montrer mes cadeaux de Noël aux copains, parce qu'une fois que d'autres yeux les auraient vus et que d'autres mains les auraient touchés, ils perdraient de leur nouveauté et de leur attrait. De même avec les livres : je lisais peu, mais toujours des livres neufs, jamais je n'empruntais un ouvrage dans une bibliothèque. De même avec les femmes ? ai-je songé. Anjela ne s'était donnée à aucun homme avant moi. Etait-ce pour cela que je l'avais épousée ? Mais quid de toutes les autres avant elle ? Rien à voir avec les livres de bibliothèque... Les femmes, il y en avait qu'on pouvait *feuilleter et lire*, en une heure, en une nuit... Comme cette Magali ? Cette nuit ? Idiot. Malgré sa robe qui remontait un peu haut sur ses cuisses, à cause de l'assise basse du fauteuil, il n'y avait aucune tentative de séduction dans son attitude. Ce n'était pas le début d'un dîner en amoureux. Elle me recevait, pour satisfaire à la tradition d'hospitalité irlandaise, voilà tout. Pour meubler sa solitude, peut-être, aussi.

— Et vous ? ai-je dit.

Elle a éclaté de rire.

— Eh ben ! Je me demandais où vous étiez parti !

— Perdu dans mes pensées, pardonnez-moi.

Elle s'est levée pour mettre une cassette dans le lecteur de la chaîne. Un opéra. *La Tosca* ou *La Traviata* ? Elle a allumé une cigarette. Le moment était exceptionnel, j'ai rompu mon serment de ne plus toucher au tabac.

— Je peux ?

— Bien sûr. Une goutte de whiskey ?

— On va être pafs.

— Bah, c'est le week-end et le chemin n'est pas bien long d'ici aux chambres.

J'ai allumé une Silk Cut. La première bouffée m'a étourdi.

— Alors, et vous ? ai-je relancé. Pourquoi l'Irlande ? Pourquoi ce bled paumé ?

Elle a fait tourner les glaçons dans son verre.

— Une longue histoire d'amour... Une double histoire d'amour... A quinze ans, séjour linguistique du côté de Galway et coup de foudre pour l'Irlande, au point d'en devenir obsédée. C'est dingue, l'effet que peut faire ce pays. Ça vous tombe dessus, comme ça, d'un coup. Vous verrez.

— J'ai déjà vu, depuis ce matin.

— Première fois ?

— Eh oui.

— Moi, la deuxième fois, ç'a été après le bac et mes dix-huit ans... Pendant deux mois un grand tour de l'île, en stop, d'auberge de jeunesse en auberge de jeunesse. Et puis retour à Lyon pour boucler armes et bagages et adieu aux parents en larmes. Je me suis installée à Westport, où j'ai trouvé du boulot dans un coffee shop. Une jolie ville, au nord d'ici. Une heure de route. L'idéal est d'y aller par les Sheffry Hills et de revenir par la côte.

— Depuis ce temps-là, vous avez fait un bout de chemin. Cette maison...

— Oui, un sacré bout de chemin. Mais pas toute seule. Amoureuse de l'Irlande, c'était fatal que je tombe amoureuse d'un Irlandais. Un Sean, la totale, comme John Wayne dans *L'Homme tranquille*... Mariage en grand et en blanc, malgré l'hostilité de sa vieille maman. Pensez, une Française, une dévergondée... Avec un mari qui ne serait pas souvent là... Troufion. Toujours à l'étranger, dans les Casques bleus. Dix ans de plus que moi. Il était déjà propriétaire de cette maison. On l'a arrangée et agrandie. On a rajouté les chambres de derrière, pour la demi-douzaine de gosses qu'il comptait me fabriquer. Un léger malentendu, entre nous. Des gosses, je n'en voulais pas, ce serait too much. Trop d'amour à partager, a-t-elle conclu. Anormal, non ?

— C'est drôle... Moi-même... Je suis marié, et moi non plus ça ne me dit rien de me perpétuer.

— Dites-moi, on a déjà beaucoup de choses en commun ! Bon, et si on la mangeait, cette truite de mer ? J'y vais...

Sur deux grandes assiettes ovales elle avait disposé un copieux filet de poisson à la chair rosée et des légumes variés, asperges, cœurs d'artichauts, rondelles de pommes de terre vinaigrette. J'ai débouché le vin et l'ai goûté. Comme souvent les petits vins de pays, celui-ci était fruité et avait cette agréable dureté de pierre de son terroir.

— Votre père aurait voulu que vous preniez sa succession, je suppose ?

— Vous supposez bien.

— Moi, j'ai repris le flambeau du mien... Représentant, ce n'était pas ma vocation.

— Tenir un B&B n'était pas vraiment la mienne non plus. J'aurais préféré un pub. Mais là, la maman de mon cher Sean aurait pété les plombs. Déjà que ça la turlupinait, son fiston absent et sa belle-fille seule avec tous ces mâles qui viennent pêcher dans le coin…

— Ils vivent au village ? Vos beaux-parents, je veux dire.

— A Dublin, par bonheur. Sinon, avec eux dans les environs, je n'aurais plus eu qu'à porter le tchador.

— Tout de même pas !

— L'Irlande n'a pas que des qualités. Parmi ses défauts, le premier c'est la bondieuserie.

— Vous savez, l'endroit où j'habite en Bretagne, on l'appelle la terre des prêtres.

— Vous voulez qu'on aille à la grand-messe demain ?

— Pourquoi pas ?

— Ça ferait causer dans les chaumières.

— Alors nous n'irons pas. Délicieuse, cette truite de mer.

— D'autant plus délicieuse qu'elle ne me coûte pas un penny. Des copains m'en apportent. Et des saumons.

— Qu'ils pêchent eux-mêmes ?

— Qu'ils braconnent. Enfin, façon de parler. Ils pêchent la truite de mer et le saumon dans la Blackross. Un parcours privé. Enfin, en principe. Un parcours privé devenu public étant donné que le propriétaire n'y a pas mis les pieds depuis des années.

— Tiens donc !

— Un Américain d'origine irlandaise. Propriétaire d'un manoir et des terres qui vont avec la rivière. Il y a une rumeur qui circule dans Keelkyle. Il aurait cassé sa pipe et un héritier pourrait bien montrer le bout de son nez.

— Vous m'en direz tant !

Elle m'a scruté par-dessus son verre de vin.

— Oh ! Attendez, Gwendal, qu'est-ce qui se passe ? Je sais bien qu'on est un peu éméchés, mais là, minute, vous avez l'air de vous payer ma tête…

— L'héritier, c'est moi.

Elle a feint d'avoir encaissé un uppercut en plein plexus – « Pouh !… » – puis s'est laissée aller en arrière contre le dossier de son fauteuil en expirant bruyamment. Elle en a oublié de serrer les genoux… Les yeux au plafond, elle a dit :

— Incroyable !… Ah, l'Irlande ! Ah, l'Irlande !…

Elle a tiré sur sa robe avec un sourire d'ado espiègle.

— Vous me ferez visiter ?

— Vous, vous me ferez visiter.

Je l'ai aidée à débarrasser. Elle a confectionné deux irish coffees qu'on a sirotés pendant que je lui racontais la visite d'Henry Whittington et le pourquoi de cet héritage. Brutalement, l'irish coffee m'a assommé. Je tombais de sommeil.

— Vous ne m'en voudrez pas si je vous abandonne ?

— Je comptais vous emmener chez O'Flaherty. J'ai des copains qui jouent de la musique ce soir.

— Vous avez une sacrée santé.

— Je n'ai pas passé la nuit dans un ferry et je ne me suis pas tapé la route de Cork jusqu'ici. Dormez bien. N'importe comment, nous allons avoir tout le temps de faire connaissance.

Je me suis écroulé sur mon lit. Dans une sorte de rêve éveillé, j'ai songé que Magali allait me prendre pour un eunuque, de n'avoir pas tenté ma chance – de n'avoir pas joué mon rôle de mâle seul en tête à tête avec une jolie fille. Tromper Anjela, à peine arrivé en Irlande… De toute façon, j'aurais été incapable de baiser, et une partie de jambes en l'air aurait gâché quelque chose entre Magali et moi, d'emblée. Je me suis senti flotter sur un petit nuage, tout auréolé de sainteté.

Vers le milieu de la nuit, j'ai entendu des bruits de voiture, des accords de guitare, et puis encore le ronronnement d'un moteur. La porte de la chambre de Magali a grincé, lentement, longuement, comme grince une porte que l'on veut fermer sans bruit. J'ai sombré dans un sommeil de plomb.

Je me suis réveillé à neuf heures. Le living empestait le tabac. Dans les cendriers, des bouts filtres se mélangeaient à des mégots de joints. Je n'avais fumé de l'herbe qu'une seule fois, et ça m'avait rendu malade comme un chien – parce que j'étais rond comme une queue de pelle, m'avait dit le copain qui m'avait préparé le joint, mais allez donc savoir ce qu'il avait réellement fourré dedans.

J'ai vidé les cendriers dans la cheminée et porté à la cuisine les trois verres et les canettes de bière qui encombraient la table basse. J'ai fureté dans les placards et déniché une théière et des sachets de thé – du Barry's, mélange corsé de Chine, de Ceylan et de Kenya. J'ai branché la bouilloire électrique et suis sorti sur le pas de la porte.

Le temps avait fraîchi. Les Twelve Pins s'emmitouflaient dans des écharpes fuyantes de nuages, où le soleil levant sculptait des ravins. J'ai fait quelques pas jusqu'au pignon de la maison, et là mon cœur s'est mis à battre la chamade. De ce côté, on apercevait la Blackross River et le bouquet de pins écossais où se nichait Ballynakill Manor. Comment avais-je pu oublier ce que j'avais aperçu hier soir au crépuscule ? La réalité se situait tellement au-dessus du rêve que mon esprit refusait de croire à ce qui ressemblait à cette transportation des récits de science-fiction : on entre dans une machine – mon break Volvo et le ferry en figuraient deux –, on abaisse un levier et on se réveille dans le passé ou dans le futur, ou dans un monde étranger, et pourtant familier. Je suis rentré dans la maison en me frictionnant les bras.

Magali, ce personnage de l'ailleurs venu à ma rencontre, était occupée à rallumer le feu. Le couvert du petit déjeuner était disposé sur la table basse.

— Hello !

— Hello, Gwendal ! Bien dormi malgré le bruit ?

— Comme un bébé.

Elle était en chemise de nuit sous sa robe de chambre. Les cheveux relevés en chignon, elle était fraîche comme une rose. Une santé, vraiment, après une nuit aux trois quarts blanche, pourtant.

— Merci d'avoir vidé les cendriers. Mais ne croyez pas que vous allez me priver de mes devoirs d'hôtesse. Asseyez-vous et surveillez le feu, je m'occupe de nous préparer un vrai breakfast irlandais.

Le phénomène de transportation ne devait-il jamais s'interrompre ? Moi qui d'habitude ne grignotais qu'une biscotte au petit déjeuner, j'ai dévoré deux œufs au plat, du bacon, des saucisses, des toasts beurrés, du soda bread et de la marmelade d'orange, en buvant au moins un demi-litre de thé.

Magali n'était guère plus bavarde que moi, le matin, mais à cause de sa tenue ce fut comme si elle me communiquait la chaleur de son lit, comme si je respirais son odeur de nuit à elle, comme s'il y avait dans l'air un parfum de conjugalité. A notre énième tasse de thé, et alors que onze heures allaient sonner, nous avons allumé une cigarette.

— Je suis fichu. Deux ans que j'avais arrêté.

— Bah ! A notre âge on ne va tout de même pas se mettre au régime et surveiller notre taux de cholestérol comme des vieux cons, non ?

— Surtout en Irlande.

— Comme vous le voyez, on se fout aussi des pendules, en Irlande.

— Ça me va.

— Un péquenot de touriste piafferait d'impatience de découvrir son domaine. Ou bien il y serait depuis le lever du jour. Pas vous. Pourquoi ?

— J'ai un peu les jetons.

— Je comprends ça. Moi aussi j'avais un peu la trouille quand mon Sean m'a passé la bague au doigt et qu'il a voulu me cloîtrer ici. Bon, je fais un brin de toilette et on y va ?

— Prévoyez les sels, au cas où je tomberais dans les pommes comme une vieille marquise.

— Il y a ce qu'il faut dans la boîte à gants de ma voiture.

— On ne prend pas la mienne ?

— Inutile d'ameuter tout le patelin. Ça se saura assez vite, que vous êtes le nouveau châtelain.

Je l'ai attendue dehors. Elle a réapparu au bout d'un quart d'heure. En jean, bottes d'équitation, gros pull blanc à col roulé, Barbour élimé et chapeau huilé qui avait essuyé plus d'un déluge, elle avait le look d'une jeune épouse de landlord s'en allant visiter ses métayers. Elle m'a donné des bottes en caoutchouc et deux paires de chaussettes.

— Du 46. Les types par ici sont bâtis comme des bœufs.

Elle conduisait comme elle parlait, comme elle marchait, comme elle laissait s'écouler les heures diurnes pour mieux jouir de ses nuits – sans doute, car qu'en savais-je exactement ? –, comme elle avait mené sa vie jusqu'ici – quitté la France sur un coup de tête et épousé un Irlandais sur un coup de foudre –, sans hésitation. Elle a pris un sentier entre des pâtures, chassant devant elle à grands coups de Klaxon un tas de moutons en liberté. La suspension de la Toyota était sèche, conçue pour les lourdes charges. On sautait sur la caillasse et les nids-de-poule.

— Vérifiez que les sels sont dans la boîte à gants…

Une flasque de whiskey. Du Paddy.

— Le diminutif de Patrick, saint patron de l'Irlande ?

— Un collègue à vous, ce Paddy. Il était représentant d'une marque de whiskey dont tout le monde a oublié le nom. Les tenanciers de pub l'appelaient le whiskey de Paddy, et ils ont continué après la mort du brave homme. La distillerie recevait des coups de fil et des lettres de commande du whiskey de Paddy. Ils ont débaptisé le breuvage et l'ont rebaptisé Paddy.

— Bel hommage.

— Attention, on arrive.

Dans un dernier cahot, la voiture a gravi un tertre.

— Fermez les yeux pour le lever de rideau.

Je les ai vraiment fermés. Magali a donné trois coups de Klaxon. J'ai rouvert les yeux.

6

Incrustée dans le pare-brise, la scène était telle que je l'avais idéalisée hier soir au crépuscule, d'une profondeur infinie, grâce à une extraordinaire perspective chromatique : sombre des tourbières et bleu de Prusse du Lough Nakeela ; étincellement, au bout de la ligne de fuite de la Blackross River, d'un horizon maritime où semblaient brûler et danser dans un foyer de lumière les cônes des deux îles, Inishbofin et Inishark. A l'intérieur du demi-cercle de pins écossais auquel il s'adossait, Ballynakill Manor, tourné vers l'océan, semblait une autre île, ou un pont habité, à la jonction de la rivière et de l'estuaire.

— Eh ben, dites donc, il y en a qui ont de la chance, a murmuré Magali.

La gorge nouée, je me suis contenté de hocher la tête.

Elle a respecté mon émotion pendant le passage du rêve à la réalité, la traversée du miroir, l'effacement des siècles qui me séparaient de mes origines. Et puis elle s'est mise à parler, mais comme si elle me servait d'interprète, pour traduire en paroles mes propres pensées, dans un langage de commère de comédie, qui déborde d'allant et de bon sens populaire, tout au service de son Monsieur qui se complaît dans son spleen de rupin.

Dans la jungle du parc :

— Il y a assez de types au village pour nettoyer ça en moins de deux.

En gravissant les marches moussues du perron :

— Deux heures de Kärcher et on pourra manger dessus.

Devant la porte d'entrée, alors que je cherchais la clé dans le trousseau que m'avait remis Carolyn Cusack :

— Je crois bien qu'une bonne femme venait aérer de temps en temps.

A l'intérieur :

— Mazette !

Je m'étais déridé, j'ai rigolé franchement.

— Un mot qui n'est plus de première jeunesse.

— Ben tiens ! Comme le château, quoi !

Ce n'était pas un château, heureusement... A l'origine, une simple maison de maître, de style géorgien, avec des cheminées de pignons et une cheminée centrale. Au début du XXe siècle, probablement, deux avancées de style edwardien avaient été rajoutées de chaque côté en façade, que reliait entre elles, à l'étage, un balcon qui formait un toit au-dessus du perron, soutenu par des colonnes corinthiennes très kitsch. Ce cocktail de styles aurait dû être imbuvable. Au contraire, comme les proportions des rajouts étaient idéales, l'ensemble avait le charme d'une originalité somme toute harmonieuse.

La porte d'entrée donnait dans un couloir qui menait aux communs, à l'arrière. Sur le devant, à gauche, il y avait une belle salle formée de la surface de l'avancée et de la pièce d'origine, entre lesquelles on avait abattu le mur. A droite, on avait gardé l'ancien mur, si bien qu'il y avait trois pièces à vivre : une bibliothèque dans l'avancée et deux salons contigus, trois pièces où s'isoler, lire et méditer en toute tranquillité.

L'intérieur était tel que Daniel McGovern l'avait laissé lors de son unique séjour, et sans doute tel qu'il se trouvait lorsque les derniers propriétaires britanniques y avaient jeté un ultime regard : à l'image de l'extérieur, un mélange disparate et inimitable de meubles, de bibelots et de tableaux. On sentait dans l'air une odeur de murs froids et de vieilles boiseries, mais rien n'était humide ni moisi.

— Quand je disais aérée, j'aurais dû dire entretenue.

— Un miracle que des cambrioleurs ne soient pas passés par là.

— Allons ! Nous sommes en Irlande, mon cher ! Vous n'avez pas remarqué ? Aucune maison n'a de volets. On ne craint pas les voleurs. Peut-être que ça changera un jour, mais pour l'instant, la plupart des gens ne ferment même pas à clé quand ils vont se coucher.

Elle a ouvert et refermé un tas de portes de buffet et de tiroirs de commode.

— Regardez… Linge de maison, vaisselle… Il n'y a plus qu'à emménager.

— A condition qu'il y ait des lits…

— Montons voir.

Il y avait six chambres à l'étage – quatre dans la partie géorgienne et une dans chaque avancée, ces deux-là ayant accès au balcon du milieu. Il y avait des lits, et des armoires, et des commodes, et des coiffeuses, et des bibliothèques. J'ai pris un livre au hasard : un manuel de français, ayant appartenu à une certaine Lizzie Thorpe, année scolaire 1865-1866…

— Question piaule, vous n'aurez que l'embarras du choix.

— C'est tout choisi. Une des chambres de devant.

— Vous pourriez y dormir dès ce soir.

J'ai appuyé sur un interrupteur.

— Pas de courant.

— Bof, facile à arranger. Et puis il y a les bougeoirs…

— J'aimerais mieux décompresser un peu. Si ça ne vous dérange pas que je passe encore deux ou trois nuits chez vous…

— Pas de problème.

On s'est accoudés au garde-fou du balcon qui reliait les deux avancées. La marée montait dans l'estuaire. Des pêcheurs s'installaient sur les berges de la Blackross.

— Ça, ça va être votre problème.

— Quoi donc ?

— Les pêcheurs. Depuis le temps, cette rivière est devenue domaine public.

— En quoi ça me dérangerait ?

— En quoi ? s'est écriée Magali. Mais la Blackross, c'est… Comment elle s'appelait déjà, la rivière de Crésus ?

— Le Pactole.

— Eh ben, tu peux dire que tu l'as touché, le pactole !

Le tutoiement m'a fait tiquer un peu. J'aurais préféré garder mes distances avec cette fille. Mais se tutoyer, entre Français du même âge, n'était-ce pas naturel ? A quoi bon chercher midi à quatorze heures ? Magali était mariée et sûrement heureuse en ménage avec son Irlandais. La veille au soir, elle aurait pu me faire du rentre-dedans, et ça n'avait pas été le cas.

— Continue, tu m'intéresses, ai-je plaisanté.

Elle a passé son bras sous le mien. Un geste de copain. De boute-en-train. En place pour le quadrille…

— La Blackross, c'est exactement ça, mon cher Crésus. Une rivière qui charrie des paillettes d'or. Tu veux que je t'explique ?

— Et comment ! De A jusqu'à Z.

Des milliers et des milliers d'années avant que les Romains ne nomment cette île Hibernia, dans le nord-ouest la fonte des glaciers creusa le berceau des grands lacs ainsi que de nombreux drains par où se débonder vers l'Atlantique. De ces fleuves côtiers, il y en avait d'imposants, il y en avait de modestes. La Blackross appartenait plutôt au second genre, par sa longueur et sa largeur, mais figurait néanmoins parmi les plus glorieux : les fleuves réputés pour leurs remontées de saumons et de truites de mer.

Une fois la colonisation de l'Irlande achevée, les Anglais inventèrent le noble sport de la pêche à la mouche et déclarèrent les berges des fleuves terres interdites aux natifs, ces sauvages autochtones, à peine supérieurs aux porcs qu'ils hébergeaient dans leurs masures. Les Irlandais inventèrent alors un autre genre de sport national : le braconnage, par tous moyens et tous engins. Mais sous la férule des lois d'exception, ces bons tours joués à l'occupant comportaient des risques majeurs : pendant la Grande Famine, ce fut au mieux le bannissement en Australie ou en Nouvelle-Zélande, au pis la pendaison.

Après la création de l'Etat libre et la fuite des landlords, leurs rivières demeurèrent dans une situation juridique indécise. Officiellement, les droits de pêche appartenaient encore aux Anglais, et certains payaient encore des gardes, Irlandais du Nord pour la plupart, pour faire respecter ce qui n'était plus leur loi, ni encore la loi irlandaise.

Sans autre risque que de faire le coup de poing avec ces jaunes à la botte des anciens colons – voire : dans l'espoir de leur casser la gueule –, le braconnage devint ludique. Quand bien même il y avait du poisson partout dans des eaux « libres », le saumon et la truite de mer des Anglais étaient autrement savoureux. On avait l'impression de se rembourser sur la bête de tout ce que l'occupant avait volé à l'Irlande. La Blackross acquit ce statut de cours d'eau à piller et quand Daniel McGovern acheta le domaine et se désintéressa de la rivière, ce fut la curée. Plus de gardes, plus besoin de braconner même pour rigoler. N'appartenant plus à personne puisque l'Américain se fichait des droits de pêche, la Blackross se mit à appartenir à tout le monde.

— Or, maintenant elle est à toi. Tout t'appartient, y compris le poisson.

— A quoi ça m'avancerait d'interdire la pêche ?

— A l'autoriser moyennant finances. Tu sais combien ça se loue, par jour, un parcours comme celui-là ? Que dis-je, un parcours ? Un bout de parcours.

— Les gens du coin vont me détester.

— Un mauvais moment à passer. Ils se calmeront. Les Irlandais finissent toujours par respecter la loi. Et puis tu es breton, et tu as du sang irlandais. Il leur restera toujours les Allemands à détester.

— Ils sont mal vus dans le patelin ?

— Plutôt. Ils achètent tout, avec leur mark fort, et ne font aucun effort pour s'intégrer. Ecoute, Gwen, j'ignore tes intentions concernant Ballynakill, mais voilà ce que je ferais si j'étais à ta place. Tu transformes la bicoque en manoir-hôtel…

— S'il te plaît, ne me parle pas d'hôtel. Figure-toi que mes beaux-parents…

Je lui ai raconté les projets concoctés pour nous par papa Lulu et maman Claudette, l'hôtel-restaurant des Tourteaux à reprendre…

— Je vois… Juillettistes et aoûtiens en demi-pension, banquets du dimanche midi en toutes saisons… Mon pauvre, autant pointer à l'usine… Il ne serait pas question de ça, ici. Deux ou trois chambres top niveau, table d'hôte le soir, une carte de vins français puisque tu t'y connais, prix cinq étoiles, clientèle chic, industriels et ministres, accompagnés par mesdames, ou des demoiselles. Les saumons et les truites de mer comme appât. Tu loues les droits de pêche en même temps que les chambres, que les mecs pêchent ou pas. Tu ouvres en avril, tu fermes fin septembre, et tu te fais de l'or en barre. A moins que tu ne sois déjà rentier.

— Non. Pas tout à fait. Je pense que j'aurai besoin de revenus.

— Eh ben, qu'est-ce que t'attends ?

— Tu m'aiderais ?

— Qu'est-ce que je suis en train de faire, tu crois ?

— C'est incroyable.

— Quoi donc ?

— Je me le disais encore hier soir. La chance que j'ai. L'héritage, les gens que j'ai rencontrés hier, l'avocate, le banquier… Et toi.

Elle a lâché mon bras et allumé une cigarette qu'elle a écrasée après deux bouffées.

— Il n'y a pas que toi à avoir de la chance. Ta femme aussi, elle en a pas mal, il me semble.

— Ma femme, tu sais…

— Si tu ne veux pas en parler…

— Elle est un peu dépressive, en ce moment. Mais à part ça, tout baigne.

— Pas comme entre mon Sean et moi, alors.

— Je croyais que…

— Moi aussi, j'ai cru que. Laissons tomber, ne gâchons pas ce moment.

Elle a repris mon bras et s'est blottie contre ma hanche.

— Je peux te demander quelque chose d'idiot ?

— Demande toujours.

— Une minute pareille, sur ce balcon, devant ce paysage, je trouve que ça mérite a long deep kiss. Tu veux bien qu'on s'embrasse ?

Lorsque nos lèvres se sont séparées, j'ai encore eu cette même impression qu'au départ du car-ferry, il y avait de cela un siècle, me semblait-il : celle d'avoir signé un pacte avec le diable, un démon nommé bonheur, en l'occurrence, mais qui me présenterait la facture, un jour ou l'autre.

— Ça fait du bien de se comporter comme des gamins, non ?

— En place pour le quadrille irlandais ?

— Pourquoi tu dis ça ?

— Parce que j'y pensais, tout à l'heure. Tu débordes tellement d'entrain. Tu as l'air toujours partante pour une danse endiablée. Comme ces filles, dans les boîtes de nuit, qui bondissent sur la piste dès les premières notes de musique. Tu mords dans la vie comme s'il ne devait pas y avoir de lendemain.

— Le syndrome irlandais, Gwen. Ici, il n'y a que la minute présente qui compte. Celle d'avant, c'est déjà du passé, et celle d'après, un futur dont tout le monde se fout parce qu'on n'y peut rien.

— Une chouette philosophie.

— Oui et non. Certains te diraient que vivre dans le présent et croquer la vie par tous les bouts, c'est une façon de peindre le tableau noir en rose bonbon. D'effacer l'angoisse de l'avenir, si tu préfères.

— Tu es angoissée, toi ?

Elle s'est accrochée des deux mains au col de mon imper et m'a attiré contre elle. Je m'attendais à ce que le ciel me tombe sur la tête. Je crois, je sais aujourd'hui qu'à cette *minute présente* elle avait vraiment envie de me répondre oui, je crève d'angoisse, je sens des menaces partout autour de moi, mais elle s'en est tirée par une pirouette.

— Angoissée, moi ? A ton avis ?

En l'embrassant de nouveau, j'ai contresigné le pacte.

On est descendus vers le pont et la limite de salure des eaux de la Blackross. C'était dimanche, et la marée, haute à dix-sept heures, était idéale pour un jour du Seigneur. Les disciples de saint Pierre se bousculaient de chaque côté de l'étroit estuaire, des jeunes, des vieux, des pères avec leurs gosses, une vraie kermesse, que j'ai observée, incognito. Il y avait très peu de gens au-dessus du pont. Ces pêcheurs du dimanche allaient au plus facile. Ils se concentraient au-dessus des pools que la marée achevait de remplir, portant avec son flux des poissons bondissants. Les plus ambitieux traquaient le saumon en laissant dériver un bouchon et, au bout d'un mètre de fil, un hameçon esché d'une crevette. Les autres visaient le nombre plus que la qualité : la truite de mer, à laquelle ils proposaient un paquet de lombrics lesté d'un gros plomb qui fixait les vers dans le fond.

J'ai vu sortir trois saumons, des grilses, m'a dit Magali, des saumons d'été dont c'était la première remontée vers les frayères, des poissons de taille modeste, entre trois et six livres. Ils ont été sortis sans ménagement – le fil devait être du câble ! –, et jetés frétillants sur la bruyère rase.

Et soudain, alors que le jour déclinait, les truites de mer se sont mises à mordre. On aurait cru un coup de pêche au maquereau devant l'aber Wrac'h. A peine les lignes étaient-elles remises à l'eau que les cannes se courbaient. Les truites de mer paraissaient calibrées, la plupart d'une livre, avec de temps en temps un poisson de deux ou trois livres qui suscitait des acclamations. De ces poissons magnifiques les meilleures cannes faisaient des tas derrière eux, ou remplissaient des seaux.

— Un vrai massacre…

— Le caractère irlandais, a philosophé Magali. Ils se figurent que la nature est inépuisable. Ils n'ont pas que des qualités, mais au moins ils ont le charme de leurs défauts. On ne peut pas en dire autant de tous les pays.

— Tu crois vraiment que je pourrais interdire la pêche ?

— Tu parles que oui, avec l'aide du Western Fishery Board. La fédération régionale de pêche, si tu préfères. Je te les présenterai.

— Tu connais tout le monde, ma parole !

— Je dirais plutôt l'inverse. Tout le monde me connaît, dans le patelin. Tu vas voir, ce soir… Je t'emmène chez O'Flaherty. Le dimanche soir, *irish music, my dear* !… Un groupe super. Ils ne sont que deux mais jouent et chantent comme quatre.

— Des copains à toi ?

— Tu penses bien.

— Les mêmes que ceux de cette nuit ?

— Ils t'ont empêché de dormir ?

— Je retire ma question.

— Je préfère. On se pose déjà trop de questions à mon sujet, dans ce bled.

— Des ennuis ?

— C'est encore une nouvelle question, Gwen. Rappelle-toi : seule la minute présente, et cætera…

— Désolé.

— Et arrête de t'excuser. Ça fait très touriste. Pour les gens d'ici, un con de touriste, c'est un type qui n'arrête pas de dire « *sorry* » aux portes contre lesquelles il se cogne.

On est revenus à Blackross House, juste un saut pour se changer et se refaire une beauté, et on a pris ma voiture pour se rendre au bourg de Keelkyle. J'ai voulu m'arrêter en face d'O'Flaherty's – il y avait toute la place qu'on désirait –, Magali m'a conseillé d'aller me garer dans la cour du patronage paroissial, cent mètres plus loin.

— Entre les deux pubs, à une heure du matin, c'est le bordel. Ils se garent en triple file et tu es marron quand tu veux partir.

— On restera.

— Ce soir, je n'ai pas envie de m'attarder.

Sur le parking, en face du presbytère, il y avait une cabine téléphonique, sorte de totem incarnant le sentiment de culpabilité que j'ai forcément ressenti. J'avais promis à Anjela de l'appeler dès que j'aurais débarqué du ferry, or j'avais débarqué la veille à l'aube, soit depuis presque quarante-huit heures.

— Tu m'excuses une minute, ai-je dit à Magali en me dirigeant vers la cabine.

— Tu peux téléphoner de chez moi, tu sais.

— Bah, autant…

J'ai gardé le reste pour moi : autant me débarrasser tout de suite de la corvée ?

— Je t'attends au pub.

J'ai approvisionné le monnayeur et composé le numéro de Bernbily. La tonalité d'appel résonnait, parfaitement nette et claire, et ça m'a épaté, comme si inconsciemment j'avais pensé qu'une cabine publique, en Irlande, ne pouvait pas fonctionner. Anjela n'a pas répondu. J'ai composé le numéro des Tourteaux. On a décroché tout de suite.

— Hôtel des Tourteaux, j'écoute.

— Maman Claudette ? Gwendal. Je suis inquiet. Ça ne répond pas à Bernbily.

— Anjela a attendu votre appel hier toute la journée. Elle a pris le train de Nantes hier soir. Elle se sentait seule…

Je la voyais pincer du bec pour piquer, la maman Claudette.

— Je n'ai pas eu une minute à moi. Je voudrais lui parler.

— Elle se repose. Et alors, votre château en Espagne, il n'est pas en ruine ? Ça vaut quelque chose ?

Cette question bassement matérielle, à laquelle j'aurais dû pourtant être préparé, m'a anéanti, puis révolté. Comment partager avec une maman Claudette les émotions suscitées par Ballynakill Manor ? Je n'ai pu que répéter, et je ne sais sur quel ton, celui d'une profonde lassitude, sans doute : « Ah ! Si ça vaut quelque chose... », et puis j'ai fait comme si la ligne avait été coupée.

— Allô ? Allô ? Maman Claudette ? Je ne vous entends plus... Allô ? Allô ?

— Moi je vous entends très bien, mon petit Gwendal.

— Allô ? Allô ? Si vous m'entendez, embrassez Anjela pour moi. Je rappellerai demain.

J'ai raccroché. L'appareil m'a rendu le surplus de mes pièces. Je me suis senti un peu nauséeux. J'aurais dû rétorquer à maman Claudette : « Mais je m'en balance, moi, de ce que ça vaut en billets de banque, Ballynakill est inestimable, ce manoir n'est pas une chose mais une personne, soyez un peu humaine, chère belle-maman, et ne m'emmerdez plus avec votre tiroir-caisse ! »

Il n'empêche que, jusqu'à ce matin, j'avais moi-même songé à l'héritage en terme de fortune et qu'à présent j'en avais honte. La beauté ne se traduit pas en chiffres. On ne regarde pas un tableau en pensant à sa valeur, ou bien alors on ne mérite pas de le posséder. Bien sûr, il y avait cette histoire de pactole et d'argent à gagner. Mais ces paillettes d'or de la Blackross, ces saumons et ces truites de mer, je les comparais à des éoliennes qui captent le plus gratuit des dons de la nature pour le transformer en énergie. Louer les parcours de pêche ne serait rien d'autre que transformer ce miracle de la nature en heures de plaisir pour mes clients, afin de perpétuer, grâce aux revenus produits, la mémoire de Ballynakill Manor, à l'exclusion de toute idée d'enrichissement.

Blindé de cette bonne conscience, j'ai poussé la porte d'O'Flaherty's et me suis retrouvé dans un vestibule, face à un mur garni d'affichettes et, sur la gauche, une autre porte. Ce sas avait une double utilité : protéger, lorsque la porte principale s'ouvrait, les consommateurs des regards extérieurs, au temps où les pubs étaient considérés comme des lieux de débauche ; à présent, il s'agissait plutôt d'éviter que le vent glacial ne balaie en hiver les jambes haut croisées des filles juchées sur les tabourets.

Le bar occupait sur la droite toute la longueur de la salle. Pour l'heure, il paraissait démesuré. Dans le coin contre la paroi du vestibule, un vieil homme en costume noir et chemise blanche lisait le journal. A l'autre bout, un jeune couple papotait avec le barman, un type de leur âge. Trois dames très dignes étaient alignées dans le fond sur une banquette, à côté d'une sono, au premier rang pour le concert d'irish music à venir. Elles buvaient des sodas. Chez nous, on aurait dit qu'elles étaient habillées mod kozh – « à l'ancienne mode » –, de robes aux couleurs ringardes, rose, mauve, parme, bleu layette, qu'on ne voyait plus guère que dans les vitrines désuètes de magasins de nouveautés des hameaux du Centre-Bretagne. Cristallisant à mort, je leur ai trouvé un charme fou. Il faut dire que le décor avait de quoi me titiller la fibre sentimentale : aux murs de vieilles cannes à mouche, des truites naturalisées dans des boîtes en verre, des photos anciennes de tableaux de pêche au saumon, des articles de presse encadrés, des bouquins, des outils, des instruments de musique, bref tout ce bric-à-brac, cette poussière des ans, ces empreintes de générations évanouies qui fondent l'identité d'un pub.

Les dames m'ont salué :

— Hello !

— Hello !

De la banquette d'angle, près de la cheminée où brûlaient des boulets, Magali me regardait d'un œil ironique. Je me suis assis près d'elle, face au décor.

— Tu avais l'air d'un petit garçon devant la vitrine du chocolatier.

Elle a levé son verre rempli d'un liquide laiteux.

— Qu'est-ce que c'est ?

— Bailey's, une liqueur, une boisson de lady.

— Je prendrais bien un whiskey.

— Service au bar. Je te conseille le Black Bush. Vieilli dans des fûts de sherry. Une liqueur, aussi, dans le genre. Demande donc la carte au barman. J'ai faim.

J'ai commandé un double Black Bush et rapporté la carte. On a trinqué.

— A Ballynakill !

— A l'Irlande.

Le barman a surgi pour prendre notre commande alors qu'on n'avait pas encore regardé la carte.

— Il y a un poisson du jour, Eddie ?

— De la barbue.

— Parfait. Tu aimes le poisson ?

— J'adore.

— Deux barbues, Eddie, avec de la purée et des légumes.

Le barman a opiné, sans dire un mot.

— Pas loquace.

— Non. Efficace. C'est reposant, un Irlandais qui ne cause pas.

— C'est ton pub attitré ? Et l'autre en face, Moran's ?

— Il faudra que tu y ailles de temps en temps. Ne serait-ce que pour entretenir de bonnes relations de voisinage. En ce qui me concerne… Bof ! Moran's a pris le virage de la modernité. Télés géantes et bouffe exotique. On se croirait dans un chinois. Ça plaît aux gens branchés. Ici, tout est resté simple, tout est immuable. C'est tout ce qu'on demande, non ? Qu'est-ce qu'on en a à foutre du changement ? O'Flaherty's et Moran's, c'est le combat des Anciens et des Modernes. Je milite pour les Anciens. Et puis j'adore la patronne. Je m'arrange avec elle, en haute saison. Elle loue des chambres. Elle m'envoie des clients, je lui en envoie quand j'affiche complet.

Le pub se remplissait. Au bar des types seuls, de tous âges. Autour des tables, des couples et des familles. Une fille, les joues en feu, nous a apporté nos plats. Des portions de barbue dignes de Pantagruel, plus un tas de légumes divers. Une très vieille dame l'a suivie, apportant un saladier de purée, qu'elle nous a servie à part sur des petites assiettes. C'était Joséphine O'Flaherty. Elle s'est essuyé les mains dans son tablier. Magali m'a présenté.

— Gwendal, un Français de passage. Pardon, un Breton.

— Ah, nous avons beaucoup de Bretons en été par ici. Ce sont des gens charmants.

— Merci.

— Je vous laisse manger.

— Vous avez fait du cheese-cake, Joséphine ? a demandé Magali.

— Au citron.

— Réservez-nous deux parts.

— Certainement, my dear. Ne laissez pas le poisson refroidir. Bon appétit.

Le barman nous lorgnait tout en actionnant ses tireuses de bière. Magali lui a fait signe. Deux. Grandes. Deux pintes.

— La Guinness avec le poisson ou les huîtres, c'est un sommet.

— Parole de fille de viticulteur ?

— Je te jure !

Le poisson était délicieux, cuit à la perfection, les légumes croquants, la purée sublime, et la Guinness divine. On a repris une pinte. Saint Patrick n'était pas mon cousin.

Entrés par la porte du fond – issue de secours à double titre : secours-secours et entrée et sortie dérobées après l'heure légale de fermeture –, les musiciens ont branché leur sono et accordé leurs instruments. Magali leur a soufflé des bisous dans le creux de la main.

— Mes fameux copains qui t'ont empêché de dormir.

— Qui ne m'ont pas empêché de dormir…

— David et Maurice. Hardy et Laurel. Le petit, David, c'est l'accordéoniste. Maurice joue de la guitare et chante. Quand ils sont dans le coin je ne les rate jamais. Maurice vivote de sa musique. Ils auraient pu passer pros, mais David n'y tient pas. Il bosse à l'ESB, l'Electricity Supply Board, l'EDF irlandaise, si tu veux.

C'étaient deux types dans nos âges, David plutôt râblé et l'œil malicieux, Maurice longiligne et légèrement voûté, avec un faux air égaré d'Anthony Perkins dans *Psychose*. Joséphine O'Flaherty les a approvisionnés en liquide, une pinte de Guinness pour David, une de Harp pour Maurice, et ils ont commencé de jouer un reel endiablé, que nous avons été les seuls à applaudir, Magali et moi. Pourtant, la plupart des gens étaient venus pour les écouter, mais il suffisait que les musiciens le sachent, et ils le savaient bien, aussi les applaudissements étaient-ils inutiles. J'allais apprendre cela : dans ce pays où le verbe a tant d'importance, il y a des mots qu'il ne sert à rien de prononcer et des gestes qu'il ne sert à rien de faire.

A vingt-trois heures, le pub était plein comme un œuf. Devant le bar se tassaient trois rangs de consommateurs, mais sans un heurt, sans une parole agressive. Le barman et les deux barmaids de renfort tiraient des pintes de Guinness d'avance. Au fur et à mesure qu'ils s'alcoolisaient, au diapason du public, David et Maurice devenaient plus romantiques. Plus mélancoliques. Il est vrai que des femmes et des hommes lançaient parfois le titre d'une de ces chansons qui me deviendraient aussi familières qu'à Magali – elle connaissait les paroles par cœur et chantait en même temps que Maurice tout en battant la mesure : *The Leaving of Liverpool*, *Paddy Reilly*, *Cliffs of Doneen*, *The Foggy Dew*, *The Sally Garden*, chants d'émigrants, chants d'adieux déchirants et de retour impossible.

Les conversations baissaient de plusieurs tons. Et puis les musiciens et le public s'ébrouaient en chœur aux premières notes d'une chanson à chasser la mélancolie, *The Rising of the Moon*, *The Black Velvet Band*, ainsi que le must des musts, *Finnegan's Wake*, cette histoire de veillée mortuaire bien arrosée où le mort, Finnegan, ressuscite en flairant l'odeur du whiskey.

La cervelle embrumée, l'âme emplie de nuages, j'ai filé au gré de deux courants contradictoires, l'un qui m'emportait vers la certitude d'être éternel et l'autre qui me donnait envie de mourir sur-le-champ. Soudain les gens assis se sont levés et les gens debout au bar se sont immobilisés, verre à la main, dans une sorte de garde-à-vous. Magali m'a poussé du coude. Je me suis levé. C'était l'heure de ce moment pour moi inouï, la clôture du concert par le National Anthem, l'hymne national de la République, ni guerrier, ni farouche, célébration poétique de cette Irlande qu'on représente sous les traits d'une déesse drapée d'indépendance et de liberté et nommée Ashling.

Sitôt l'hymne achevé, les conversations ont repris. Eddie le barman a tiré les rideaux, diminué l'intensité des lumières et entrouvert la porte du fond. Les dernières pintes tirées ont été servies. J'ai vraiment compris ce que voulait dire ici la fameuse boutade : « Demain est un autre jour. » Les Irlandais avaient bien raison de l'affirmer : la vie, c'est enfiler les perles du présent, et peu importe l'usage que l'on fait de ce collier sans fin, rosaire à ânonner des *Je vous salue Marie* et des *Notre Père*, ou corde pour se pendre.

— On se casse, m'a dit Magali, j'ai envie de faire l'amour.

7

J'ai dû avoir l'air ahuri.

— A moins que tu n'aies quelque chose contre...

J'ai failli galéjer, comme je l'aurais fait sans doute au comptoir d'un café du commerce ou de la poste : « Je suis contre, tout contre », mais dans l'instant, j'ai senti que ces mots tarte à la crème seraient pis qu'un juron, qu'un outrage, qu'un blasphème, ce serait comme mâchouiller l'hostie et la recracher sur l'étole du curé, désacraliser cet inestimable présent et anéantir le bonheur et l'appétit de jouissance que je lisais dans les yeux de Magali.

Elle faisait l'amour comme une morte de faim, mais une affamée qui n'en demeure pas moins fine gueule, qui sait qu'à se gaver trop vite on risque de le regretter. On dit que connaître une femme, c'est les connaître toutes, et qu'en connaître beaucoup, c'est n'en connaître aucune. Chacune a sa façon d'aimer. Ou de se laisser aimer, comme Anjela, dont j'aimais l'abandon presque mystique, proche de la peur de se perdre dans le plaisir. Magali, elle, le recherchait, sans pour autant vouloir dominer l'homme. Soucieuse du plaisir de l'autre autant que du sien, elle y mettait une détermination qui vous faisait craindre de n'être pas à la hauteur. Je l'ai été, je crois. Elle m'a lessivé. On s'est endormis noués l'un à l'autre. Dans son sommeil, elle a pris ma main et l'a posée sur son pubis.

Le lendemain matin, j'ai voulu remettre ça. Elle a sauté hors du lit. Elle s'est dérobée, pourrait-on dire, en me laissant en plan, glorieux, pantois et vexé dans mon orgueil de mâle.

Le temps que je prenne une douche, me rase et m'habille, elle avait rallumé le feu dans la cheminée et préparé le petit déjeuner. Elle aussi avait pris une douche. En chemise de nuit sous un peignoir molletonné et une serviette de bain autour des cheveux, elle était adorable. Elle m'a embrassé sur la joue.

— C'était bon, Gwen. Merci.

— Tu es bien la première fille qui me dit merci après avoir…

— Pourquoi ? Tu ne les avais pas satisfaites ?

— J'espère que si. En général, au réveil, elles ne refusaient pas…

— Tss ! Tss ! Tss ! Tu sais ce qu'on dit à propos de l'amitié entre une femme et un homme ? Qu'elle n'est possible qu'après qu'ils ont baisé ensemble. Pour évacuer tout ce bazar du jeu de la séduction, de l'amour et de ses conséquences fatales. L'attachement, la jalousie… Maintenant qu'on s'est envoyés en l'air, on peut devenir les meilleurs amis du monde. Tu n'es pas d'accord ?

Comment l'aurais-je été ? Cette étrange évocation de notre nuit d'amour – par son contraire, par l'annonce que cela ne se reproduirait plus – a ravivé le souvenir de ses caresses, de ses petits cris de jouissance…

— Dans ce raisonnement, où places-tu le désir, euh... charnel ? Tu es sûre que l'esprit peut dominer les sens ?

— Allons, Gwen, ne nous embarquons pas dans ce genre de discussion chiante. Pas de sentiments entre nous, d'accord ? Cela dit, rien n'empêchera qu'on se refasse plaisir si j'ai envie d'un gros câlin, mais ce sera en toute amitié.

— Et si j'en ai envie, moi ?

Hier soir, j'étais prêt à me faire moine dans ma thébaïde irlandaise, ce matin j'essayais de trouver une place à cette fille dans mon avenir immédiat. Elle a plissé les yeux de son air espiègle.

— Ah, mon cher, tout dépendra de ma disponibilité.

— Laquelle ? Celle de tes charmes ou celle de ton pieu ouvert à tous pour cause d'absence du mari ? ai-je répliqué d'un ton agressif, que j'ai regretté aussitôt.

J'allais dire à Magali : « Excuse-moi, c'est une réaction masculine, ta vision de nous deux est évidemment la bonne, oublions ça et vive l'amitié », quand j'ai vu ses traits se figer. Plus d'espièglerie dans ses yeux, rien que de l'amertume. Elle a repoussé vers le rebord de son assiette la tranche de bacon à laquelle elle avait à peine touché.

— Ne sois pas méchant, Gwen. Ce n'est pas la peine. Il n'y a plus de mari. Et c'est parce qu'il n'y a plus de mari que je ne veux plus de mec à demeure dans mon lit. Nous deux, cette nuit, c'était un coup de couteau dans le contrat que j'ai signé avec moi-même.

— Tu es divorcée ?

Elle a eu un petit rire de dérision.

— Tu l'ignores ? On ne divorce pas, en Irlande. Monsieur le curé l'interdit. J'ai fait la connerie de me marier avec un Irlandais, et pourtant j'étais prévenue.

— Contre quoi ?

— Contre leur tartufferie. Laisse-moi te raconter...

Elle a allumé une cigarette, je n'ai pas pu m'empêcher de l'imiter, retrouvant le luxe de cette transgression inouïe, fumer au beau milieu du petit déjeuner. Elle a levé sa cigarette et regardé la fumée.

— J'avais seize ans, le bel âge pour tomber amoureuse. Non pas d'un garçon, mais d'un pays, de cette foutue Irlande, comme j'ai dû te le dire hier. Mon père était membre du Rotary, pas pour la ramener comme souvent les membres de ces clubs de notoriété, ni totalement par intérêt, mais parce que ça l'aidait, dans son boulot de viticulteur. Des relations, tu comprends. J'imagine que tu connais ce genre de clubs : réunions locales et régionales, échanges internationaux. On avait reçu une famille irlandaise, Malone, ils s'appelaient, pas des péquenots comme tu peux le supposer. Le père était chirurgien-dentiste. Ils avaient quatre gosses, mais seule leur fille cadette, Deirdre, du même âge que moi, les avait accompagnés. C'était une très belle fille, brune aux yeux gris, vive, souriante et formidablement intelligente. Moi, j'étais en première, elle en terminale scientifique, à Athlone, une ville du centre. Ses parents en parlaient comme de la huitième merveille du monde. Ils la voyaient devenir toubib, voire médecin spécialiste, genre radiologue ou pédiatre. Maman, papa et la fille paraissaient libérés. Deirdre et moi, on sortait le soir. C'est-à-dire qu'on allait boire un Coca dans un bistrot du bourg et fumer une clope en compagnie de filles et de gars du coin.

On flirtait à peine. Crois-moi ou pas, à seize ans, j'étais une fille très sérieuse. Aucun mec ne m'avait encore tripotée au-dessous de la ceinture. Et c'était toujours le cas lorsque les Malone m'ont invitée à passer un mois en Irlande. Là, changement de ton. Ils avaient une belle bicoque au centre-ville, avec un tas de chambres. Deirdre avait la sienne et moi la mienne, tout baignait en apparence, sauf que des trucs m'ont paru bizarres. La mère Malone, Bernadette, faisait le signe de croix cent fois par jour, à chaque fois qu'elle passait devant le portrait du pape qui trônait dans le salon. Quant à ma chère copine Deirdre, elle s'était transformée en sainte nitouche, fifille à sa maman, une vraie image pieuse. Moi, tu penses, j'ai voulu aller au pub. L'Irlande, dans mon imaginaire, c'était les pubs. Pas question. Une fille de seize ans ne va pas au pub. Comme j'ai insisté, la Bernadette m'a collée dans le rôle du chaperon et on est allées au pub du coin toutes les deux. J'ai sympathisé avec une bande de jeunes. Hé, j'étais là aussi pour perfectionner mon anglais, non ? Bernadette a tiré la gueule et m'a ramenée aussi sec à la maison. Là où ça s'est vraiment gâté, c'est quand une autre correspondante de Deirdre s'est pointée. Christine, une Québécoise de dix-neuf printemps. Ah, celle-là, pour être libérée elle l'était ! Elle prenait la pilule et des bitures à la bière. On a commencé à sortir ensemble. Le troisième soir, Christine a passé la nuit dehors, enfin, dans le lit d'un Irlandais… Bernadette est devenue hystérique. Où est Christine ? Où est Christine ? Christine est rentrée vers midi et l'a envoyée sur les roses. Bernadette n'a fait ni une ni deux : elle a embarqué la diablesse canadienne dans sa bagnole, direction l'aéroport de Dublin et démerde-toi en attendant le prochain avion pour Montréal. Christine m'a envoyé une carte, après : elle avait poireauté douze heures dans l'aéroport, avec cinq livres en poche. Mon sort a été plus doux. Chère Bernadette a téléphoné à maman, dont l'anglais est très approximatif. Pour lui dire : « Votre fille fume. Votre fille boit. – Elle boit, elle boit quoi ? a dit maman. – Eh ben, du Coke. – Et alors ? – Alors, elle va au pub boire du Coke et elle parle avec des garçons ! » a hurlé l'autre. Maman a pigé qu'il y avait un gros problème. On s'est parlé, elle m'a demandé si je voulais rentrer, j'ai dit oui et elle m'a réservé un vol Dublin-Paris pour le surlendemain. Le père de Deirdre était vachement emmerdé. C'est lui qui m'a conduite à Dublin. Pendant le trajet en voiture, il a essayé de trouver de plates excuses à l'attitude de sa femme, du genre « les traditions sont tenaces, il nous reste encore beaucoup de chemin à faire, n'en voulez pas à Bernadette ». Il m'a refilé un billet de cinquante livres et m'a dit de m'acheter des souvenirs. Tu parles d'un souvenir ! Quand je leur ai raconté l'histoire en détail, mes parents n'ont plus voulu entendre parler de l'Irlande.

— Mais pas toi…

— Hé non. J'avais été envoûtée par le peu que j'avais vu. C'est ça, la magie de l'Irlande : elle te prend et ne te relâche plus, et tu n'as pas envie qu'elle te relâche, même si ses griffes te font mal. L'année suivante, comme je te l'ai déjà raconté, je suis repartie en stop, sac au dos, et à vingt ans je m'y suis installée pour de bon, et voilà…

Elle a écrasé nerveusement sa cigarette et en a rallumé une autre.

— J'ai cru qu'il fallait que j'épouse un Irlandais pour que mon bonheur soit complet. Ç'a été la plus grosse connerie de ma vie.

— Pourtant, tu es dans ce pays comme un poisson dans l'eau.

— C'est vrai. Cherchez l'erreur ? Méfie-toi, Gwen, l'Irlande cache son jeu. L'Irlande n'est vivable qu'à condition de rester étranger aux Irlandais.

— Tu as tiré le mauvais numéro. Des cons, il y en a sous toutes les latitudes.

— Le problème des mecs, ici, c'est qu'ils ont ça dans le sang, le machisme catho. Ils ont été élevés comme ça. Pour eux, c'est la norme, une bobonne aux fourneaux, machine à faire des gosses, à les torcher et à les nourrir. Tu sais qu'il y a encore des fermes dans le coin où la femme reste debout près de la table pendant que son seigneur et maître déguste son repas ?

— Comment t'es-tu fait piéger, dans ce cas ?

— Amour et ignorance. Ah, au début, rien ne laissait présager la catastrophe. Mon Sean m'a acheté, ou plutôt s'est acheté cette maison de carte postale, une jolie cage pour son oiselle exotique. Il était fier comme un pou de sa Française. Mais quand il a su que je prenais la pilule, achetée de l'autre côté de la frontière, il s'est braqué. La pilule, ça voulait dire, au choix, que je ne voulais pas de lardons ou que je pouvais baiser sans risque avec tout le Connemara. A ses yeux, les deux. Comme je ne suis pas une fille qu'on traîne dans la grotte par les cheveux, je lui en ai fait voir de toutes les couleurs. L'apothéose, ç'a été l'ouverture du B&B. Je revendiquais ma liberté économique, monsieur n'a pas supporté.

— Et vous vous êtes séparés ?

— Je l'ai foutu à la porte et maintenant c'est lui qui veut me foutre dehors. Il veut récupérer sa jolie maison.

— Mais qu'est-ce qu'il fait, ton Sean ? Où il bosse ?

— Je te l'ai dit, non ? Il fait un métier de con. Il est troufion. Casque bleu au Liban.

— A quelques milliers de kilomètres, alors.

Elle m'a regardé droit dans les yeux.

— J'ai la trouille, Gwen.

— La trouille ? Mais de quoi ?

— Son engagement se termine. Il revient au mois de janvier.

Elle a bondi sur ses pieds en éclatant de rire, comme si nous venions de jouer à cache-cache et qu'elle m'avait trouvé au fond du placard à balais.

— Et ta femme, quand est-ce qu'elle arrive ?

— Je n'en sais rien. Je ne sais même pas si elle voudra venir.

— Ce serait la meilleure ! Bon, c'est pas tout, mais on a du pain sur la planche, nous deux. Haut les cœurs !

Pendant qu'elle s'habillait, je me suis mis à débarrasser la table et plusieurs fois je me suis arrêté devant mon reflet dans la vitre de la fenêtre, anxieux de ne pas me reconnaître. L'Irlande m'avait-elle déjà ensorcelé ? Depuis mon réveil, pas une seule fois je n'avais pensé à Anjela. Etais-je en train de changer de personnalité ? L'Irlande avait-elle ce pouvoir de vous vider de tout sentiment, excepté l'amour exclusif qu'elle exigeait de vous ? Mais j'aimais Anjela ! Je ne souhaitais rien tant que l'avoir auprès de moi, ici. J'ai appelé l'hôtel des Tourteaux. Je n'ai eu que maman Claudette.

— Anjela se repose, m'a-t-elle répondu sèchement – la bouche en cul-de-poule, ai-je imaginé.

— Ecoutez, maman Claudette…

— Dites-moi plutôt quand vous revenez !

— Bientôt.

— Qu'est-ce que ça veut dire, bientôt ?

— Je le dirai à Anjela.

— Anjela se repose.

— Vous vous répétez. Mais bon Dieu, qu'est-ce qui se passe ? Elle ne veut pas me parler ?

— Nous voulons juste savoir si vous rentrez dimanche.

J'ai calé, j'ai cédé, j'ai abdiqué.

— J'espère pouvoir prendre le bateau. Il y a un tas de choses à régler, ici.

— A dimanche, Gwendal.

— Mais nom de Dieu, qu'est-ce que vous avez dans le crâne ? C'est un crime, d'hériter d'un manoir en Irlande ?

— Nous en parlerons dimanche, a-t-elle dit avant de raccrocher.

— Un problème ? a demandé Magali en voyant ma mine déconfite.

— Je crois que je vais être obligé de prendre le bateau samedi.

— C'est dingue !

— J'aime ma femme.

— Je sais. Dans ton sommeil tu m'as appelée Anjela.

— Excuse-moi.

— Arrête ! On est copains, non ? Allez, on y va.

Quand elle y allait, elle y allait. Elle m'a entraîné dans un tourbillon de démarches et dans un maelström de courses, à Westport : cafetière électrique, four à micro-ondes, couettes et draps, frigo et congélateur, et un tas de provisions pour les remplir. Le soir même, l'électricité et le téléphone étaient de nouveau branchés et un paysan du coin que Magali avait appelé déchargeait un tombereau de tourbe dans la remise. Le désir de rentrer en France le week-end suivant m'a abandonné, pour me reprendre l'instant d'après. J'étais complètement déboussolé.

On a dîné chez O'Flaherty et j'ai passé ma dernière nuit à Blackross House. Magali est sortie et je l'ai entendue rentrer vers une heure du matin. On a pris le breakfast ensemble et je dois dire que cette gageure de l'amitié entre une femme et un homme qui ont couché ensemble m'a paru possible, quand bien même il m'était impossible de ne pas penser au corps de Magali.

Vers midi, j'ai fait mes bagages et Magali m'a suivi jusqu'à Ballynakill Manor, après un détour par le bourg de Keelkyle, où nous avons acheté des bières et de quoi se fabriquer des sandwichs. Elle m'a aidé à emménager – nouvelle bouffée de désir quand elle a fait mon lit –, nous avons grignoté nos sandwichs, bu une bière et du café, et puis elle m'a quitté, sur un dialogue saugrenu.

— Il vaut mieux qu'on ne se voie pas trop souvent. Je ne voudrais pas que tu aies des ennuis à cause de moi.

— Ton ex-mari ?

— Mari, pas ex.

On aurait dit des adieux, alors que nous allions vivre à cinq kilomètres l'un de l'autre, parmi quelques centaines d'âmes. J'ai sorti un transat en rotin de la remise, me suis installé sur la terrasse, et j'ai flotté dans ces limbes dont vous enveloppe l'irréalité du destin, regardant sans vraiment la voir la marée emplir l'estuaire de la Blackross, laissant mon esprit vagabonder dans ces lieux qu'il me restait à découvrir alentour, lourd et léger à la fois, lesté des conséquences de ma décision de demeurer en Irlande à jamais et léger comme un ballon gonflé d'indolence, jusqu'à ce que le soleil se couche sur Inishbofin et que je ressente soudain comme un coup en pleine poitrine le violent désir d'avoir Anjela auprès de moi.

J'ai décroché le téléphone, comme de bien entendu maman Claudette m'a répondu : « Anjela se repose », et je lui ai confirmé que je serais de retour dimanche.

— Ah, tout de même ! s'est-elle exclamée.

Je ne lui ai pas dit : « Je viens chercher Anjela. » Qu'aurait-elle répliqué ?

« N'y comptez pas, nous l'avons mise à l'abri.

— A l'abri de quoi, bonne maman ?

— De votre folie, mon pauvre Gwendal. »

J'ai fait un bon feu dans la cheminée, allumé toutes les lumières, dîné d'une pizza surgelée et ensuite, verre de whiskey à la main, j'ai erré dans la grande maison, où il manquait une présence féminine, où il manquait Anjela. J'ai su que, sans elle, je ne trouverais pas le bonheur en Irlande. La solitude me pesait, j'ai eu un coup de blues, auquel l'abus de Bushmills n'était pas étranger. Le coup de fil que j'ai passé à Magali vers vingt-trois heures n'a rien arrangé. A vrai dire, je ne m'attendais pas à ce qu'elle décroche.

— Allô, Magali ?

— Hello, Gwen ! Rien de cassé, j'espère ?

Des accents de guitare et d'accordéon résonnaient dans l'appareil. Elle avait invité David et Maurice.

— Non, rien. Je voulais juste te dire une chose. C'est décidé, je repars le week-end prochain. Chercher ma femme.

— Ah ! J'espère que vous ferez bon ménage à trois.

— A trois ?

— Vous deux et l'Irlande.

— Bien sûr. Bon, eh bien, je te souhaite une bonne nuit.

— A toi aussi, Gwen. Bye-bye.

J'ai eu l'impression qu'elle m'avait rayé de sa vie. Alors, le cœur gros, le grand garçon que je suis s'est mis au lit, dans le grand lit de la grande maison, sous le baldaquin, les yeux grands ouverts, à attendre la visite des fantômes. Je me suis endormi en pensant qu'il nous faudrait prendre un chien. Ou deux. Ils mettraient de la vie. Seul – si Anjela ne revenait pas avec moi –, je serais comme mort.

8

J'ai décidé de me soumettre à l'épreuve de la solitude et de me goinfrer de paysages afin de mieux apprécier, ensuite, de les partager avec Anjela. Pendant les trois jours suivants, j'ai décrit des cercles de plus en plus larges à partir de Ballynakill, à l'intérieur du Connemara historique et vers ses confins. Je partais tôt, rentrais tard, dînais seul et me couchais comblé, l'œil rivé sur le kaléidoscope des souvenirs du jour, où se composaient et se décomposaient des fragments de montagnes, de collines et de lacs, des portions de rivières, des ciels olympiens, des litanies de murs en pierre sèche, des chaumières chaulées, tout cela mêlé de mots chantants, sortes de notes vertes sur les graduations du cristallisoir : Maumtrasna, Claddagh, An Clochan, Mannin Bay, Benna Beola, Slyne Head, Kilkerian Bay, Gorumna Island, Ballynahinch…

Entre veille et sommeil, dans le cercle hypnotique se figeaient des images qui s'incrustaient dans ma mémoire.

Dans la modeste péninsule de Tully, lors de mon premier tour au plus près de Keelkyle, ce fut une propriété illustrant le comble de l'insularité : dans l'île

Irlande, un lac, et au beau milieu de ce lac une île, et sur cette île une belle maison de maître entourée de vérandas coloniales.

De Clifden à Toombeola, la traversée d'une étendue tourbeuse mitée de dizaines d'étangs et de petits lacs où des truites mouchaient.

A Leenane, l'odeur de la tourbe exhalée par les cheminées, et les fumées blanches figeant les heures au-dessus de ce hameau niché au fond de Killary Harbour.

Le long de la berge ouest du Mask – Lough Mask Drive –, ce fut une succession de points de vue sur le lac, sur ses centaines d'îlots coiffés d'une végétation hirsute et léchés d'écume blanche poussée par des vagues atrabilaires, noires comme les vieilles coques des hookers que je m'arrêtai contempler à Roundstone, un port de poche qui me rappela l'Aber-Wrac'h.

Mon vœu de solitude ne fut pas respecté. M'y serais-je tenu que j'aurais fait preuve de goujaterie à l'égard de tous les Irlandais et Irlandaises qui m'adressèrent la parole, partout où j'allais prendre un thé, ou boire une bière, ou déjeuner. Au festin des yeux, il m'arrivait d'ajouter celui du ventre…

A Roundstone, face au port, l'ardoise dans la vitrine d'un pub indiquait du crabe en plat du jour. Je suis entré, j'ai commandé une pinte de Guinness et du crabe. Pendant que je buvais mes premières gorgées de bière, j'entendais des coups de marteau… On cassait des pinces de tourteau, qu'on m'a servies toutes décortiquées, avec une salade verte, de la mayonnaise et du pain bis. Evidemment, cela m'a rappelé chère maman Claudette, cher papa Lulu et leur hôtel des Tourteaux et j'ai songé avec ironie que les restaurateurs irlandais étaient des gens beaucoup mieux élevés que leurs homologues français, qui épargnent à leurs clients la corvée du décorticage… Ça se dévorait plus vite… J'ai commandé une seconde assiette.

Rassasié, j'allais reprendre la route quand la vitrine d'une brocante attira mon attention. De brocante et d'antiquités, je n'étais pas acheteur, plutôt vendeur, à supposer que je veuille me débarrasser du bric-à-brac incroyable qui faisait le charme de Ballynakill Manor – Anjela aurait-elle plaisir à en dresser l'inventaire ? C'est l'ironie d'une affichette scotchée sur la porte qui m'a incité à entrer : « Habillez-vous pour l'hiver avant que je parte me dorer au soleil dans l'hémisphère Sud/ Vestes en tweed à 30 £. »

Le propriétaire de la boutique avait le physique de son humour : des yeux malicieux, des lèvres humides de jouisseur, des petites mains et des rondeurs de Sancho Pança d'opérette. D'une voix de castrat, il a débité d'un trait :

— Donnez-vous la peine d'entrer, sir, vous êtes le dixième client d'une foutue saison qui dure depuis trois mois et aura donc duré trois mois de trop dans ce foutu bled où je ne sais pas ce que je suis venu foutre au lieu de rester à Dublin. Alléluia ! Alléluia ! Le dixième client gagne une tasse de thé ! Une tasse de thé ?

— Volontiers. La saison n'a pas été bonne ?

— « N'a pas été bonne » ? Vous êtes anglais ? Non, vous maniez l'euphémisme mais vous n'êtes pas anglais.

— Français.

— Ah, la France, les châteaux de la Loire et la tête de Louis XVI, les vins de Bordeaux et de Bourgogne, la tour Eiffel et le bois de Boulogne… J'aurais dû m'installer à Paris dans le quartier juif pour vendre de la fripe. Ici ils n'en veulent pas. Regardez tout ce qu'il me reste sur les bras…

Tassées sur une bonne dizaine de mètres, les vestes en tweed annoncées par l'affichette…

— Trente livres, c'est même pas le prix d'un tee-shirt griffé par un rastaquouère amerloque bourré de cocaïne. Quelle est votre taille ? 46 ? 48 ? Essayons le 48, pour aller vers le 50, éventuellement. On a besoin d'être à son aise dans le tweed, pour tirer la grouse. Tirer la grouse ou trousser la lady en culotte de cheval ! Ah, ah, ah !

— Vous faites les cimetières ?

— Bravo ! Vous avez deviné. Je déterre les morts, je les déshabille avant qu'ils pourrissent et j'envoie les vestes au pressing.

— Sacré boulot.

— J'en ai des ampoules aux mains à force de pelleter. Pour des queues de cerises. Essayez donc celle-ci. Vous avez vu ce vert ? Admirez le travail. Du vrai Harris Tweed. Visez-moi ça, l'étiquette, c'est pas moi qui l'ai recousue. Lisez : *Harris tweed handwoven in the outer Hebrides. Dyed, spun and finished in the highlands of Scotland*. Et numérotée ! Vous avez déjà porté une veste numérotée ? Neuve, ça vaut dans les mille livres chez Harrod's, une veste comme ça. Trente livres, c'est donné, non ?

— Ça l'est.

La veste m'allait à la perfection. Il m'a gratifié d'une révérence.

— My lord !…

— Je la prends.

— Attendez. Et celle-ci ? Et celle-là ?

J'ai acheté trois vestes : la verte, plus deux autres, en tweed du Donegal, l'une dans les tons marron, l'autre dans les tons gris-bleu.

— Des cravates, maintenant !

— Non, merci.

— Mais je vous les offre ! Ça de moins à trimballer à Dublin !

Il a soulevé le couvercle d'une malle remplie de cravates. Il en a choisi une dizaine sans hésiter, a vérifié qu'elles étaient assorties aux vestes et les a emballées.

— Un conseil… Ces vestes n'ont pas été souvent portées…

— Morts prématurées ?

— Aristocrates fauchés.

— Et vous alliez dire ?

— Les poches, il faut faire les poches. Mettez des cailloux dedans. Pour les déformer. Il faut savoir ça : dans un rendez-vous de chasse, le plus riche des lords est celui dont les poches sont les plus déformées. Vos héritiers vont rigoler, mon cher ! Ces vestes, c'est de la plus-value en puissance !

J'ai payé et on a bu une tasse de thé. Il partait début octobre en Australie, dans un hôtel-club du Sud-Est, se rôtir la couenne et draguer.

— Draguer des mecs. Vous n'avez rien contre ?

— Absolument rien.

— Pas comme ici. Une nuit, j'ai cru voir le curé exorciser la boutique. Et vous, vous êtes hétéro ? Bi, peut-être ?

— Non. Exclusivement hétéro.

— Ah, ah ! Dommage ! Bon, ça ne coûte rien de tenter sa chance, n'est-ce pas ?

On s'est serré la main et souhaité réciproquement de bonnes vacances.

Le vendredi soir, j'ai inauguré ma tenue de sportsman. J'ai enfilé la veste verte Harris Tweed, noué une cravate unie vert foncé sur une chemise à carreaux et suis allé dîner chez O'Flaherty dans l'espoir d'y rencontrer Magali. Le pub était quasiment désert. Au fond, entre la porte des toilettes et la sortie de secours, un ado attardé se déhanchait contre un flipper qui glougloutait comme un dindon. Au milieu du bar, deux artisans en salopette discutaient plomberie et électricité. Dans le renfoncement, à l'angle du sas d'entrée, un type assis sur un tabouret cuvait sa bière et son whiskey, endormi, la tête sur ses bras croisés sur le comptoir. J'ai commandé des côtelettes d'agneau et transporté ma pinte de Harp jusqu'à la meilleure table – celle de Magali –, près de la cheminée et de son feu de boulets. Eddie, le barman, a transmis ma commande par le guichet donnant sur les cuisines. J'ai aperçu le visage de madame O'Flaherty. Elle m'a aperçu aussi et m'a fait un petit signe, l'air de dire « je viens », et elle est venue. Je me suis levé pour la saluer.

— Bonsoir, Gwendal.

— Bonsoir, madame O'Flaherty.

— Faites-moi plaisir, appelez-moi Joséphine. Bien que j'aie l'âge d'être votre grand-mère, il est inutile de m'appeler madame. Ça me vieillit encore plus. Vous avez fini de vous installer à Ballynakill Manor ?

— A part le parc, il n'y avait pas grand-chose à faire. La maison a été parfaitement entretenue.

— C'est une bonne maison. Parfaitement saine, pas humide du tout.

— J'ai profité des trois derniers jours pour me promener dans le Connemara.

— Et vous avez eu beau temps.

— Un temps magnifique.

Madame O'Flaherty a trituré son tablier festonné de dentelle.

— Je vous ai dressé une table dans la salle à manger. Vous y serez plus tranquille.

— Mais… Je suis très bien ici, au coin du feu.

— Il y a également du feu dans la salle à manger.

— Je vous assure, Joséphine…

— Les gens vont arriver, vous serez dérangé.

Son insistance avait quelque chose d'enfantin. J'ai senti que cela la chagrinerait que je refuse. Nous sommes passés derrière le bar, avons franchi la porte du passe-plat et longé un couloir pour nous retrouver à l'intérieur de la maison de la vieille dame. La salle à manger était la sienne, une pièce de dimension normale, presque modeste, où le temps, ainsi que le fait la mer sur l'estran, avait déposé sa laisse : sur une crédence, des bibelots de pacotille, souvenirs de voyages, et des objets précieux – service à thé en china, argenterie, étains ; aux murs des photos de famille, des portraits du défunt monsieur O'Flaherty en tenue de pêcheur, des diplômes. N'eussent été les quatre tables rondes, plus deux tables pour deux, pouvant accueillir une vingtaine de convives au total, on aurait juré que Joséphine O'Flaherty avait maintenu ce sanctuaire en l'état depuis la mort de son mari et le départ de ses enfants vers divers horizons. Un couvert était mis sur l'une des petites tables. Je me suis assis face à un portrait de monsieur et madame O'Flaherty en jeunes mariés. Joséphine a posé une bouteille de vin du Chili sur la table.

— Vous le boirez à la santé de vos aïeux, les McGovern.

— Et à la vôtre.

— Oui, à ma santé, si vous le voulez bien…

Elle a eu ce pâle sourire des grands malades qui n'ont mal nulle part, mais s'éteignent seulement, de jour en jour, les idées aussi nettes qu'en pleine jeunesse et la mémoire intacte. Elle était essoufflée et des cernes blancs lui bordaient les ailes du nez. Joséphine O'Flaherty souffrait d'angine de poitrine, le cœur usé d'avoir trop servi.

Je me suis régalé. Les côtes de mouton fondantes accompagnées de sauce à la menthe et de tous les légumes habituels m'ont fait oublier l'étrangeté de cette mise à l'écart, au piquet, à l'isolement, dans un quasi-silence monacal – c'était tout juste si me parvenaient des cuisines des bruits assourdis. Le vin du Chili était tout à fait honorable, qui avait la robe sombre d'un chinon et l'astringence d'un saint-nicolas-de-bourgueil. Une fille est venue débarrasser et m'a demandé si je désirais une tranche de cheese-cake. J'ai dit oui et Joséphine O'Flaherty me l'a apportée, ainsi qu'une théière ventrue et deux tasses, sur un plateau. Elle s'est assise en face de moi, comme comblée et admirative. Son regard s'est attardé sur mon alliance.

— Je m'en vais demain chercher ma femme, ai-je dit.

Le visage de Joséphine O'Flaherty s'est illuminé.

— Ah, je me disais justement, un si beau jeune homme…

— Nous ne sommes mariés que depuis un an.

— Il en faut souvent moins pour que les gens se rendent compte de leur erreur.

La fille qui avait desservi est revenue débarrasser l'assiette à dessert et verser le thé. La vieille dame a attendu qu'elle ait quitté la pièce pour reprendre :

— On parle d'un référendum sur le divorce… Je ne sais pas… Le divorce est contraire à la religion et nous autres Irlandais sommes très croyants… Que faire ? Il y a des couples tellement mal assortis.

Joséphine O'Flaherty a lissé un faux pli de son tablier, croisé les mains sous sa poitrine et continué sur le ton de la confidence :

— Avez-vous vu Magali ces jours-ci ?

— Pas depuis lundi.

La vieille dame a paru soulagée.

— Magali est libre comme l'air. Comme une Française… Les gens n'admettent pas toujours les différences…

Qu'avait-elle à me dire ? Je lui ai tendu la perche :

— Son mari et elle sont séparés, je crois.

— Oh, elle vous l'a dit ?

— Entre Français…

La vieille dame a fixé de ses yeux bleu pâle la fenêtre où se superposaient le reflet de la pièce, la dragée jaune d'un lampadaire et la croix en ciment au pignon du presbytère. Que lisait-elle dans cette boule de cristal ?

— Le mariage est une loterie. Moi, je n'ai pas eu à me plaindre, j'ai été heureuse avec mon mari, et j'aurais tant voulu que nous vieillissions ensemble, ce que Dieu n'a pas permis. Mais il y a tellement de couples mal assortis. Je ne sais vraiment que penser du divorce, que l'on veut surtout à Dublin, où les femmes travaillent et sont capables d'assumer leur indépendance. Dans les campagnes, comme ici, comment pourrait vivre une femme seule en charge d'un tas d'enfants ?

— Les juges règlent ces questions au moment du divorce.

— Les questions matérielles, mais pas les drames. Ces pauvres enfants partagés entre deux foyers…

— Les juges s'en occupent également. Du moins en France.

— En Irlande, rien n'est fait pour les femmes… Connaissez-vous ce mot d'esprit d'Oscar Wilde, un auteur irlandais que l'Eglise n'aimait pas du tout ?

— Je dois avouer que je ne lis pas beaucoup.

— J'ai été une des premières filles à franchir les portes de Trinity College. Je voulais être institutrice, je suis devenue femme de publican et j'ai fait de mon mieux pour tenir cet établissement.

— Oscar Wilde, disiez-vous ?

— Ah oui, j'avais déjà oublié… Oscar Wilde a écrit dans un de ses livres qu'en Angleterre rien n'est fait pour les femmes, même pas les hommes. Je crois que cela vaut aussi pour l'Irlande.

— Ne disiez-vous pas que vous avez été heureuse avec votre mari ?

— Oui, je l'ai été. Parce que je suis restée à ma place de femme. Autrement… Voyez-vous, Gwendal, j'ai sur le mariage des idées assez révolutionnaires. Eh bien, il m'arrive de penser que s'engager pour la vie, c'est bien trop long. Le mariage devrait être comme un bail commercial. On signe pour cinq ans, après on fait le point, et chacun reprend sa parole ou bien on renouvelle le contrat pour cinq autres années, et ainsi de suite.

— Audacieux, en effet.

Elle a gloussé comme une petite fille.

— Ne le répétez pas, le curé me refuserait la communion…

Elle s'est levée en prenant appui des deux mains sur la table.

— Enfin, tout ceci ne vous concerne pas. On voit que vous respectez les femmes. J'ai hâte de connaître votre épouse. Je suis sûre qu'elle est très différente de Magali…

— Pourquoi Magali ?

— Magali est une gentille fille, mais…

— Mais ?

— Je pense que mon idée de mariage révisable lui aurait convenu. Cela aurait réglé bien des problèmes. Il n'y a pas que le drame des enfants. Il y a aussi l'ex-mari fou de jalousie, pour peu que ce soit l'épouse qui ait eu le courage, ou la folie, de le quitter. Certains hommes sont violents.

— De quoi voulez-vous me prévenir, Joséphine ?

La vieille dame a éludé ma question.

— Quand reviendrez-vous avec votre femme ?

— Par le premier bateau.

— C'est très bien. Voulez-vous un alcool ? Brandy ? Whiskey ?

— Merci. Je prendrai un whiskey au bar.

— Il est temps pour moi d'aller me coucher. Bonsoir, Gwendal.

— Bonsoir, Joséphine.

Je me suis accoudé au zinc, à côté du grand type apparemment endormi debout – yeux clos, moue de sommeil aux lèvres, il avait relevé la tête, elle dodelinait par à-coups –, et j'ai commandé un Jameson avec de la glace. Des paroles magiques, semble-t-il, car mon voisin s'est redressé d'un coup et a tourné vers moi un visage parfaitement éveillé de clown hilare : une barbe de trois jours sur des joues couperosées, une bouche humide pas mal édentée et, derrière de vraies loupes à monture épaisse, dont une branche avait été réparée au moyen d'un trombone, des yeux pétillants du désir de sympathiser.

— Hello ! Je m'appelle Dickie, a-t-il dit en me tendant la main.

— Je m'appelle Gwendal.

— Enchanté de faire votre connaissance.

— Moi aussi.

Dans les bistrots du port, quand j'étais étudiant, j'avais appris l'indulgence à l'égard des ivrognes, ainsi que la prudence : leur répondre aimablement était le meilleur moyen de les écarter en douceur et d'éviter le clash.

— Enchanté de faire la connaissance de l'héritier des McGovern !

— Comment le savez-vous ? Je viens à peine d'arriver.

Dickie m'a secoué l'épaule d'une grosse paluche couverte de cals et de cicatrices.

— Ah, ah ! Keelkyle est un petit village !

Il a levé sa pinte de Guinness et lancé comme une proclamation :

— Bienvenue en Irlande, héritier des McGovern !

— Ferme-la, Dickie, sinon tu sors, l'a prévenu Eddie.

— Ça va, il ne m'embête pas, ai-je dit.

Dickie a ignoré l'interruption, bu une gorgée de Guinness et crachoté un mot incompréhensible, avec la vigueur, l'insistance et bientôt l'irritation des incompris.

— Chloncheu ? ai-je répété.

— Chloncheu ! Chloncheu ! Chloncheu ! Ça veut dire : « A votre santé ! » A votre santé !

— Pouvez-vous l'épeler ?

— *Cheers* en gaélique, a dit Eddie, resté à proximité, avant d'épeler à toute allure le mot *slainte*.

— Alors, chloncheu ! ai-je dit en levant mon verre.

— Je t'offre la tournée ! a dit Dickie.

— Merci, j'ai ce qu'il faut.

— Non, non, je t'offre un coup ! Qu'est-ce que tu prends ?

— C'est moi qui te l'offre.

— Non, non, c'est moi qui paie. J'ai de l'argent. Regarde…

Il a tiré de la poche intérieure de son veston élimé un tas de billets, qu'il a froissés. Dans les deux cents livres, ai-je estimé.

— Acceptez, a dit Eddie, c'est comme ça, Dickie paie à boire à tout le monde le vendredi. Whiskey ?

— Non, une pinte de Harp.

Bien que Dickie n'eût pas fini son verre, Eddie a apporté en même temps que la Harp une pinte de Guinness tirée d'avance. On a trinqué de nouveau, chloncheu, chloncheu.

— Dis-moi, Dickie, tu travailles dans le coin ?

C'était une question de pure courtoisie : je supputais que mon compère de comptoir, vu sa mine et son accoutrement de clochard, était *on the dole*, c'est-à-dire bénéficiaire de l'aide sociale.

— Oui, oui, je travaille ! a-t-il dit avec enthousiasme. Je travaille sur la propriété des Kenny, Moriarty House, la grande maison à la sortie du village, tu vois laquelle ?

— Parfaitement, ai-je menti.

— Je taille les haies, je tonds la pelouse, je coupe le bois, je répare, je peins, j'entretiens. Mon boulot, c'est homme à tout faire. Mais attention, a-t-il ajouté en levant l'index, j'ai dit à madame Kenny, la paie une fois par semaine, et pas de chèque, des billets, hein, tous les vendredis !

— Et nous sommes vendredi !

— Oui, oui, vendredi, des billets plein la poche, je bois, je bois, et j'offre à boire aux amis.

Pouce levé et tête en arrière, il a mimé le geste de boire en émettant des bruits de gargarisme. Puis il a éclaté de rire. Eddie a secoué la tête, un sourire au coin des lèvres.

— Je bois ! Chloncheu ! Chloncheu ! Finis ton verre, je t'en paie un autre.

J'ai additionné ce que j'avais bu : bière, vin, whiskey, sacré mélange. Si je continuais la soirée avec Dickie, c'était la cuite assurée. D'un autre côté, je ne pouvais pas commander un thé ou un soda. Bah, me suis-je dit, les Irlandais descendent bien six ou huit pintes de Guinness… J'ai dit :

— D'accord, une pinte de Harp.

Aussitôt dit, aussitôt servi. A côté des tireuses, Eddie maintenait une dizaine de pintes de Guinness en différents états de transmutation, du lait chocolaté émulsionné au stade achevé de café noir operculé de mousse blanche dans laquelle, d'un filet de bière précautionneux, il gravait un *shamrock*.

— Dis-moi, Dickie, tu es marié ?

— Marié ? My God ! Comment j'aurais pu ? Il n'y a plus de femmes dans le coin. Partent en ville, épouser des bureaucrates. Des gars comme moi, aucune femme n'en veut plus. Pourtant, j'ai de l'argent. Regarde, regarde… Avec ça une femme elle aurait tout ce qu'elle voudrait, télé, machine à laver, frigo, congélateur…

— Ramasse tes sous, Dickie, a dit Eddie en rangeant dans le portefeuille les billets étalés sur le zinc.

— Et toi, tu as une femme ? m'a demandé Dickie.

— Oui. Et demain je retourne en France la chercher.

— Elle a une sœur ?

— Non, pourquoi ?

— Dommage. Tu aurais pu la ramener pour moi.

Tout à coup, Dickie a plissé les yeux d'un air rusé.

— Comment tu vas faire avec deux femmes ?

— Deux femmes ?

— Magali et toi… Vous n'êtes pas… Vous n'avez pas…

— Qui t'a raconté ça ? ai-je répliqué sèchement.

— Personne, mon ami, personne !

— Eh bien, dans ce cas, ferme-la !

J'ai posé un billet sur le bar et boutonné mon imper. Dickie s'est rendu compte qu'il était allé trop loin. Il m'a tendu la main.

— Pars pas ! Pars pas ! Je ne voulais pas te blesser. On se serre la main. Je t'en prie, serre-moi la main.

Surpris par les yeux larmoyants et le ton pathétique, j'ai accepté la main tendue. Dickie s'est essuyé les yeux d'un revers de manche.

— Tu n'es plus fâché ?

— Mais non ! ai-je répondu d'un ton rogue, en me disant : Toujours pareil avec les ivrognes, ça ne sert à rien d'être sympa avec eux, ils finissent toujours par vous pomper l'air.

Je me suis calmé. Etranger, je ne me sentais pas le droit d'être déplaisant à l'égard d'un Irlandais, quel qu'il soit.

— Tu as des frères et sœurs, Dickie ?

Le regard a pétillé de nouveau.

— Ah pour ça, j'en ai des frères et des sœurs, plus qu'il m'en faut !

Trois frères et quatre sœurs. Il a fait mine de bénir le pub, puis de prier tête baissée : un frère curé à Athenry et une sœur religieuse, à Loughrea, couvent de la Miséricorde. Ses deux autres frères et trois de ses sœurs étaient aux Etats-Unis. Il n'avait plus qu'une sœur à Keelkyle, infirmière à la maison de retraite, mariée à un cantonnier communal.

— J'habite chez eux, enfin à côté, dans une remise. Un lit, une table, une chaise et une gazinière, ça me va. Sauf que la frangine n'arrête pas de m'engueuler parce que je bois. Ah, ah, ah ! Je bois le vendredi ! Chloncheu ! Chloncheu ! Glouglouglou !...

— Et ton beau-frère, il boit ?

— Comme un trou ! De l'eau ! Rien que de l'eau ! Monsieur le mari de ma sœur est un buveur d'eau ! Chloncheu !

Il a vidé son verre et montré deux doigts au barman. Deux pintes. Je n'ai pas protesté. Ce serait ma dernière. Et tant pis pour la gueule de bois. Je dormirais sur le ferry.

— Tu as du temps libre, Dickie ?

— J'ai le temps libre que je me donne.

— Je pensais au parc, à Ballynakill Manor.

— Ah, tu voudrais que j'y aille ? Pas de problème. Quand est-ce que je commence ?

— Quand tu veux. A condition que tu ne laisses pas tomber ton autre employeur. Tu achèteras les outils dont tu as besoin.

— Et tu me paieras le vendredi ?

— Le vendredi.

— Ça me va. Chloncheu !

— Yehed mat !

— Qu'est-ce ça veut dire ?

— Chloncheu, en breton.

Il était minuit passé quand je me suis écroulé dans mon lit sans avoir eu le courage de boucler mon sac de voyage. Le bateau partait à treize heures, j'ai mis le réveil à sonner à six heures et dormi du sommeil agité de celui qui a peur de ne pas entendre la sonnerie. A six heures et demie j'étais prêt. Trop tôt, beaucoup trop tôt.

A Charleville, j'ai rencontré le même semblant d'embouteillage qu'à l'aller, à Gort, une semaine auparavant : c'était jour de marché, des paysans garaient leurs voitures et leurs remorques à bestiaux le long de la grand-rue, dans une joyeuse anarchie. Les vieux vestons, les cravates tire-bouchonnées, les lourdes bottes noires des hommes, les robes à fleurs, les cardigans, les foulards chamarrés, les mises en plis et les solides souliers plats des dames m'ont rappelé les sorties de messe d'antan, dans les bourgs du Léon.

En répondant aux signes d'amitié, j'ai slalomé entre remorques et voitures, comme entre les bornes d'un passé resurgi pour susciter en moi l'illusion d'avoir remonté le temps et son corollaire : encore et toujours ce sentiment d'éternité, à la fois oppressant et lénitif, qui m'enchaînait à l'île de mes ancêtres.

A l'entrée du village de Buttevant, des *tinkers*, ces romanichels irlandais descendant des métayers jetés sur les routes par les évictions à l'époque de la Grande Famine, s'échangeaient des chevaux, ou se battaient pour un cheval – d'après ce que j'ai cru deviner, en apercevant dans le rétroviseur un fulgurant échange de coups de poing.

A Cork, la circulation était assez dense, mais je n'ai eu aucun mal à trouver le chemin du terminal de Ringaskiddy. Cork la triste mais Cork la fière, me suis-je dit en franchissant le pont sur la Lee. Le tribunal, les banques, les grands magasins, la prison sur la colline, tous ces vestiges de l'occupation anglaise semblaient figer la ville dans le XIXe siècle, en même temps que les murs noircis des entrepôts portuaires et l'âme d'anciens taudis exhalaient l'orgueil d'une ville ayant porté à bout de bras et vengé dans les flammes des châteaux incendiés le martyre de son lord-maire MacSweney, mort après soixante-quatorze jours de grève de la faim dans son cachot de la prison de Brixton. Ont résonné à mes oreilles l'air et les paroles de *The Rising of the Moon*, ce chant des partisans de la République qu'avaient chanté Maurice et David chez O'Flaherty, l'autre dimanche soir.

J'étais arrivé au port. Le car-ferry ouvrait la gueule comme une méchante idole. J'ai embarqué en songeant à un cercueil qu'on pousse à l'arrière d'un corbillard. L'Irlande me manquait déjà, et je n'avais qu'une hâte, m'enfermer dans ma cabine pour couver mes états d'âme. Et penser à Anjela.

Je suis ressorti pour dîner et prendre un verre au bar, où des touristes français tartinaient de banalité triviale une Irlande de carte postale à peine entrevue à travers les vitres d'un car.

Au petit matin, sur le pont, alors que depuis une bonne demi-heure déjà des passagers étaient agglutinés dans les escaliers d'accès aux garages dont les portes demeureraient fermées jusqu'à l'accostage – ces moutons de Panurge avaient aperçu la côte, et s'étaient crus arrivés, n'ayant aucune notion des distances maritimes –, j'ai cherché un antonyme au mot « miracle ». A défaut d'en trouver un, j'ai conclu qu'il fallait lui adjoindre une épithète pour exprimer le fond de ma pensée. Comme par miracle – funeste miracle, alors, ou prodige vénéneux – bref, oui, comme par miracle, dans la grisaille de l'aube les belles maisons en pierre et le clocher de Roscoff me sont apparus en noir et blanc, fondus dans la tristesse d'un pays qui n'était plus le mien mais une terre d'exil inhospitalière qu'il me faudrait quitter au plus tôt pour remonter vers les ciels lumineux du paradis irlandais.

Une espèce de sinistrose mêlée de colère froide m'a envahi. Voitures, camions, vitesse, compétition, course à la consommation, zones industrielles : je ne voyais que laideur et dérision, partout. Après la sortie vers La Baule, je me suis arrêté prendre un café dans un bar-restaurant où les tables étaient dressées pour le service de midi – il était onze heures et demie. La serveuse m'a traité comme un moins que rien. Pensez, un café rallongé, à c't' heure ! Le service est compris mais pas le pourboire. Amer, grognon, je me suis rappelé le premier soir chez O'Flaherty. Dressé aux mœurs françaises, j'avais laissé des pièces sur la table et Eddie m'avait couru après… « Vous avez oublié votre monnaie, sir… »

Au fur et à mesure que je m'approchais du Croisic, je montais en pression, malgré le paysage en guise d'émollient. Croyant me calmer, et dans le but plus ou moins conscient, aussi, de retarder la confrontation avec mes beaux-parents tant je me sentais prêt à faire le coup de poing avec n'importe qui à propos de n'importe quoi, j'ai emprunté le chemin des écoliers : la côte, Pénestin, Piriac, La Turballe, Guérande, Batz-sur-Mer. De bonne humeur, j'aurais accordé à cette alternance d'étendues bocagères et de rivages paisibles, de prairies naturelles, de marais salants et d'étangs où l'aigrette et le héron pêchaient l'anguille et le fretin, un prix de beauté et de sérénité.

D'humeur massacrante et de mauvaise foi, je n'y ai vu que platitude sournoise et mollesse insipide – et j'ai ricané : Insipidité, au pays du sel ! Parvenu devant l'hôtel-restaurant des Tourteaux dans cet état second d'aveuglement hargneux, j'ai cru sentir déjà, dans la voiture, le relent de la salle à manger, cette odeur fade et écœurante de pot-au-feu aigri, de cigare éteint et de plancher ciré.

Maman Claudette régnait sur la réception, permanentée de frais, le buste droit et le menton relevé, comme soutenue par un corset et une mentonnière invisibles. Elle a levé ses paupières de grosse poupée sournoise, m'a fixé sans ciller et a pincé les lèvres, prête à piquer comme un frelon.

A cet instant, je n'ai plus douté qu'elle avait convaincu Anjela de rester au Croisic.

9

Sourire victorieux, sourire fielleux, sourire de propriétaire. Ah, ah, mon joli, on a obéi à belle-maman, on est rentré au bercail ! Tandis qu'elle me tendait ses joues molles à biser et que je m'exécutais avec dégoût, j'ai été épouvanté par la violence de mes propres pensées. Caniche obèse, salope, roulure, caricature, épouvantail, grenouille de bénitier, crapaud d'évier... De quel droit cette grosse vache voulait-elle régenter ma vie ? Quels droits imaginait-elle posséder sur moi ? Sur nous, Anjela et moi ? Comment une telle horreur avait-elle pu engendrer un ange ? J'ai respiré un grand coup – air vicié, patchouli et transpiration de la truie.

— Anjela se repose ? ai-je ironisé.

Elle n'était pas idiote : c'est avec cautèle et confusion qu'elle s'est offusquée.

— Gwendal ! Ce n'est pas gentil.

De sa petite main boudinée elle a ôté un fil, au demeurant imaginaire, du col de mon imperméable, pour confesser, yeux baissés :

— Vous êtes aimé, ici.

— Puisque vous le dites.

— C'était pour votre bien à tous les deux.

— Quoi donc ? De m'empêcher de parler à Anjela ?

— Que vous rentriez comme prévu.

— Vous ai-je donné à penser le contraire ?

— Non, mais…

— Où est-elle ?

— Aux cuisines.

— Hein ?

— Le commis a eu un décès dans sa famille et nous avons des plateaux de fruits de mer à dresser pour treize heures.

— Eh ben alors ! Il fallait me le dire tout de suite ! On va tous s'y mettre, hein, maman Claudette !

Ne sachant pas si c'était du lard ou du cochon, maman Claudette a bredouillé :

— Oh, Gwendal, je ne voudrais pas que…

— Allons ! Allons ! Il est temps que j'apprenne le métier, vous ne croyez pas ?

J'ai poussé la porte des cuisines. Papa Lulu et Anjela ont détourné la tête en même temps.

— Gwendal ! a lancé papa Lulu en regardant la pendule. Le bateau avait du retard ou de l'avance ?

— A l'heure.

— Je m'y perds, avec cette heure de décalage.

Il s'est remis ostensiblement à échafauder ses buissons de langoustines.

— En tout cas, il y en a une qui t'attendait…

Bras écartés, ne pouvant m'enlacer à cause de ses gants en caoutchouc, Anjela est venue se presser légèrement contre moi. Je l'ai embrassée sur les lèvres et me suis senti fondre. Cette pression légère, ce regard, c'était miraculeux, à vous rendre fou d'amour, et j'ai su que je l'étais et le serais jusqu'à la fin de mes jours et que jamais – jamais plus, ai-je rectifié en songeant à Magali – je ne causerais le moindre mal à Anjela.

— Tout va bien ?

Elle a hoché la tête. J'ai dénoué son tablier et lui ai murmuré à l'oreille :

— Tu veux bien monter te préparer un sac de voyage ? L'Irlande est magnifique. Elle n'attend plus que toi. Je t'emmène.

Elle a tressailli de désarroi, je l'ai entraînée par la taille jusqu'à la porte battante.

— On repart ensemble, il faut que tu voies ça, ai-je dit précipitamment à voix basse. C'est un véritable paradis. On ne peut pas gâcher cette chance. Et puis on reviendra autant que tu voudras. On est riches, Anjela. On peut prendre l'avion comme d'autres prennent le métro. Tes parents viendront nous voir. On leur paiera le voyage. Notre bonheur est là-bas. On s'arrangera. Tu verras, tout le monde sera heureux.

Elle m'a regardé dans les yeux. La fierté de tout à l'heure était revenue dans son regard, mêlée à de l'audace. Elle me défiait aussi bien qu'elle me sondait, qu'elle me priait, me suppliait de ne pas trahir sa confiance. La porte s'est refermée. J'ai entendu ses talons claquer sur les marches de l'escalier. Allait-elle se jeter sur son lit et pleurer ? J'ai enfilé un tablier et dit gaiement à papa Lulu :

— Anjela est partie se reposer. Je prends le relais. Alors chef, comment on les dresse, ces bêtes à pinces ? Comme ça, c'est bon ?

— Te fatigue pas, les serveuses arrivent à midi.

— Seulement à midi ? De plus en plus dur de trouver du personnel, hein ?

— Les gens ne veulent plus bosser le dimanche.

— Préfèrent se la couler douce dans les bureaux.

— Je sais pas jusqu'où on va aller, mais la société file un mauvais coton. Le système ne fabrique plus que des fainéants.

— On leur bourre le crâne dans les écoles.

— Ouais, on leur fait croire qu'ils toucheront la grosse paie avant même de savoir monter une mayonnaise.

— Qu'est-ce qu'on y peut ?

— Rien, malheureusement.

Papa Lulu ne marchait pas, il courait. Ce n'était pas un mauvais bougre, il avait le mérite d'avoir fait prospérer son affaire, mais à quel prix ? Esclave de son hôtel-restaurant, esclave de son dragon femelle, esclave de ses propres idées reçues et de ses principes à elle, des gros sous à la banque, du capital à léguer à la fille unique, un appartement déjà réservé au foyer-logement pour vieux riches et un caveau en granit déjà bâti face à l'entrée principale du cimetière communal, comme les seigneurs, autrefois. Reconnaissance post mortem de cons ayant mené une vie de cons, ai-je conclu.

A nouveau sous pression, fébrile, je me voyais gravir l'escalier quatre à quatre, balancer la valise d'Anjela par la fenêtre, je nous imaginais sautant tous les deux du premier étage et filant sans un mot d'adieu. Je me suis contenu. Il fallait que ça se passe en douceur. Je devais préserver le lien filial autant que faire se pouvait. Je l'avais promis à Anjela. Pour me calmer les nerfs, je me suis amusé à titiller papa Lulu :

— La saison a été bonne ?

— Excellente ! La meilleure depuis des années !

— Ça ne vous a pas donné envie de fermer ?

— On aurait pu. Mais bon, le groupe d'aujourd'hui, c'est un repas de noces d'or. Des clients de toujours.

— Qu'est-ce qui vous empêcherait de fermer demain jusqu'à Noël ?

— Sur le papier, rien.

— Vous voulez faire plaisir au percepteur ?

— Vaut mieux lui faire un gros chèque que de se demander comment passer l'hiver. On a assez de collègues qui sont obligés d'aller se mettre à genoux à la banque pour avoir un découvert intersaison.

— Je comprends ça, ai-je menti.

— Et puis c'est pas le moment de fermer, maintenant que vous autres les jeunes allez reprendre l'affaire.

— Allons, papa Lulu, vous serez là pour nous épauler, ai-je susurré avec un brin de méchanceté.

— On ne sait jamais, Gwendal. On a vite fait de perdre une clientèle.

— Ça n'arrivera pas, j'en suis sûr, ai-je répondu, avec cette fois un soupçon de honte, à rouler ainsi dans la farine ce pauvre papa Lulu.

L'attachement du bonhomme à son affaire était pathétique. Il me rappelait ces bons gros des cours de récréation dont aussi bien le physique que la crédulité les désignaient comme têtes de Turcs de leurs petits camarades plus dessalés.

Les serveuses sont arrivées, toutes pomponnées et fraîches comme des draps mis à sécher au grand vent. Papa Lulu n'avait guère d'ascendant sur elles. Elles l'ont gentiment bousculé – « Mais c'est bon comme ça, m'sieur Lulu, les langoustines ne seront pas meilleures avec les pinces croisées ! » – et se sont tues quand maman Claudette a pointé le bout de son nez. On a presque entendu le « garde à vous ! » qui salue l'entrée d'un officier. J'ai rendu mon tablier et, au lieu de monter voir si Anjela préparait ses valises, suis sorti faire un tour sur le port, pour m'infliger la jouissance d'un suspense morbide. Ce retour, ce rapt d'Anjela, son arrachement à ses foutus parents, un coup de dés ? Une chance sur deux de gagner ? Espérais-je vraiment gagner ? Bien sûr que oui. Alors je n'étais pas un vrai joueur. Celui-là jouit quand la raclette du croupier ratiboise son dernier jeton. Même plus de quoi se payer un verre…

Un verre de gris, un verre de vin gris, et la mer l'était, vert-de-gris, mauvais augure que cette vase jaune pâle en suspension dans l'océan bleu-noir, la machine à laver est en panne, plus moyen d'essorer le merdier de l'imprévisible ni d'évacuer la tentation du vide – de la solitude irlandaise.

Tout en marchant le long du quai du port de plaisance, je montais l'escalier, ouvrais la porte de la chambre et trouvais Anjela prostrée sur son lit, en chien de fusil. Je la forçais à lever vers moi un visage inondé de larmes et elle gémissait : « Je ne peux pas, je ne peux pas, je ne peux partir d'ici. » Que ferais-je ? Repartir sans elle ou courber l'échine sous la férule de maman Claudette ?

J'ai interrogé les mouettes aplaties, plumes ébouriffées, sur les roufs des vedettes pêche-promenade : « Alors, qu'est-ce que vous en pensez, les filles ? » Les mouettes rieuses se sont marrées de concert. « T'es maso ! T'es maso ! T'es maso-maso-maso ! – Bande de vaches ! » leur ai-je répondu, et j'ai regardé les noceurs d'or pénétrer dans l'hôtel des Tourteaux et me suis dit : Putain, c'est pas vrai, on ne peut pas finir notre vie dans une turne pareille, et en plus une vie à peine commencée, merde alors ! Ce serait comme se chasser soi-même de l'Eden, ai-je surenchéri, non mais ça va pas la tête, on n'a jamais vu un forçat s'attacher soi-même le boulet à la cheville, et, comme si je sentais déjà le poids de ce boulet, j'ai accéléré le pas pour m'éloigner de l'hôtel, pendant que les convives s'installaient à table.

Je n'avais aucune envie de me taper les présentations aux clients de trente ans. Serrer une trentaine de louches, lécher le museau aux lardons… La belle-maman sirupeuse… « Gwendal, notre gendre, enchanté, enchanté, nous cédons l'affaire aux jeunes, mais ne vous inquiétez pas, Lulu restera aux fourneaux le temps qu'ils se fassent la main. » Ben tiens ! Remonté à bloc, limite rupture du ressort, je suis rentré à l'hôtel. J'étais attendu.

— Ah, mon petit Gwendal ! Mais où donc étiez-vous passé ? a vocalisé maman Claudette du tréfonds de son décolleté.

— Aux putes, ai-je marmonné entre mes dents.

— Pardon ? m'a-t-elle tancé en se haussant du col et de la mamelle.

— Rien, maman Claudette, je vous adore.

— Moi aussi, mon petit Gwendal. (Tu parles !) On passe à table ? Anjela ? Anjela ! A table !

Ainsi que je l'avais supposé, le couvert pour quatre avait été mis au bar. Un plateau de langoustines occupait le milieu de la table. Papa Lulu est sorti des cuisines en portant comme un thuriféraire une bouteille de champagne dans un seau à glace.

— Ils en ont pour une bonne heure et demie à venir à bout des plateaux de fruits de mer. On a tout le temps de manger tranquillement. Langoustines et une sole meunière après, ça te va, Gwendal ?

— A la perfection, papa Lulu.

J'ai tendu l'oreille. Des pas dans l'escalier. Assez lents. Des bruits du côté de la réception.

— Mais qu'est-ce qu'elle fabrique ? a dit maman Claudette. Anjela, nous t'attendons !

Anjela est entrée dans le bar et avec elle le brouhaha de la tablée des noces d'or. Elle s'était fabriqué un chignon natté et s'était changée : gros pull confortable, jean, bottes. Elle rayonnait, mais d'une manière énigmatique. Elle s'est assise, je l'ai imitée. Papa Lulu a défait le muselet de la bouteille de champagne.

— Eh ben, on va arroser ça dignement…

Papa Lulu a laissé venir le bouchon, ploc, un peu de mousse au bord du goulot…

— En connaisseurs, hein, Gwendal !

Il a d'abord rempli la coupe d'Anjela. Maman Claudette ne s'en est pas offensée. Elle scrutait l'étiquette.

— Tu as ouvert le Taittinger 47 ?

— Hé ben quoi ? C'était l'occasion !

— On avait dit qu'on le gardait pour la naissance !

— Quelle naissance ? ai-je demandé.

— Mais !… La naissance du petit… de la petite… enfin, du bébé !

— Il n'y aura pas de bébé, a répliqué Anjela d'une voix métallique.

Maman Claudette s'est tapoté la devanture, le souffle coupé.

— Comment ? Ne me dis pas que…

— Si !

— Et tu n'as rien dit à ta mère ? Mais il aurait fallu t'hospitaliser !

— Tu sais, une fausse couche à six semaines, ce n'est souvent rien de plus que des règles douloureuses.

— Anjela !

— Ce sera pour la prochaine fois, a temporisé papa Lulu.

— Non, papa, il n'y aura pas de prochaine fois. Je ne veux pas de gosse et Gwendal non plus.

Je n'en revenais pas, qu'elle ait été enceinte et qu'elle affirme que je ne voulais pas de gosse. Nous n'en avions jamais discuté.

— Je ne serai donc jamais grand-mère ? a larmoyé maman Claudette.

— Je n'aurai pas de gosse parce que tu m'as dégoûtée d'en avoir ! Je ne veux pas de gosse parce que je ne veux pas revivre mon enfance à travers un gosse ! Je ne veux pas de gosse parce que tu l'étoufferais comme tu m'as étouffée ! Je veux vivre, maintenant, vivre !

— Gwendal, dites quelque chose !

J'aurais bien dit qu'Anjela était libre de son corps, que c'est la femme qui décide, que si elle le voulait nous aurions des gosses mais que si elle n'en voulait pas c'était encore mieux, et j'aurais ajouté que sa décision d'aller à l'encontre de toutes les conventions – la femme épanouie dans la maternité, le devoir civique de se reproduire, l'égoïsme dont on accuse les couples volontairement stériles – me touchait comme une déclaration d'amour.

— Gwendal ne dira rien parce qu'on s'en va !

Elle a vidé sa coupe d'un trait.

— Merci, papa, il était bon, ce champagne.

— Vous vous en allez ? Mais où ?

— Où crois-tu ? En Irlande !

Ses bagages, deux valises et un sac, se trouvaient derrière le guichet de la réception. Maman Claudette s'est précipitée pour retenir sa fille. Anjela l'a repoussée avec violence. Belle-maman a sorti ses griffes.

— Je vous préviens, mon petit Gwendal, Anjela est plus fragile que vous ne le croyez ! Elle a été dépressive ! Elle a été sous traitement !

— Comme si je ne m'en étais pas douté.

— Comment cela ?

— Vous trouviez qu'elle avait l'air épanouie, vous, derrière cette réception ? Pas moi.

— Prenez garde ! Loin de ses parents, elle pourrait bien rechuter !

— Elle est définitivement guérie !

— Anjela, ne pars pas !

— Ça suffit, maintenant, lui a intimé Anjela, il y a du monde dans la salle, je te signale.

Maman Claudette s'est mise à sangloter.

— T'inquiète pas, on reviendra. Je ne vais pas laisser tomber papa comme ça.

Elle a embrassé papa Lulu, il a bredouillé « ma petite… ma petite… », et nous sommes sortis.

Dans la salle, une grand-mère, la mariée d'or peut-être, entonnait une rengaine. « Tant qu'il y aura des étoiles, sous la voû-oû-te des cieux… » J'ai démarré. Cherché la suite de la rengaine, et l'ai trouvée : « … il y aura dans la nuit sans voiles, du bonheur pour les gueux. »

Je n'étais pas un gueux mais un roi, et ma reine, à mon côté, regardait droit devant elle. La mer avait viré au vert émeraude.

10

Nous roulions vers l'ouest. Par endroits des averses inondaient la voie express, juste avant notre passage. La voiture traversait des flaques de lumière étincelante et nous en demeurions éblouis.

On s'est arrêtés dans une station-service faire le plein et acheter de quoi manger. Le sandwich sous cellophane, les pommes vertes, la bière glacée et le café trop serré ont eu ce goût de voyage décidé sur un coup de tête, qui vous pousse à crever le cercle de papier de l'horizon, en se fichant totalement de ce qu'il y a derrière – tapis de mousse ou matelas de fakir, peu importe.

— Nous sommes des évadés, Anjela.

Elle m'a pris la main, sans la presser vraiment, mais se serait-elle allongée, nue, jambes ouvertes, qu'elle n'aurait pu mieux exprimer le don d'elle-même que par cet effleurement silencieux – elle n'avait pas prononcé une parole depuis notre départ. Elle me disait ainsi qu'elle s'en remettait à moi, que sa confiance en moi était absolue, et j'en ai ressenti une fierté de gamin à qui son père confie la canne à pêche au bout de laquelle lutte un bar de dix livres, afin qu'il apprenne à dominer le poisson, à le saisir sans se planter dans la paume les épines dorsales, et à le déposer religieusement dans le panier en osier. J'avais vécu cela, enfant. Le bar s'était décroché. Mon père m'avait consolé.

J'ai fait remplir une Thermos de café rallongé et nous sommes repartis. Pendant qu'on se restaurait, la circulation avait augmenté sur la voie express. C'était dimanche, les gens rentraient à Vannes et Lorient après un week-end ou une balade dans la presqu'île de Guérande, à La Baule, en Brière. Les habituels allumés, se fichant pas mal de risquer la vie de leur famille, jouaient à saute-mouton d'une file à l'autre. Le break Volvo, lourd comme une locomotive, n'était pas fait pour ce petit jeu-là. A l'oreille, au ronronnement du moteur, je savais que je roulais entre 110 et 120. J'ai posé ma main droite sur la cuisse d'Anjela. Elle a deviné que le contact du tissu rêche m'était déplaisant. Avec aux lèvres ce fin sourire de madone qui laisse accroire qu'elle n'a pas seulement reçu la visite du Saint-Esprit, elle a ôté son jean, et j'ai pu caler ma main entre ses cuisses, à l'aine, là où la peau est si douce que c'en est une merveille.

Nous avons dépassé Quimper. Le soleil se couchait. Après un pont sur l'Aulne, on a fait halte sur une aire. Entre les deux portières ouvertes de son côté, Anjela a remis son jean, un geste plus érotique encore que celui de l'ôter. Je lui aurais bien fait l'amour, là, sur l'herbe, et sans doute y aurait-elle consenti si je l'avais entraînée à l'abri d'une haie, dans la confidence du crépuscule, mais je savais bien que son vrai désir, notre vrai désir à tous les deux, était de prolonger cette tension amoureuse, ce grésillement de nos sens, jusqu'au moment où cela deviendrait intolérable.

Assis sur un banc, épaule contre épaule, toujours silencieux, nous avons bu du café et grignoté des biscuits, non qu'on ait eu faim ou soif, juste pour étirer le temps, retarder le moment de s'étreindre, de briser le sceau des serments que porte la séparation et que peuvent faire mentir les retrouvailles. On ne craignait pas la déception ; seulement que les circonstances ne soient pas à la hauteur des sentiments, et les corps un peu trop brutaux dans leur hâte à retrouver le présent.

L'évidence de prolonger encore cette durée m'a frappé à l'entrée de Brest. Alors que, guidé par mes automatismes, j'allais prendre la direction de Lannilis qui nous mènerait à Bernbily, dans un carrefour j'ai soudain bifurqué vers la voie express Brest-Rennes. Anjela m'a interrogé du regard.

— Une idée, comme ça, ai-je dit.

Au milieu du rond-point, en une fraction de seconde, je m'étais vu arriver à Bernbily, descendre de voiture, entrer dans la maison, ouvrir les volets, allumer le feu, boire un verre, déboucher une boîte de conserve, boire un autre verre et nous mettre au lit. En dépit de ma hâte à dénuder Anjela et à la caresser à n'en plus finir, c'était impossible. Notre nouvelle vie ne pouvait pas commencer par un recommencement. Il nous fallait de l'inédit, de l'exceptionnel. Voilà pourquoi j'ai donné un coup de volant brutal, direction Morlaix et la côte nord.

Il y avait une liaison quotidienne Roscoff-Plymouth. J'ignorais les horaires, mais ça ne coûtait rien d'aller voir. Si on faisait chou blanc, on coucherait à l'hôtel. J'en connaissais un excellent. Je me suis rappelé que nous avions de l'argent, beaucoup d'argent. On prendrait une suite, avec balcon donnant sur la mer. Ce serait déjà un peu moins ordinaire que Bernbily. Je m'en suis voulu d'avoir des pensées pareilles. Pour bien d'autres, Bernbily représentait le paradis ; le nôtre était supérieur. Il fallait croire qu'il y avait une hiérarchie dans les édens, des nirvanas classés une étoile tourisme et des olympes quatre étoiles…

Illuminé comme une raffinerie de pétrole, un ferry était à quai. Venait-il d'arriver ? Le parking d'embarquement était quasiment désert. Avec de grands gestes impérieux, une fille en pull marin et veste de quart aux couleurs de la Brittany Ferries nous a aiguillés vers la gare maritime. Le bateau partait à vingt-trois heures. Il ne restait de libre que les cabines dites « de luxe ». J'ai étrenné la carte Visa de la Bank of Ireland, ce qui m'a fait un drôle d'effet, comme de gravir un échelon dans l'identité irlandaise.

Nous avions tout le temps d'aller dîner en ville. J'ai emmené Anjela au Brittany, un hôtel-restaurant de charme que je démarchais deux fois l'an – et que je ne démarcherais plus jamais. Je n'avais même pas pensé à vendre mon fonds de commerce. Quel prix pourrais-je en tirer ? Considération dérisoire, à présent. J'ai eu l'impression de me débarrasser d'une vieille peau, quand j'ai annoncé au patron de l'hôtel que je me retirais des affaires et que nous partions nous installer en Irlande.

— Et vous passez par l'Angleterre ?

— Pas le temps d'attendre le Roscoff-Cork de samedi prochain. Ma femme est pressée.

— Comme je vous comprends, madame ! Qu'est-ce que je peux vous offrir ? Une coupe de champagne ?

— Un whiskey irlandais, a répondu Anjela avec enjouement.

— Cela va de soi !

Nous avons dîné d'une sole et d'un sorbet et bu une bouteille de bourgueil. Plutôt gais, nous avons embarqué.

La cabine valait son prix. Une vraie chambre, avec un grand lit, une coiffeuse, un coin salon, une salle de bains digne de ce nom, des tableaux originaux de peintres contemporains bretons, une baie vitrée donnant sur un balcon. Dommage que la traversée ne durât que sept heures. Dans ces conditions, nous aurions bien fait une croisière – je me suis repris : qu'est-ce qui nous empêcherait d'en faire une, dans le luxe absolu ? Son coût ? Mais non. Décidément, je n'arrivais pas à me fourrer dans la tête que nous n'avions plus besoin de compter. Les gens qui gagnent des fortunes au Loto doivent se comporter de la même manière. Continuent de surveiller leur tirelire. Enfin, certains, parce que d'autres, avais-je pu lire dans la presse, claquent leur fric en cinq sec et en conneries, et finissent chez le psy. Pas moi.

Pendant qu'Anjela occupait la salle de bains, je suis allé me balader du côté du bar. Il était fermé. Le ferry appareillait. Des camionneurs s'étaient installés dans le lounge pour la nuit. Regardé comme un intrus – à cause de ma veste en tweed et de ma cravate ? –, je ne me suis pas attardé.

Seules les lampes de chevet étaient allumées. Anjela n'avait pas tiré le rideau sur la baie vitrée. A quoi bon ? Aucun voyeur ne risquait de nous apercevoir, sinon quelque extraterrestre, de là-haut, des étoiles. Elle était couchée et contemplait le spectacle des lumières de la côte, des éclats des phares et des nuages fantomatiques dispersés dans le ciel, mais tous penchés dans la même direction, vers le sud, comme des fidèles encapuchonnés se rendant à une messe de minuit, éclairés par la lanterne de la pleine lune et poussés par une légère brise de nord, celle qui assagit la mer. La cabine était à l'avant, non loin de la timonerie et de l'étrave. On entendait l'eau se fendre et glisser comme un fleuve le long de la coque. Anjela a tourné la tête vers moi. Ah, son sourire de madone…

J'ai rabaissé doucement le drap. Elle était nue. J'ai caressé la rondeur de sa hanche. Elle a entrouvert les cuisses. C'était juste cela, ce mouvement presque imperceptible, son consentement ; et c'était aussi pour cela que je l'aimais, pour son adresse à renouveler le mystère de l'acceptation, par une retenue virginale, afin de mieux la démentir, et ô combien, dans le corps à corps du don de soi. Elle m'a caressé les cheveux. Patience, patience, disaient ses doigts, nous avons toute la nuit devant nous…

Plymouth ressemblait à Brest : ville bombardée, détruite, reconstruite au cordeau. Les goélands y étaient plus nombreux et plus familiers. A la différence de leurs congénères finistériens, qui se cantonnent prudemment sur les toits des criées, ils se promenaient sur le quai, entre les grues et les chariots élévateurs.

Keep your left… Sur le siège passager, Anjela se trouvait face aux véhicules croisés. Elle se crispait quand nous croisions un camion.

— On achètera une autre voiture en Irlande, avec le volant du bon côté, ai-je dit.

— Tu vendras le break Volvo ?

— Ah que non, ce serait comme abandonner son vieux chien.

— On aura un chien ?

— Pourquoi pas deux ? J'y ai déjà pensé. Tu les choisiras.

— Je n'y connais rien aux chiens. Mes parents n'en ont jamais voulu. Ni chien, ni chat.

— Ça ne m'étonne pas.

— Tu les méprises ?

— Non. Je les trouve pathétiques.

— Ils sont comme ils sont. Il faut les excuser.

— Je les excuse.

— Par contre, eux, ils ne sont pas près de te pardonner.

— Me pardonner quoi ?

— Allons, mon doux amour… De m'avoir enlevée.

— Et tu quitteras ton père et ta mère et… J'ai oublié la suite.

— Il est question de suivre son mari et de l'aimer pour le meilleur et pour le pire, non ?

— Absolument. Sauf qu'il faut enlever le pire. Pour le meilleur, Anjela, rien que pour le meilleur.

— Comment on dit ça en anglais ?

— *For better and worse*, je suppose.

— Tu m'apprendras l'anglais ?

— Si ça se trouve, tu le parles aussi bien que moi.

— Je suis nulle.

— Hum ! Facile à vérifier. Je dirai du mal de toi à Dickie et on verra comment tu réagiras.

— Qui est Dickie ?

— Un copain de pub. L'homme du vendredi, jour de soûlerie. Et notre futur homme de peine.

— Et quel mal diras-tu de moi ?

— Je ne sais pas… Que tu ne veux pas de moi dans ton lit.

— Oh ça, c'est vraiment méchant ! a-t-elle dit en se penchant pour me mordre l'oreille, avant de chuchoter : *You are a naughty liar, my dear…*

— Nulle, hein ? Je vois. C'est toi la vilaine menteuse, honey…

Le temps de ce dialogue, nous étions sortis de Plymouth et roulions sur la route d'Exeter.

— Tu ne m'as pas dit où on allait, a-t-elle badiné.

— Parce que tu ne me l'as pas demandé.

— Où va-t-on ?

— En Irlande.

— Tiens donc ! Par là ?

— Tous les chemins mènent en Irlande.

Elle s'est étirée avec volupté. J'ai eu envie d'embrasser ses seins.

— A quoi viens-tu de penser ?

— A rien.

— Mon œil ! Avec ce regard lubrique de vieux satyre ?

— Plains-toi !

— J'ai l'impression qu'on s'est mariés une deuxième fois… Et je préfère ce voyage de noces au premier. C'est incroyable, on dirait que ça fait un mois qu'on est partis.

— Et on n'est pas encore arrivés.

— Quelle importance ?

— Tu n'as pas hâte de voir ton manoir ?

— Si. Mais bon, c'est bien de prendre son temps, non ?

J'exultais intérieurement. Cette impulsion de prendre le bateau, tout de suite, m'avait été soufflée par des esprits rusés, les dieux irlandais de l'exode, de l'aventure et du temps qui ne compte pas. Aurions-nous pris l'avion qu'en une heure et demie nous aurions atterri à Cork. Libre à nous de faire durer ce voyage des jours et des jours, afin que l'Irlande paraisse aussi lointaine que la Voie lactée. L'imprévu de ce long détour nous avait rapprochés.

Après Exeter ce fut l'autoroute. Taunton, Bristol, Gloucester, où nous avons bifurqué vers le pays de Galles, dont nous avons longé la côte sud pour, après Cardiff, piquer vers le nord et traverser d'anciennes houillères et leurs deux rangs de corons alignés à la sortie des mines. Puis nous avons traversé de vertes collines, emprunté des routes secondaires, dépassé Camarthen et roulé tranquillement jusqu'au terminal de Fishguard. Il y avait quatre ferries par jour pour Rosslare, mais le dernier venait de partir. Nous sommes revenus du côté de Pembroke louer une chambre sur la côte, chez une vieille dame charmante qui nous a proposé de nous préparer un high tea : charcuterie, pain complet, soda bread, tarte à la rhubarbe.

Les draps du lit étaient d'un drôle de tissu glissant comme du Nylon. Toute la literie a atterri par terre. Après l'amour, nous avons ouvert la fenêtre en grand et nous sommes nichés sous l'édredon.

Le lendemain matin, nous avons fait exprès de nous rendre à Fishguard à notre heure. Un ferry venait d'appareiller. Cinq heures à attendre. Nous en avons ri, heureux comme des gosses qui font l'école buissonnière. Nous avions largué les amarres d'une vie réglée, banale, grise comme les gisants de pierre dans les chapelles des cathédrales. Nous tournions le dos à un cimetière : l'hôtel-restaurant des Tourteaux, où nous aurions enterré notre fantaisie.

Nous avons fait un saut à Cardigan. Dans une vitrine il y avait un nécessaire à pique-nique, un de ces objets que seuls les Anglais sont capables de fabriquer, eux qui décident du modèle de break qu'ils achèteront en fonction de la hauteur du hayon arrière – levé, il doit permettre de s'abriter de la pluie sans avoir à courber la tête. Le panier en osier comprenait des couverts pour deux – tasses et assiettes, et en faïence s'il vous plaît, verres à eau et verres à vin, ouvre-boîte, tire-bouchon, décapsuleur, et une grosse Thermos à décor écossais. Nous l'avons remplie de thé dans un pub et, repassant par Fishguard, nous avons poussé jusqu'à Saint David's Head, où nous avons bu le thé, face à la mer d'Irlande, en grignotant des biscuits au gingembre. L'heure était venue d'embarquer.

Comparé aux bâtiments des Brittany Ferries, confortables comme des paquebots, le navire de la compagnie irlandaise tenait plus du gros bus maritime que du bateau de croisière. La traversée du Channel ne durant que trois heures et demie, aucune hôtesse, ici, pour guider les passagers vers leurs cabines dans un chuchotis de mots de bienvenue, mais au contraire l'installation bruyante et joyeuse – les Irlandais rentraient au pays – de familles entières sur les sièges et les bancs, et le déballage de sandwichs qui s'ensuivait. Des bandes de gosses couraient dans tous les sens. Des dames faisaient la queue devant le self où l'on servait des plats chauds. D'autres personnes, hommes et femmes, se battaient avec détermination contre les bandits manchots alignés tout le long d'une coursive. Flottait dans l'air une odeur de liesse populaire : fish and chips, tabac blond, métal chaud et, par instants, à cause du vent tourbillonnant et des portes que ne cessaient d'ouvrir les gamins, quelques relents de fumée de mazout, pas vraiment nauséabonds puisqu'ils contribuaient à l'odeur du voyage, au caractère du dépaysement.

Nous nous sommes laissé tenter par un plat de poisson frit accompagné de purée. Nous l'avons mangé comme les trois couples d'Irlandais avec qui nous avons partagé deux banquettes en vis-à-vis : assiette sur les genoux, boîte de bière posée par terre.

Les Irlandais ont engagé le dialogue sur le mode convenu, d'où êtes-vous, etc. A cause du teint mat d'Anjela, ils auraient juré qu'elle était italienne. A cause des intonations traînantes de mon accent, ils auraient pensé que j'étais américain.

Au fil de l'échange, rendu un peu difficile par leur fort accent dublinois, j'ai été amené à leur dire que nous allions nous installer définitivement dans le comté de Mayo. L'un des couples connaissait le coin, l'homme avait pêché la truite de mer dans la Blackross, et il a ajouté, en faisant la moue, quelque chose comme « il y a des projets de fish farms par là-bas », si j'ai bien compris.

L'agitation des bandes de gamins est devenue presque insupportable, mais pardonnable : la côte était en vue, ils l'acclamaient, ils criaient hourrah à la rentrée des classes et aux retrouvailles avec leurs copains. Les Irlandais ont levé leurs canettes de bière. On a porté un toast à l'Irlande et on s'est lancé des

« *Slainte ! Slainte !* », et j'ai pensé à Dickie, « Chloncheu ! Chloncheu ! »…

Le pont-levis du navire s'est calé contre le quai.

Une fois franchi le contrôle de police, j'ai garé le break Volvo sur le terre-plein, ouvert la portière droite et soulevé Anjela dans mes bras pour la déposer doucement sur ses pieds.

— Bienvenue en terre irlandaise, madame McGovern !

Elle a ri aux éclats, on s'est s'embrassés à pleine bouche, des voitures ont klaxonné, il ne manquait que les grains de riz porte-bonheur dont les joyeux invités de la noce arrosent les nouveaux mariés. Au lieu de riz, ce fut la pluie, une averse drue, sous laquelle nous sommes restés en continuant de rire comme des fous. Enfin, les cheveux trempés, nous nous sommes réfugiés dans le break où, joue contre joue, nous avons regardé la buée couvrir les vitres de notre bulle. Puis j'ai mis le moteur et le chauffage et la ventilation en route, et nous sommes partis, et l'Irlande est réapparue, celle du bocage à traverser pour remonter vers le nord, New Ross, Kilkenny, Portlaoise, Tullamore, Athlone, une Irlande aux couleurs ravivées par le vernis de la pluie.

Nous avons passé la nuit dans un B&B au bord du Lough Ree. Le lendemain, nous avons pris la nationale jusqu'à Galway et ensuite la route côtière pour entrer paresseusement dans le Connemara : Barna, Spiddal, Costelloe, Screeb, Carna… Là, les kilomètres égrenaient, dans le sablier des merveilles, leurs mètres, leurs décamètres – leurs centimètres, leurs millimètres, ai-je songé. J'épiais Anjela du coin de l'œil. Le dos droit, immobile mais le regard en alerte, elle savourait les paysages avec une gravité solennelle de violoncelliste qui vibre avant les cordes et ressent la musique avant le son. Et les essuie-glaces eux-mêmes, sous la pluie régulière à laquelle Anjela n'adressait aucun reproche, étaient deux archets métronomes qui tour à tour faisaient surgir de l'alternance de pierres nues et de tapis de bruyère, de tourbières couleur tabac et de criques bleu sombre, des émotions telluriques et marines.

— C'est beau, c'est magnifiquement beau, a dit Anjela en me pressant la main.

J'ai su que je n'avais plus de souci à me faire : elle était conquise, nous avions bel et bien devant nous l'éternité irlandaise.

A Roundstone, une forte houle d'ouest entrait dans le port. Contre le vent, les vieux hookers noirs tiraient sur leurs corps-morts et donnaient des coups de tête comme des taureaux enchaînés au mur de l'étable par leur anneau dans le nez.

La boutique de l'antiquaire était ouverte. Je me suis rappelé avoir vu des tailleurs en tweed parmi les vestes pour messieurs. Le petit bonhomme est venu à notre rencontre, toujours aussi volubile, plus rond et charmeur encore que la première fois.

— Bonjour, milord, mes hommages, milady, ah, ah, ah, oh, oh, oh ! Un client satisfait est un client qui revient, j'attendais le percepteur et voilà des acheteurs, comme a dit Napoléon à Waterloo, j'attendais truc et ce fut machin, vous devez savoir qui, vous, les Français doivent savoir ça par cœur.

— Grouchy et Blücher, je crois.

— Vive Napoléon, mort aux Anglais, ah, ah, ah, oh, oh, oh !... C'est votre dame ? Vous revenez pour les tailleurs, je parie ? Non, je ne parie pas, j'en suis sûr. Par ici, milady, milady…

Il a toisé Anjela.

— J'en ai plusieurs dans votre taille. Je dirais même plus : du sur-mesure… Voyons voir cela… Celui-ci, celui-là, en voilà deux, en voilà trois… Désolé, je n'ai pas de cabine d'essayage. Mettez-vous là dans le coin derrière les porcelaines, je tournerai le dos, je regarderai la mer… sûrement moins jolie que vous en petite culotte, la mer, oh, oh, oh !

Anjela n'a pas fait de manières. Les trois tailleurs lui allaient à la perfection.

— Vous avez vu cette veste cintrée ? Oh là là ! Et la jupe ! Même pas une retouche… Incroyable… Ces ensembles vous attendaient. D'ailleurs, regardez, l'étiquette à votre nom… Ah, tiens, elle est partie ? Bizarre… Ah ! ah ! ah !

— On va prendre les trois.

— Comme vous avez raison ! A ce prix-là ! Et puis après-demain, on ferme ! Retour à Dublin !

Pendant qu'Anjela se changeait de nouveau, le petit bonhomme m'a demandé si j'étais superstitieux, à voix basse, comme si nous allions tous deux ourdir un complot.

— Je ne le suis pas.

— Vraiment ?

— Pas du tout.

— Alors… Vous vous souvenez, la semaine dernière, on a plaisanté sur les morts que je déterrais pour les dépouiller de leurs vêtements… Eh bien, savez-vous, ces tailleurs ont appartenu à la femme d'un landlord… Ils habitaient un château, ils étaient riches et heureux. Ils faisaient chambre à part, comme il se doit. La propriété était infestée de lapins. Souvent le landlord commençait sa journée par une séance de tir. Il se levait le premier, à l'aube, et de sa fenêtre tuait quelques lapins à coups de carabine. Un matin d'été qu'il en tenait un dans sa ligne de mire, sa femme en chemise de nuit surgit tout à coup de derrière un buisson de roses, juste au moment où il appuyait sur la détente. Il dégringola l'escalier. Il l'avait touchée en plein cœur. Elle lui dit : « Oh chéri, tu m'as tiré dessus », et elle rendit son dernier souffle. Terrible, n'est-ce pas ? Depuis, son fantôme hante le château.

— Quel château ?

— Le château de Nulle Part ! Ah ! ah ! ah ! oh ! oh ! oh !... On devrait interdire toutes les armes à feu et condamner tous les inventeurs d'histoires folkloriques. Ah ! ah ! ah ! Allons, allons, alléluia, alléluia ! Ça nous fera cent quatre-vingts livres, mon prince, c'est vraiment donné, même pas le prix d'une paire de bas chez Harrod's, oh ! oh ! oh !

Il a emballé les trois tailleurs, et, de même qu'il m'avait offert des cravates une semaine auparavant, il a choisi un chemisier en soie, de couleur beige (à moins qu'il n'eût été blanc), et en a fait cadeau à Anjela, ainsi que d'un foulard ancien.

— Une tenue complète de châtelaine, madame...

— Vous rouvrirez l'année prochaine ?

— Si Dieu le veut, mon bon monsieur, si Dieu le veut !

— On ne s'arrête plus, ai-je dit à Anjela, il faut qu'on en garde pour les semaines à venir.

— Pour les années à venir !

Une heure et demie plus tard nous remontions l'allée de Ballynakill.

— Bienvenue chez vous, madame McGovern.

Anjela est demeurée muette pendant un long instant puis, les yeux humides, a dit d'une voix brisée :

— Ecoute... Tu ne vas pas me croire... J'ai l'impression d'être déjà venue ici... J'ai vraiment l'impression que c'est chez moi, que c'est chez nous.

Nous sommes entrés.

— Laisse-moi explorer la maison toute seule... Tu sais, comme une petite fille... Comme Alice au pays des merveilles...

Je suis allé chercher des bûches dans la remise. A mon retour, vêtue du chemisier, du foulard et du tailleur en tweed à veste cintrée, Anjela se tenait devant la cheminée, dans le grand salon de Ballynakill Manor. J'en ai eu le souffle coupé. C'était l'élément manquant, c'était la lumière qui m'avait fait défaut la semaine passée, et ce fut comme si Anjela avait toujours été là. Je l'ai prise dans mes bras.

— Anjela, dis-moi que tu seras toujours là...

Elle s'est écartée pour me regarder dans les yeux, avec aux lèvres ce sourire *maternel* qu'une femme amoureuse sait adresser à son amant quand elle découvre l'enfant en l'homme. Elle m'a caressé la joue.

— Gwendal, mon Gwendal...

J'ai dégrafé sa jupe et nous avons fait l'amour sur le canapé, en hâte, avec violence, comme si nous étions en danger au bord d'une falaise en train de s'ébouler.

11

Le lendemain matin, appuyée à la balustrade du balcon, emmitouflée dans un gros pull passé sur sa chemise de nuit, Anjela ne savait plus où donner des yeux.

Nous avons traîné devant le petit déjeuner, en écoutant de la musique classique et en feuilletant quelques-uns des vieux livres d'école qu'Anjela avait choisis sur les rayonnages de notre chambre. Nous nous contentions d'échanger des sourires, de crainte de briser le bonheur opalin de notre premier réveil à Ballynakill Manor. Je me disais qu'Anjela allait peut-être manquer de journaux français, de romans français, de films français à la télévision, mais que cela serait facile à arranger : des abonnements, une virée à Paris pour faire le plein de bouquins, un magnétoscope…

Avant la fin de la matinée, mon inquiétude s'est révélée infondée. Sitôt habillée, Anjela a été prise de frénésie : elle voulait tout voir, tout de suite, le parc, l'estuaire, le village, le Connemara tout entier.

— Holà ! chaque chose en son temps, ai-je temporisé. On a toute la vie devant nous.

— Justement ! Une vie, ce n'est pas grand-chose.

— Une vie, ce n'est rien, mais rien ne vaut une vie… Qui a dit ça ?

— Je m'en fiche ! Il ne faut pas perdre un instant. Regarde ce nuage qui est en train de changer de forme : nous ne le reverrons plus.

— Hé ! Rappelle-toi, nous sommes en Irlande ! On ne va pas se mettre à courir, tout de même !

C'est pourtant ce que nous avons fait. Nous avons couru comme des chiens fous à travers le parc. Une averse nous a surpris en pull et chaussures de ville. Nous nous sommes réfugiés sous un kiosque, dans une clairière au milieu des rhododendrons.

— On a l'air fins ! a dit Anjela en riant. Il faudra qu'on s'achète des bottes et des cirés.

— Tu sais pourquoi les Irlandais ne portent jamais d'imperméable ? Parce qu'on a l'air ridicule, en imperméable, quand le soleil est revenu.

— Je veux bien, mais en attendant…

L'averse fila vers les Maumturk Mountains, le soleil a brillé de nouveau. Nous avons continué d'explorer le parc, main dans la main, d'un pas de faunes mutins. Des tas de branches et de ronces jonchaient le sol, à intervalles réguliers.

— Dickie a commencé à mettre un peu d'ordre, ai-je dit.

— Dickie, l'homme qui boit le vendredi ?

— Tu feras sa connaissance au pub, vendredi prochain. A moins qu'on ne le rencontre dans la jungle, tout à l'heure ou demain.

Vers treize heures, la sonnerie du téléphone nous a fait sursauter. C'était la première fois qu'il sonnait et ce bruit nous a paru incongru, qui semblait vouloir nous déloger de notre tanière en même temps qu'il sanctionnait notre installation à Ballynakill Manor : on nous appelait, nous existions donc en Irlande. J'ai décroché. Anjela a articulé sur ses lèvres : « Mes pa-rents ? » J'ai secoué la tête.

— Salut, Gwen, a dit Magali. J'ai appris que tu étais revenu avec ta femme.

— Les nouvelles vont vite, dans le patelin.

— Ta chère épouse aime le poisson ? Dermot, tu sais, le copain que tu as vu chez moi le premier soir, m'a refilé un saumon de ta rivière. Ça vous dirait, ce soir chez moi, vers huit heures ?

— Pas de problème. On peut apporter quelque chose ?

— Rien. Je suppose que tu n'as pas eu le temps de garnir ta cave… Une bouteille de whiskey, si tu veux.

— D'accord. A ce soir, Magali. Je t'embrasse. C'était Magali, ai-je dit à Anjela.

— J'ai entendu.

— Une Française qui tient un B&B. J'ai dormi chez elle quand je suis venu en repérage. Elle est très sympa.

— Je n'en doute pas, puisque tu l'embrasses déjà.

— Comme une copine. Ne va pas t'imaginer…

— Ne sois pas stupide, je ne m'imagine rien.

— Magali connaît tout le monde dans le coin, c'est grâce à elle que le courant et le téléphone ont été rétablis en deux temps trois mouvements. Elle nous aidera à réaliser nos projets.

— Parce que nous avons des projets ?

— Devine.

— Comment veux-tu que je devine ?

— Transformer la maison en manoir-hôtel de pêche.

— Sans blague ?

— Ça te déplaît ? Si ça ne te plaît pas, rien ne nous…

— Attends un peu… Quatre chambres de luxe, table d'hôtes, clients triés sur le volet…

— Oui, c'est comme ça que je le vois.

— C'est ce que mon père aurait voulu faire, et maman l'en a toujours empêché. Condamné aux fourneaux, le pauvre.

— Il ne m'a jamais paru si malheureux.

— On peut cacher son jeu, pour la paix des ménages. Oh et puis… Ne parlons plus d'eux… On a coupé les ponts, on ne va pas les refaire. Viens, allons nous balader au bord de ta rivière.

— *Notre* rivière, Anjela.

J'ai pensé lui dire que la Blackross était un fleuve, puisqu'elle se jetait directement à la mer. En anglais il n'y a qu'un mot : *river*. En français, rivière est un si joli mot, si léger, et Anjela le prononçait si joliment, avec des méandres sur les lèvres… Le mot fleuve est plus opulent, évocateur de masse liquide indomptable, dévoreuse de berges et de digues, mais qui toujours se rachète de la brutalité de ses crues par sa fin géographique : le mot estuaire, aussi paisible que le mot rivière. Anjela a dû lire dans mes pensées.

— J'adore les fleuves et les estuaires…

J'ai été incapable de lui dire si la marée montait ou descendait, et peu nous importait. Nous subissions l'attraction du fleuve, de sa couleur d'encre bleu nuit, de ses bulles dorées lorsqu'il cascadait, en bas, vers la ligne du partage des eaux, sur des rochers coiffés de goémons cuivrés.

Sans doute la marée montait-elle car des saumons et des truites de mer ont commencé de marsouiner dans un pool grand et calme comme un étang, entre deux barrages de roches. Des huîtriers pie ont protesté contre notre présence sur leur domaine. A l'inverse, nonchalantes, des aigrettes continuaient de farfouiller du bec sous le varech.

Un pêcheur a surgi du néant – vêtu et coiffé de gris-vert, il s'était confondu avec la berge, jusqu'à ce qu'il vienne à notre rencontre. Il tenait d'une main une canne à lancer au bout de laquelle pendait une cuiller argentée et de l'autre une immense épuisette. J'ai lancé mon grappin :

— Beau temps pour la pêche ?

— Pas trop mal, mais il faudrait de la pluie. Les derniers saumons d'été sont calés dans l'estuaire. Ils viennent voir la rivière avec la marée montante, ils repartent avec la descendante. Vous êtes passés par le parc du manoir ?

— Oui, pourquoi ?

— On dit qu'il est de nouveau habité. Par des étrangers. Des Allemands, probablement, ils achètent tout. D'ici qu'ils interdisent la pêche…

— Interdire, vraiment ? ai-je rusé.

— Ou privatiser le parcours, en tout cas.

— Une façon d'éviter les prélèvements excessifs, et le braconnage, vous ne croyez pas ?

— Vous venez d'où ?

— De France.

— Il y a des braconniers en France ?

— Comme partout.

— Alors, je vais vous confier quelque chose : en Irlande il n'y en a pas du tout. Il n'y a que des pêcheurs irlandais qui prennent le poisson irlandais dans des rivières irlandaises.

— On peut le comprendre, ai-je concédé. Bonne pêche !

— Bonne soirée !

Au détour d'un massif de rhododendrons, nous sommes tombés nez à nez avec Dickie, faucille à la main et bonnet de laine sur la tête. J'ai été un peu étonné qu'il ne soit pas en tenue de travail, en salopette, que sais-je. Sa tenue « de ville » – de pub ! – semblait être tous usages et ses bottes noires les seules chaussures qu'il possédât. Il a eu un mouvement de recul, m'a serré la main, mais quand Anjela lui a tendu la sienne, il l'a à peine effleurée. Yeux baissés, il a bredouillé quelques mots incompréhensibles et s'est enfoncé dans les rhododendrons.

— Tu lui as fait un sacré effet, ai-je dit à Anjela.

— Effet partagé. Si j'avais été toute seule, j'aurais couru comme une dératée jusqu'à la maison, je crois bien. Il est toujours comme ça ?

— Question vêtements, oui, habillé comme une cloche. Question bagout, avec quelques pintes dans l'estomac, il n'est pas sauvage du tout, je t'assure.

— Un grand timide, quoi.

— Attends de le voir chez O'Flaherty, vendredi. Au pub, il n'y a pas plus bavard ni rigolard que l'ami Dickie.

— Vivement qu'on rigole en sa compagnie, alors…

— Il t'a vraiment fichu la trouille ?

— Mais non, je plaisantais.

En notre honneur, Magali avait allumé toutes les lumières extérieures de Blackross House. J'ai eu une sacrée bouffée d'adrénaline, en l'embrassant.

— Salut, Magali. Anjela, ma femme…

— Félicitations.

A qui s'adressaient ces félicitations ? A Anjela, pour sa beauté ? A moi, pour avoir fait le bon choix ? Vers la fin de la soirée, pendant qu'Anjela irait se repoudrer le nez, Magali me dirait : « Ta femme, Gwen, c'est elle que j'aurais voulu être… – Tu aurais voulu être ma femme ? – Mais non, idiot, j'aurais voulu être une femme comme elle. Belle, posée, présente. Oui, *présente*… Moi, pour exister, j'ai besoin d'en faire des tonnes. »

En tout cas, nous concernant – concernant cette nuit d'amour que nous avions à nous reprocher –, elle a tenu à la perfection le registre copain-copine, avec un tel naturel que j'en suis presque venu à me demander, en ironisant à part moi, si nous avions vraiment couché ensemble. Elle ne simulait pas la franche camaraderie entre compatriotes qui par hasard ont lié connaissance en terre étrangère ; elle ne cherchait pas à donner le change dans le rôle de la maîtresse en présence de la légitime ; non, elle me démontrait la justesse de son raisonnement très particulier : baiser au moins une fois pour liquider l'attirance entre personnes de sexes opposés… Si j'en avais beaucoup douté, sur le coup, je n'en doutais plus du tout, à présent : il n'y aurait plus jamais entre nous de problème de séduction.

A mon grand étonnement, Anjela a été aussitôt à l'aise avec Magali. D'abord, elles ont papoté sur un ton assez convenu de choses de bonnes femmes : la décoration, les rideaux, les magasins où faire les courses dans le coin. Puis, le whiskey aidant, elles se sont mises à plaisanter sur les garçons – des souvenirs d'adolescence – et je me suis rendu compte qu'il y avait tout un pan de la vie d'Anjela qui m'était inconnu. Anjela avait été une petite fille, avait joué à la marelle, avait eu des copines, des amoureux...

Au cours du repas – délicieux saumon braconné dans la Blackross... – je les ai observées, amusé. Même peau mate, même entrain, même rire, deux sœurs de caractères opposés mais qui, réunies, s'influencent réciproquement, échangent leurs qualités pour mieux effacer leurs défauts. Jamais je n'avais vu Anjela aussi enjouée et, en présence d'Anjela, Magali paraissait plus posée.

Cependant, Magali demeurerait à jamais la Magali pragmatique, efficace et battante. Au dessert, devant une tasse de thé, elle a décliné tous nos projets comme un ordre du jour d'une réunion de travail : les chambres d'hôtes, la privatisation de la fishery, les contacts à prendre, la publicité à prévoir.

— Et toi, lui ai-je demandé, que feras-tu quand tu seras obligée de quitter Blackross House ?

— Partir d'ici ? s'est étonnée Anjela.

— Magali est en instance de divorce.

— Façon de parler. On ne divorce pas, en Irlande. On parle d'un référendum. Mais si référendum il y a, ça m'étonnerait que le oui l'emporte. Les curés feront de la retape pour le non.

— Mais comment font les gens ?

— Ils se séparent et c'est le bordel à tous points de vue. Ça donne du boulot aux avocats. Et aux flics.

— Ton mari te laissera la maison ?

— Compte là-dessus. Ni bicoque, ni pognon. Encore heureux s'il ne découpe pas mes fringues en petits morceaux. Mon cher époux reçoit une montagne de lettres anonymes.

— Tu plaisantes ?

— Non. C'est puritains et compagnie, dans les parages. Je te raconterai tout ça, Anjela. Une conversation de femmes… Il y a des trucs qu'un mec n'a pas besoin d'entendre, même si c'est le plus charmant des hommes. Mais arrêtons de parler de moi. Soyons positifs, consolidons votre bonheur irlandais, si je puis dire…

Elle a ouvert une brochure intitulée *Hidden Ireland*, Irlande cachée, ou Irlande secrète.

— La plupart des maisons d'hôtes qu'on appellerait en français « de charme » ferment en hiver. Si vous voulez en voir quelques-unes, pour voir comment ça fonctionne, il faut vous dépêcher… J'en connais deux ou trois… A votre place, voilà ce que je ferais…

On s'est quittés autour de minuit. A peine avions-nous roulé un quart de mille que j'ai vu dans mon rétroviseur des phares s'allumer sur la colline de Blackross House.

— Magali s'en va rejoindre ses amis musiciens, ai-je dit.

— Ses amants, tu crois ?

Les phares s'éloignaient vers Keelkyle.

— Je ne crois pas. Ses amis.

J'ai été tenté d'exposer à Anjela la fameuse théorie de Magali : coucher pour faire le lit de l'amitié. Mais en disant cela j'aurais laissé entendre que…

— Le courant a drôlement bien passé, entre vous deux, ai-je dit.

— Entre vous deux aussi, il avait déjà passé, il me semble, dit Anjela.

— C'est un reproche ?

— Non. Magali est une fille formidable.

— Comme toi.

— Détrompe-toi. On sent que Magali pourrait se battre contre le monde entier, pas moi.

— Et alors ? Contre qui veux-tu qu'on ait à se battre ?

Le vendredi après-midi, des fumées et des odeurs de brûlis annonçaient que Dickie brûlait des branchages, au fond du parc. Je suis allé à sa rencontre.

— Hi, Dickie !

— Hello, monsieur McGovern !

— Tu as oublié ? Appelle-moi Gwendal. Tout va comme tu veux ?

— J'en ai pour un bon bout de temps à nettoyer votre parc, a-t-il répondu d'un air soucieux.

— No rush, Dickie. Prends ton temps, le parc n'a pas bougé de là depuis deux ou trois siècles, il ne risque pas de bouger de sitôt. Dis-moi, c'est jour de paie, aujourd'hui. Combien je te dois ?

La somme était dérisoire. Je l'aurais volontiers doublée ou triplée, mais c'eût été lui jeter ma fortune à la figure et l'humilier, tout comme ces milliardaires qui écrasent d'un pourboire du double ou du triple de l'addition la fille ou le gars qui les a servis, dans les salons d'un hôtel chic. Je me suis contenté d'arrondir la somme. Dickie est resté un peu hébété, les billets à la main.

— T'inquiète, Dickie… Je n'ai pas de monnaie, on s'arrangera la semaine prochaine. Ne dépense pas tout ça ce soir, hein !

Il a retroussé les lèvres et levé le pouce.

— Vendredi ! Je bois ! Ah, ah, ah !

— Chloncheu ?

— Chloncheu ! Chloncheu !…

Le soir, on est allés dîner chez O'Flaherty. J'ai présenté Anjela à Joséphine. Elle nous a complimentés :

— Vous faites un couple merveilleux… Anjela est un prénom irlandais.

— Celte, je pense.

Malgré nos dénégations, Joséphine O'Flaherty a voulu absolument que nous dînions dans la salle à manger.

— C'est à cause de notre tenue ? m'a demandé Anjela.

Elle portait son tailleur et j'étais en veston-cravate.

— Parce qu'elle estime que le pub n'est pas un lieu où dîner, pour des étrangers. Des Français qui plus est, réputés raffinés.

Un vieux couple d'Irlandais était déjà installé. Nos homologues, très dignes, avec trente ans de plus.

— C'est nous, quand on sera vieux… ai-je chuchoté. J'ai hâte que tu sois une très jolie vieille dame.

— Idiot !

Le vieil Irlandais a engagé la conversation comme si nous étions des *local people*. Il m'a demandé ce que nous pensions de tous ces papillons blancs qu'on voyait accrochés aux clôtures à moutons un peu partout.

— Des papillons blancs ?

Devant notre incompréhension, le vieux couple s'est étonné que nous soyons français – « Vous avez l'air tellement irlandais » – et s'est expliqué : les « papillons », c'étaient des permis de construire, que la loi oblige à afficher sur le terrain, et les terrains, des pâturages perdus ici et là, dans les collines, avec vue sur la mer ou la Blackross.

— Mon mari et moi estimons que l'Irlande prend une bien mauvaise voie, a dit la dame d'un ton péremptoire.

— Bah ! Je pense que toutes les vieilles gens sont effrayées par le progrès, a temporisé le monsieur. Chaque génération regrette le bon vieux temps. Et les prochaines générations regretteront comme du bon vieux temps ces temps qui commencent à nous déplaire.

— Je trouve que tu deviens un peu trop philosophe, Edmond !

— Ne l'ai-je pas mérité, Margaret, après tant d'années où j'ai marché avec les béquilles de la raison et du droit ?

C'était un ancien magistrat qui avait fait toute sa carrière à Dublin. Fous de pêche à la mouche en lac, sa femme et lui s'étaient retirés dans la région afin de pouvoir pêcher à leur guise sur les loughs, Mask, Corrib et Carra.

— Vous pêchez aussi ?

— Non, mais j'ai l'intention de m'y mettre dès la prochaine saison, ai-je dit.

— Ah, vous comptez revenir en vacances dans le Mayo l'année prochaine ?

— Nous ne sommes pas en vacances, nous habitons ici.

— Oh, vraiment ? a dit la dame.

Je n'ai pu faire autrement que de décliner ma qualité d'esquire de Ballynakill Manor.

Edmond s'est levé et a incliné le buste.

— Oh ! Vous êtes donc le descendant des McGovern ? Nous sommes enchantés de faire votre connaissance.

Son épouse a hoché la tête et dit d'un air entendu :

— A vrai dire, nous nous en doutions un peu.

Ils nous ont posé, avec beaucoup de délicatesse, des questions sur l'état de « la grande maison », sur d'éventuels problèmes d'intendance et bien sûr, Edmond étant pêcheur, et sa qualité d'ancien magistrat obligeant, sur mes intentions concernant la « remise en ordre du statut juridique » de la fishery.

— Une pêche privée, je crois.

— Bien ! Parfait ! Ce sera une bénédiction pour l'avenir de nos saumons et de nos truites de mer. Il faut que ce braconnage éhonté cesse sur cette rivière. Je connais les gens du Western Fishery Board. Si vous avez besoin de quoi que ce soit, n'hésitez pas…

La serveuse a apporté les poissons du jour que nous avions commandés les yeux fermés. Du cabillaud, cuit à la vapeur, avec juste un morceau de beurre frais, et une grosse pomme de terre en robe des champs. Les Irlandais avaient fini leur dessert. Ils se sont levés. Le vieux monsieur m'a remis leur carte de visite. Edmond et Margaret Conroy, Moyard House, Letterfrack.

— Venez prendre un verre à la maison, un de ces jours.

— Volontiers, ai-je dit.

— C'est une chance que Ballynakill Manor ne soit pas tombé entre les mains d'étrangers, a dit Margaret.

— Nous sommes étrangers.

— Allons ! Vous êtes irlandais, cela se voit au premier coup d'œil ! A bientôt, j'espère.

— Comptez sur nous.

A la fin du repas, Joséphine O'Flaherty est venue servir le thé et s'est assise à notre table, le dos droit et les mains entre ses cuisses dans le creux de son tablier, très petite fille modèle, attendrissante.

— Alors, vous voilà installée ? a-t-elle demandé à Anjela. L'endroit vous plaît ?

— Beaucoup.

— Je vous souhaite beaucoup de bonheur en Irlande.

— Merci, madame O'Flaherty.

— Appelez-moi Joséphine, et si vous me le permettez je vous appellerai Anjela.

— Bien sûr, Joséphine.

— Il doit y avoir énormément de travail pour une femme dans une maison comme celle-là, n'est-ce pas ?

— Je ne sais pas encore trop bien, a dit Anjela.

J'étais aux anges de l'entendre parler anglais.

— Justement, ai-je dit, je comptais vous demander…

— Si je connais quelqu'un de confiance, n'est-ce pas ? J'y ai réfléchi, savez-vous. C'est Sally qu'il vous faut.

Elle a rentré la tête dans ses épaules et pouffé, comme si elle avouait une gentille cachotterie.

— Je lui en ai même parlé, figurez-vous.

— Alors… Dites-nous qui est Sally, Joséphine.

— Sally est une jeune femme courageuse, et heureusement pour elle qu'elle l'est, parce que… Pour son malheur elle a épousé un fainéant de Kerryman. Un maçon de Killarney, qui l'a mise enceinte à dix-sept ans. Après, allez savoir ce qui s'est passé dans le couple… Ils vivent sous le même toit mais ne dorment plus dans le même lit depuis longtemps. Comme beaucoup, ils attendent le référendum sur le divorce… Personnellement, je pense que ce serait un bien pour elle qu'elle puisse se séparer de son mari… Il voulait sans doute trois au quatre marmots de plus pour toucher l'aide sociale, ils sont restés avec un fils unique – un gars de plus de vingt ans à l'heure qu'il est, il travaille dans le pétrole en Norvège. Remarquez, Nolan, le mari de Sally, n'est pas un mauvais sujet, dans le fond. Son principal défaut c'est d'être incapable de travailler huit jours de rang. Moi-même je lui ai trouvé plusieurs bonnes places chez des artisans locaux, mais il ne se lève que s'il en a envie, oublie de se rendre sur le chantier, bref personne ne peut compter sur lui, et Sally encore moins que les employeurs de son bonhomme. C'est elle qui fait bouillir la marmite, bien obligée. Des ménages par-ci par-là, un peu de couture… Comme elle est très habile de ses mains, elle fabrique des rideaux pour un décorateur de Galway. De temps en temps, en été, je la prends en extra pour le service en salle et les chambres. Mais tout cela est plutôt précaire, alors vous pensez bien comme elle serait contente d'avoir une place fixe chez vous…

— Qu'elle vienne se présenter dès demain.

— Ce que je vous en ai dit ne vous oblige à rien. Mais je sais que vous n'aurez qu'à vous louer d'elle.

— Je vous crois sur parole, Joséphine.

Elle a cligné des paupières, comme si elle allait s'endormir.

— Je crois qu'il est temps de se mettre au lit... Vous allez finir la soirée de l'autre côté ?

— Nous allons boire un verre au pub.

— Il y a un accordéoniste et une chanteuse, ce soir. Enfin, il me semble. Ma mémoire déraille, par moments.

— Vous travaillez trop, Joséphine.

— J'ai trop travaillé, vous voulez dire. Je ne travaille plus beaucoup, à présent.

Dickie était à son poste, au bout du bar, le menton sur la poitrine et les yeux clos. Des yeux de crocodile, à paupière double, l'une translucide, l'autre opaque, et il n'avait pas fermé les seconds volets, fallait croire. A peine étions-nous assis côte à côte, sur la banquette près de la cheminée, que ses paupières de guet se sont levées. Il a eu un haut-le-corps, son buste a légèrement chancelé et il est descendu de son tabouret pour venir vers nous d'un pas chaloupé de matelot soit bien imbibé, soit souffrant d'un sacré mal de terre, hilare, la bouche grande ouverte sur ses chicots et un fil de salive, ou de Guinness, aux commissures des lèvres. Il s'est laissé tomber sur une chaise en face de nous, s'est excusé, a soulevé les fesses, nous a serré la main cérémonieusement et a offert la tournée. Cette fois, je ne pouvais pas y couper, puisque nous n'étions pas encore servis. J'ai accepté une pinte de Harp et j'ai conseillé à Anjela de prendre un Bailey's, puisque ç'avait l'air d'être la boisson des dames.

Dickie est retourné au bar et pendant qu'Eddie préparait les verres, il n'a pas arrêté de se retourner comme s'il avait peur qu'on file en loucedé. Il est revenu, a posé les verres sans renverser une goutte, on a trinqué et on a eu droit à son antienne du vendredi, pour Anjela inédite, le « Chloncheu ! Chloncheu ! ». Entre deux gorgées, il nous fixait comme des dieux vivants et bafouillait « Gwendal… Anjela… ». Soudain, il a dit d'un trait :

— Anjela est une très belle femme. Je peux l'embrasser ?

— Je n'en sais rien.

— Qu'est-ce qu'il a dit ? a demandé Anjela.

— Il veut te faire la bise.

— Si ça peut lui faire plaisir, on fera un effort…

— Tu peux, Dickie.

— Oh, my God !

Il s'est penché par-dessus la table – j'ai sauvé les verres –, Anjela a tendu la joue et il lui a appliqué sur chacune un bon gros baiser baveux. Anjela a esquissé le geste de s'essuyer. Elle s'est retenue à temps.

— Chloncheu, chloncheu ! Ça veut dire…

— Je sais, Dickie, je sais…

— Je peux l'embrasser ?

— Encore ? s'est exclamée Anjela. Bon, dis-lui qu'après c'est terminé.

Il lui a pris la tête entre ses grosses paluches aux doigts gercés, et j'ai bien cru qu'il allait l'embrasser sur la bouche. Il l'aurait fait, peut-être, si Anjela n'avait tourné la tête. Deux baisers ventouses. Anjela s'est dirigée vers les toilettes… Essuyer ses joues, on s'est compris… Dickie ne nous a pas lâchés pour autant. C'est Magali qui nous a débarrassés de lui. Elle est entrée en coup de vent, nous a adressé un « hello », s'est fait servir un verre de Bailey's au bar et est venue s'asseoir à côté d'Anjela.

— Chloncheu ! Chloncheu ! Je peux l'embrasser ?

— Laquelle ?

— Les deux, a-t-il ricané.

Magali a été très dure :

— Lâche-nous, Dickie. Barre-toi, ou je te fais foutre dehors ! Barre-toi, je te dis ! Tu vois pas que tu fais chier tout le monde ?

Dickie était-il vraiment soûl ou simulait-il en partie ? J'ai aperçu dans son regard de chien battu comme un éclair de haine à l'égard de Magali. Il est retourné au bar se jucher sur son tabouret et nous a tourné le dos.

— Faut pas le laisser s'incruster, a dit Magali, sinon il vous colle jusqu'à la fermeture. Tu le surveilles, au boulot ? Il est du genre à ne pas en foutre une ramée.

— Bah ! A chacun son pauvre.

— Ah ! Si c'est un acte de charité… Bon, *Hidden Ireland…*

Magali avait passé quelques coups de fil. Plusieurs manoirs-hôtels étaient encore ouverts. Elle les avait cochés sur sa brochure. La question était réglée : nous partirions en voyage d'études, Anjela et moi, vers le milieu de la semaine prochaine.

Là-dessus l'accordéoniste et la chanteuse sont arrivés, ont salué la compagnie, pris un verre au bar avec Magali (elle leur a parlé de nous : petit signe de connivence), puis ils ont branché leur sono et commencé d'animer le pub. Mes connaissances de la musique sont rudimentaires, mais suffisantes toutefois pour apprécier l'extraordinaire virtuosité de l'accordéoniste qui jouait, il me semble, les reels et les jigs les plus difficiles, en dépensant toute son énergie. A la fin du deuxième morceau, ce grand type longiligne transpirait comme un bœuf et ses traits s'étaient creusés comme sous une terrible torture.

Pendant ce temps la fille s'était tenue debout à son côté, battant la mesure sur son bodhran, sourire aux lèvres et yeux fermés. C'était une très belle fille, grande et bien en chair, aux lèvres pulpeuses. Libres, ses cheveux brun et brillants de gitane tombaient jusqu'au milieu de son dos nu. Son décolleté vertigineux et sa robe fendue très haut faisaient songer à un faire-valoir, un peu comme la compagne du dresseur ou du prestidigitateur, au cirque : sa plastique en guise de teaser, pour les consommateurs blasés de musique irlandaise…

Je me trompais. Elle avait une magnifique voix grave, peut-être cassée par le tabac et l'alcool – elle en était à son troisième gin tonic –, et possédait l'âme qu'il fallait pour transmettre toute la mélancolie de ces chansons mille fois entendues mais qui, toujours, vous font frissonner. Elle chantait pratiquement a cappella, l'accordéoniste se bornant à souligner le tragique des paroles par de discrets accords, à peine effleurés, comme d'étranges soupirs d'agonie que la chanteuse serait allée chercher aux confins de sa tessiture. Et puis l'accordéoniste sonnait la résurrection – oui, il y avait quelque chose de religieux dans cette alternance d'élégie et de vivacité, de mort et de paradis gagné, et d'amoureux aussi, dans leur duo : on danse, et puis la fille se couche, séduite, c'est la petite mort, on pleure sur les plaisirs perdus, et puis on danse de nouveau, et on meurt de nouveau, dans les bras l'un de l'autre. Je les ai imaginés en train de faire l'amour pour de bon. On ne pouvait pas ne pas y penser.

Vers minuit, l'accordéoniste a joué un tour à la compagnie : au beau milieu d'accords disparates, il a soudain lancé les premières notes du National Anthem, que sa compagne a chanté. Anjela s'est levée à retardement. Ensuite, il y a eu des clameurs et des sifflets, et à la demande générale la chanteuse a bissé *The Fields of Athrenry*... Elle a salué aussi bas que l'autorisait son décolleté, ladies and gentlemen, le spectacle est terminé, adieu les amis, nous vendons des cassettes au prix de cinq livres, dépêchez-vous, il n'y en aura pas pour tout le monde...

— Venez, je vais vous présenter, nous a dit Magali.

Il s'appelait Eloin, elle s'appelait Caitlynn. Elle a tenu ma main entre les siennes, un peu trop longtemps au gré de son Eloin, enfin juste de quoi lui faire froncer les sourcils.

— Nous sommes cousins, m'a susurré Caitlynn, mon arrière-grand-mère était une McGovern. Née pendant la Grande Famine, je dois dire.

— Une période tragique.

— Partie aux States, aussi. Mais cette branche-là n'a pas fait fortune comme la vôtre.

— Désolé.

Elle me serrait de si près que c'en était gênant. Me faisait-elle du gringue ou était-elle complètement allumée ? Toujours est-il qu'elle a réussi à nous fourguer trois cassettes et que, dans sa boîte à rouler, il n'y avait pas que du tabac blond – ça s'est bien senti à l'odeur, quand elle a allumé son mélange. Elle m'a proposé de m'en rouler une, j'ai refusé, Magali a accepté. Nous avons bu un verre au coin du bar, près de la sono, et puis Eddie a tiré les rideaux et baissé l'intensité de l'éclairage.

— On se retrouve chez moi avec Eloin et Caitlynn ? a proposé Magali.

— Non, merci, ai-je dit sans réfléchir.

Se coucher à l'aube, la gueule de bois toute la journée du lendemain, merci bien.

— Alors, bonsoir, les bonnets de nuit !

— Salut !

Dans la voiture, j'ai demandé à Anjela :

— Tu aurais peut-être voulu y aller ?

— Ma foi… ç'aurait été marrant, non ?

— Marrant ?

— De voir combien de temps tu aurais résisté à Caitlynn…

— Justement. Boire, fumer de l'herbe… et partouzer pour finir.

— En Irlande ?

— Les Irlandais et les Irlandaises ne sont pas de bois.

— Et les Françaises ! J'ai comme l'impression que Magali ne dirait pas non si tu disais oui.

J'ai freiné et me suis garé sur la berme.

— On y va, alors ?

— Ah que non ! Je ne suis pas partageuse.

— Ça tombe bien, moi non plus.

— Pourtant…

Un instant, j'ai cru qu'elle avait deviné, pour Magali et moi. Ou pis, que Magali lui avait fait des confidences. On ne sait jamais, avec les femmes…

— Pourtant ? ai-je relancé du bout des lèvres.

Trois secondes plus tard j'en rigolais intérieurement, de mes craintes. Je n'y étais pas du tout. Ce « pourtant » cachait une réponse inattendue, un truc inouï de la part d'Anjela, ma sage Anjela qui croisait les bras sur ses seins, comme une gisante, quand je commençais à la caresser.

— Pourtant, mon fantasme, ç'a toujours été de participer à une énorme partouze.

— Anjela ! Si ta maman t'entendait !

— T'inquiète, je suis un peu paf.

— Combien de Bailey's ?

— Trop. Tu as honte de moi ?

— Très !

— Ce n'est qu'un fantasme, tu sais.

Cette nuit-là, nous avons fait des choses pour lesquelles un curé irlandais nous aurait donné au minimum dix mille rosaires à réciter – à moins qu'il ne fût de la confrérie de l'évêque de Galway, lequel venait d'avouer une maîtresse et des enfants illégitimes.

Le lendemain midi, une petite voiture sympa a pilé sec devant le perron. C'était une Nissan rouge vif, avec le fanion de l'équipe de hurling du Mayo accroché à l'antenne de toit et un ouistiti qui brinquebalait au milieu du pare-brise. Je suis allé ouvrir.

— Bonjour, je suis Sally, a-t-elle dit en français.

— Ah, vous parlez français ?

— Un peu.

— Entrez, je vais vous présenter ma femme. Et vous faire visiter la maison, en espérant que vous ne serez pas effrayée par le nombre de pièces.

Elle a eu une mimique d'incompréhension.

— J'ai parlé trop vite ?

Elle a éclaté de rire.

— Vous savez, a-t-elle poursuivi en anglais, je crains que ma connaissance du français ne se résume à : « Parlez-vous français ? – Oui, monsieur. Un peu, un petit peu. »

— On vous donnera des leçons et vous donnerez des leçons d'anglais à ma femme.

— Oh ! Ce serait avec plaisir.

Dans ma tête, Sally était d'ores et déjà embauchée. Elle m'avait conquis. Je ne parle pas de sentiment amoureux, ni de quoi que ce soit de sexuel, bien qu'elle eût des formes tout à fait appétissantes, et qu'elle fût à peine plus âgée que moi. Combien ? Enceinte à dix-sept ans, un fils de vingt... Trois, quatre ans de plus que moi ? Elle respirait une telle joie de vivre que c'en était un bonheur et j'ignore bien entendu pourquoi je l'ai ressentie, cette joie de vivre, comme *protectrice* – prémonition ?

Je charrie un tantinet, mais comment exprimer d'un seul mot sa fraîcheur, sa simplicité, le sourire d'empathie que suscitaient ses joues pommes d'api, ses grands yeux bleus de poupée et sa bouche en cœur de chanteuse de goualantes d'une époque révolue ? Un seul mot : Sally. Même ses grosses baskets et le caleçon à fleurs qu'elle portait, ce genre de caleçon qui moule les cuisses et le derrière et est devenu à la mode – on se demande pourquoi – dans les milieux populaires, étaient attendrissants. Elle ne cessait de battre des cils comme pour chasser la timidité de son regard et, si ce n'était pas péjoratif, j'écrirais qu'elle avait tout le temps les yeux *mouillés* de bonté et d'indulgence. Ne dit-on pas, à l'inverse, de quelqu'un d'insensible qu'il a les yeux ou le regard, ou le ton, *secs* ? J'ai songé à ce que nous avait dit Joséphine O'Flaherty à propos du mari et je me suis dit que les filles gaies sont celles qu'on fait pleurer le plus facilement, que les salauds choisissent toujours des filles gentilles, ou que les filles gentilles tombent toujours sur des fumiers, ce qui revient au même.

J'ai imaginé Sally chez elle : une petite maison au bord d'une tourbière, un jardinet soigné, des géraniums aux fenêtres, un intérieur pimpant, un coin salon-salle à manger où personne ne va plus et qu'elle a transformé en atelier de couture, et la cuisine, toujours nette et bien rangée, sauf que là, entre la fenêtre et la cuisinière à charbon, il y a un fauteuil en osier, et, affalé dedans, le mari en tricot de corps, une boîte de bière à la main, grognant et suant comme un verrat qui réclame sa pitance au moindre bruit de casserole et sa ration de sexe à la moindre paire de jambes entrevues à la télé, allumée du matin au soir. J'espérais me tromper. Peut-être le mari n'était-il qu'un pauvre type, fainéant mais pas méchant, une espèce de grand ado larvaire, une charge, un poids mort, mais une *présence* malgré tout. Les grand-mères disaient cela, à Bernbily : « Question de m'aider au travail de la maison, mon vieux bonhomme ne vaut plus un clou, il passe ses journées à dormir, il me fait juste une présence. »

Je me suis effacé pour laisser Sally entrer.

— Anjela, ma femme.

— Hello, Anjela ! Comment allez-vous ?

D'emblée, elle nous a appelés par nos prénoms, nous traitant en copains et non pas en châtelains. L'Irlande de ces années-là ignorait les barrières sociales. Ainsi que nous allions le constater au cours de notre balade dans les manoirs-hôtels, le personnel était d'une simplicité sidérante, chaleureux, disponible, sans manières ni complexes, pas comme en France où, dans un établissement un peu chic, grooms, serveurs et chefs de rang sont souvent plus snobs que les plus snobs des clients.

Nous avons montré à Sally le moindre recoin. Elle n'a fait aucune réflexion idiote – pourquoi le craignais-je ? prévention de parvenu à l'égard des petites gens ? Bon Dieu, je me serais flanqué des baffes... Elle a dit simplement, lorsque nous lui avons offert un café :

— On se croirait dans un roman de Daphné du Maurier.

— Vous aimez lire ? lui a demandé Anjela.

— Beaucoup ! Vous aussi ?

Elles se sont mises à évoquer des auteurs anglais que je n'avais jamais lus, ou si peu.

— Vous pourrez emprunter tous les livres que vous voulez dans la bibliothèque, a dit Anjela.

Gagné. Pour elle aussi, Sally était déjà embauchée. Et si c'était elle qui refusait le boulot devant l'ampleur de la tâche ?

— Vous voulez que je fasse le ménage de temps en temps ?

— Plus que ça, que vous vous occupiez de la maison. A votre guise. En faisant vous-même votre emploi du temps. Trois ou quatre jours par semaine. Ce sera à vous de décider.

— Vous garderez vos week-ends, a dit Anjela.

— Oh vous savez, ça ne me dérangerait pas de venir les week-ends.

— Dans quelques mois, on vous proposera de travailler à plein temps, si vous voulez.

Je lui ai exposé notre projet de chambres et de table d'hôtes.

— C'est ce que j'aurais fait. Vous aurez du monde, ça c'est sûr. Une maison comme ça, et la pêche…

— Vous aimez faire la cuisine ?

— Tout le monde, même mon mari, dit que je suis bonne cuisinière.

— Alors vous vous occuperez des repas et on embauchera quelqu'un pour vous aider.

— Si je fais l'affaire, Gwendal.

— On ne doute pas que vous ferez l'affaire, a dit Anjela.

Nous avons réglé les détails concernant son salaire et le marché a été conclu d'une poignée de mains.

— Nous allons nous absenter une huitaine de jours. On vous appellera pour vous donner les clés. Vous pourrez commencer. Il y a sûrement pas mal de toiles d'araignée derrière les tableaux.

— Ça me va. Je n'ai pas peur des araignées. Ni des chauves-souris. Ça ne m'étonnerait pas qu'il y en ait dans le grenier.

— Alors à très bientôt, Sally.

— Bye-bye, Anjela, bye-bye, Gwendal.

— Bye-bye, Sally.

En montant dans sa voiture, elle a marqué un temps d'arrêt, en fronçant les sourcils, l'air soucieuse. Elle avait aperçu la silhouette de Dickie, au bout d'une allée qui menait à la Blackross.

— Dickie travaille pour vous ?

Il y avait comme de la déception dans sa voix.

— Ça pose problème ?

— Non, non… Mais vous auriez pu trouver mieux.

— Je l'ai chargé de nettoyer le parc, c'est tout.

Elle a retrouvé le sourire.

— Oh ça, balayer les feuilles mortes, Dickie peut le faire, a-t-elle lancé sur un ton désinvolte. Bye-bye, Gwendal.

— A bientôt, Sally.

Le lendemain, nous étions le 1er octobre. Simple notation narrative, car nous nous fichions du calendrier, sur le seuil de ce premier automne à Ballynakill. Septembre évoque la fin de l'été, octobre le début de l'automne. Comment aurais-je pu me douter qu'il n'y aurait pas de deuxième automne ? Pourquoi aurais-je pensé, comme je le fais aujourd'hui, qu'en anglais l'automne se dit *autumn*, mais aussi *fall*, qui veut dire chute, et qu'en breton l'adjectif « fall » signifie mauvais, dangereux, maléfique. Men fall, le mauvais caillou, le récif où les navires s'éventrent et les marins se noient…

Or, Ballynakill Manor était tout en pierre, de cette pierre de moraine, sorte d'écume aux lèvres des vallées lors de la fonte des glaciers d'Hibernia, une pierre grise, coupante, dure comme de l'acier.

12

Pendant le mois d'octobre, il ne plut pas tout le temps, mais tous les jours eurent la lenteur des jours de pluie et des feux paresseux. Des cheminées monumentales, des âtres accueillants, nous en avons connu un certain nombre, au cours de notre tournée des grands ducs.

J'avais pensé acheter une voiture neuve avant de partir et puis il m'est venu à l'idée que le vieux break Volvo conviendrait mieux, qui nous identifierait d'emblée comme des touristes français et non pas comme de futurs concurrents en opération d'espionnage. Raisonnement idiot, car ces manoirs-hôtels se moquaient bien de la concurrence et Ballynakill Manor ne ferait de l'ombre à personne. Au contraire : les membres de ce réseau très lâche de « l'Irlande cachée » étaient complémentaires. Ayant chacun leurs atouts et leur personnalité, ils s'adressaient les uns aux autres leur clientèle fortunée, en majorité des Américains, Canadiens et Australiens, ou encore Néo-Zélandais, à la recherche de leurs racines.

Dès le premier soir, afin de ne pas créer de situation ambiguë, il m'apparut qu'il valait mieux annoncer notre qualité de propriétaires de Ballynakill Manor et notre intention de créer quelque chose dans le genre. Dans trois des cinq endroits que nous avons « visités », nos hôtes n'ont pas été avares de conseils. Nous aurions des prescripteurs. Les deux autres endroits étaient de véritables hôtels, avec un nombreux personnel, et par conséquent pas vraiment ce que nous souhaitions faire.

Ces deux palaces en réduction ne manquaient pas d'attraits : dans l'un, on organisait des leçons d'initiation à la pêche à la mouche et des séances de ball-trap (ah, ces gillies cravatés, en veste et knickerbockers en tweed et bottes de cuir) ; dans l'autre, au milieu de la pelouse, trônait un imposant monument en pierre de style baroque. Il évoquait un immense caveau aussi bien que l'un de ces pavillons de repos d'inspiration gréco-romaine que l'on rencontre parfois dans les bois de châteaux de la Renaissance. Pendant le petit déjeuner, comme nous l'avions sous les yeux, nous nous amusâmes à lui trouver un usage, en vain. Point de fontaine, point de bancs ni de sièges – nous pensions à un kiosque à musique. J'ai interrogé la serveuse.

— C'est la tombe de Yellow Arrow, a-t-elle dit fièrement.

J'ai cru avoir mal compris.

— Yellow Arrow ?

— Le nom d'un cheval, monsieur. Le cheval auquel nous devons d'être ici, vous et moi.

Et de nous expliquer que le propriétaire du cheval, à l'époque un noblion dans la dèche, avait acquis le château grâce aux formidables gains de Yellow Arrow, vainqueur du Grand Prix de Kildare et autres courses richement dotées. Alors, quand Yellow Arrow mourut, de sa belle mort, l'heureux homme fit élever ce mausolée à sa gloire, afin que tout le monde se souvienne de ses victoires. C'était une belle histoire, c'était l'Irlande, où il ne sert à rien d'essayer de démêler le vrai du faux, la réalité de la légende.

— Et il y a aussi le renard du château, a poursuivi la serveuse comme si elle nous faisait partager un secret.

— Le renard ?

— Personne ne sait très bien quel âge il a. Peut-être cent ans. Il vit dans la cave, sous les cuisines. Il est dressé pour la chasse à courre.

— Dressé ?

— Il sort de son trou au son du cor, entraîne la meute et la courre dans une ronde épouvantable autour du domaine, et quand il a bien crevé les chiens, il traverse la douve et rentre se mettre au chaud, où l'attend un bon faisan rôti préparé par le cuistot.

— La vie de château. Mais dites-moi, ce renard, ce ne serait pas une renarde ? Une comtesse réincarnée ?

— Ah ça, c'est une histoire anglaise, pas irlandaise. Vous voulez une autre théière ?

— Volontiers.

Burren House, le manoir-hôtel qui nous plut le plus, était une sorte de jumeau de Ballynakill Manor : dans le comté de Clare, non loin des étendues désertiques du Burren, une bâtisse de taille à peu près identique, des frênes et des chênes centenaires autour, un lac où pêcher la truite, une rivière en aval, affluent d'un fleuve où remontent les saumons – et les « châtelains », des parangons de la courtoisie et de la fantaisie qu'on s'attendait à trouver dans une telle thébaïde, marquée par l'empreinte des siècles et la volonté à la fois farouche et désinvolte de ses propriétaires de vivre à leur rythme en triant leurs clients sur le volet de la première impression.

John et Lizzie Kane avaient une vingtaine d'années de plus que nous. Lizzie était indubitablement chic, de mise, de maintien et d'accent, avec une retenue qui laissait entendre que la simplicité était sa vertu première. On sentait aussi, à ses regards directs, à ses répliques pesées, qu'elle tenait les rênes du ménage et de l'affaire, tolérait et sans doute encourageait la fantaisie de son mari, mais jusqu'à un certain point, à condition qu'il ne mette pas en péril leurs conditions d'existence. Ils avaient deux filles, quatorze et seize ans, pensionnaires dans un collège privé, aussi ne pouvaient-ils pas se permettre de jouer les aristos oisifs, ce qui n'aurait pas gêné son époux, largement détaché des biens de ce monde, à l'exception de son cher domaine – plutôt que d'en vendre une partie pour faire bouillir la marmite, il aurait préféré aller cul nu. John mélangeait à loisir les signaux vestimentaires, pour tromper l'ennemi, à savoir le beauf friqué. Impeccables chemises claires et cravates-club, mais, par-dessus, de vieux pulls troués (exprès ?) ; jodhpurs en velours inusable, mais bottes de paysan, éculées et griffées par les ronces – il chassait la bécasse et la bécassine.

Nous nous sommes garés près du perron, à côté d'un pick-up Toyota dont l'arrière était encombré de poubelles et d'outils. J'ai fait sonner la cloche. John nous a ouvert au bout de deux bonnes minutes.

— Hello ! Perdus dans cette vaste nature irlandaise ?

— Euh non, nous cherchons une chambre.

— La vieille lady abrite quatre chambres en son sein.

— La vieille lady ?

— Cette auguste demeure, quelque peu ridée et arthritique.

— Et sur les quatre chambres il y en a une de libre ?

— Vous ne demandez pas à les voir d'abord ?

J'ai consulté Anjela du regard.

— Euh, non…

— Alors vous aurez le choix. Les quatre sont libres.

— Ah ?

— Vous ne comprenez pas, n'est-ce pas ?

— Pas très bien.

— C'est très simple. Quand je vois descendre d'une Mercedes à cinquante mille livres une espèce d'oie grasse qui frise le nez en regardant la façade décrépite, je suis sur la défensive. Si la dame demande à voir les chambres, et on sait ce que ça veut dire, voir s'il n'y a pas de puces dans le lit et des cafards dans la baignoire, toutes les chambres sont occupées !

— Et vous perdez des clients.

— Quel vilain mot ! Nous recevons ! Et en contrepartie, certes, les invités versent leur participation aux frais.

— Nous serions très heureux de verser notre quote-part.

— Je sens que nous allons nous entendre. N'importe comment, je le savais quand j'ai vu le break Volvo. Et puis j'adore la France. A mes moments perdus, je traduis Paul Eluard.

— Vous publiez ?

— Allons ! Aucun éditeur n'est capable de reconnaître la qualité et l'esprit novateur de mon travail ! Je traduis pour le plaisir, uniquement pour mon plaisir. Bienvenue à Burren House. Je m'appelle John et mon épouse Lizzie.

— Gwendal et Anjela.

— Enchanté, Anjela. Lizzie est aux cuisines. Elle va apparaître bientôt. Vous avez l'intention de dîner ici ?

— Ce serait avec plaisir.

— Parfait. Comme nous ne serons que quatre, nous dînerons à l'office. Par contre, demain soir… Au fait, vous restez plusieurs jours ?

— Si vous nous acceptez deux ou trois nuits.

— Jusqu'à Noël, si vous voulez !… Demain soir, disais-je, les trois autres chambres seront occupées, la maison affichera complet.

Faisant semblant de réciter le bénédicité, il a marmonné à toute allure des grâces quelque peu païennes.

— Merci, mon Dieu de toutes tes bonnes grâces qui nous permettront de survivre pendant les rigueurs de l'hiver… Merci, dollar, merci, petites étoiles de la bannière étoilée d'avoir guidé vers nous des Américains argentés… Ah ! Ah ! Ah ! Il y aura aussi un couple d'Australiens. Vous dînerez en leur compagnie. A vous les fastes du grand dîner cosmopolite dans la salle à manger !

Il a tendu l'oreille.

— Comment, que dites-vous, ah oui, pardonnez-moi, Seigneur, les bagages…

— Laissez, on s'en occupera.

— Mais je ne vous ai même pas montré les chambres ! Vite, vite, avant que les yeux de Lizzie ne me pétrifient et qu'elle me fouette le dos jusqu'au sang…

Comme je l'ai dit, Lizzie n'avait rien d'une Gorgone ni d'une prêtresse des rites sadomaso, mais elle tenait son John, c'était flagrant. Nous avons dîné à la bonne franquette dans la cuisine – office à l'ancienne, immense, avec une magnifique cuisinière Aga qui chauffait et les plats et la pièce. John et Lizzie parlaient un peu français, suffisamment pour qu'Anjela suive la conversation sans attraper la migraine.

Une fois révélées notre qualité d'héritiers de Ballynakill Manor et nos intentions quant à sa transformation en manoir-hôtel, le dialogue a fusé dans toutes les directions. Le monde est petit et l'Irlande encore plus petite. Bien entendu, John et Lizzie connaissaient Ballynakill. John amenait des clients, pardon : des invités, pêcher le saumon dans la Blackross – en raison de la gratuité, on s'en doute. On a donc parlé de pêche et d'organisation d'un parcours privé. Lizzie et Anjela ont surtout parlé littérature. Tout comme John, Lizzie était férue de lecture. A la fin du repas John a allumé un cigare. Lizzie fumait aussi, des Sweet Afton. J'en ai accepté une. Il était plus de minuit quand nous montâmes nous coucher. Nous avions choisi la chambre bleue à cause de la baignoire sur pieds, mais toutes les chambres se valaient. John les avait refaites lui-même – plomberie, serrurerie, peinture, papier peint – en poussant le souci du détail jusqu'à aller chiner dans les brocantes d'authentiques ferrures, boutons de porte, charnières de placard ; la robinetterie provenait d'un château, rasé depuis pour laisser la place au cube de verre et d'acier d'un hôtel de chaîne internationale.

— *Shit !* a dit John. On est en train de réaliser vos Trente Glorieuses en dix fois moins de temps... L'âme de l'Irlande sera bientôt enterrée sous des montagnes d'épaves de voitures et de boîtes de Coca-Cola.

Il a levé le poing.

— Mais nous ne rendrons jamais ! Dites-moi que vous ne vous rendrez jamais, vous qui avez hérité d'une bonne portion de notre âme !

— Jamais !

— C'est bon ! Mais attention, je vous ai à l'œil !

Le lendemain, il nous traça un circuit à travers le Burren : Ennistimon, les falaises de Moher, Doolin, Lisdoonvarna, Ballyvaughan, les grottes d'Ailwee, et retour par des chemins empierrés où la suspension du break Volvo fut soumise à rude épreuve. Nous sommes revenus un peu mélancoliques de ces paysages lunaires. Non pas tristes, mais en proie à une douce élégie qui se situerait au-delà de la plainte, qui vous rend heureux des beautés du monde et conscients du malheur d'être mortels, sans affliction ni regrets, comme environnés de brume, seuls dans tout l'univers. Burren House a de nouveau surgi comme un mirage aux confins de ce désert : une oasis pour les corps et les cœurs.

Un minibus Ford et une Fiat de location étaient garés près du pick-up Toyota. Nous sommes montés dans notre chambre sans rencontrer ni Américains, ni Australiens. Anjela s'est fait couler un bain et je l'ai rejointe dans la baignoire à pattes de lion, où nous avons batifolé. Anjela s'est fait peur : et si la baignoire se renversait et inondait, en dessous, la salle à manger ?

Merveilleusement amoureux, le teint resplendissant et sur notre trente et un, nous sommes descendus en salle de travaux pratiques pour futurs animateurs de manoir-hôtel. Dans le hall, ayant entendu nos pas dans l'escalier, Lizzie, en tablier de cuisinière, nous a indiqué le chemin d'un petit salon où prendre l'apéritif. Sur une console enjuponnée de dentelle, elle avait disposé quelques bouteilles – whiskey, Martini, porto et Bailey's –, des glaçons et des biscuits salés. Chacun se servait soi-même : dans un tel lieu où il serait vulgaire de compter, on faisait confiance aux « invités » qui, en raison du tri sélectif et intuitif de John à la porte d'entrée, n'étaient en principe pas du genre à s'arsouiller. Nous étions bons derniers. John est apparu pour faire les présentations.

— Madame et monsieur X... et madame et monsieur Y, des Etats-Unis... Madame et monsieur Z, d'Australie... Anjela et Gwendal Maguern, de France. Servez-vous. Nous aurons tout le temps de lier plus ample connaissance à table.

Nous nous sommes servi un whiskey sur glaçons.

— Santé !...

— Cheers !...

Les Américains étaient... américains : dans la soixantaine, les messieurs, bien enrobés, portaient des lunettes à monture d'écaille et leurs dames ressemblaient à ces héroïnes de feuilletons des sixties, mais devenues des mamies. Bien que plus jeunes, les Australiens ne leur rendaient pas un centimètre en taille ni en embonpoint. Ils avaient, désolé du cliché, tous les deux le visage recuit et paraissaient plus décontractés, plus ouverts, plus modestes (du point de vue économique) que les Américains.

Nous n'avons pas eu beaucoup d'efforts de conversation à faire. « France » était un mot magique. Tous les six ont rivalisé de volubilité pour évoquer leurs expériences essentiellement parisiennes, comme si nous les raconter pouvait donner une réalité plus tangible à leur image du Français moyen : une tour Eiffel sur la tête, une Gauloise au bec, un kil de vin sous chaque bras, un camembert dans chaque main et sous le pied le champignon d'une petite bagnole nerveuse avec laquelle brûler tous les feux rouges et renverser moult piétons. Image d'Epinal consensuelle et plaisante en tout cas :

— Cela est les charmes françaises ! a conclu l'Australienne, et les autres ont approuvé bruyamment.

Et l'Irlande de leurs racines ? Qu'en pensaient-ils ? Un Américain a répondu pour la compagnie :

— Je crois bien qu'après avoir créé le ciel et l'eau qui en dégouline, le bon Dieu est parti faire la sieste en oubliant le robinet ouvert.

John, affublé d'un tablier bleu de sommelier, mais toujours vêtu de son pull troué, est arrivé en agitant une clochette.

— Le dîner est servi ! Suivez le guide !

La salle à manger était comparable à la nôtre – portraits d'ancêtres, crédence, argentier, desserte en acajou, cheminée monumentale où brûlait une énorme bûche, un vrai tronc –, excepté la table, immense, autour de laquelle pouvaient se réunir au moins trente convives. John et Lizzie avaient disposés les couverts au plus près de la cheminée. Frileuses, les Américaines se sont installées au bout, en vis-à-vis, à la chaleur du feu, ce qui a dérangé le plan de table prévu par John. Je me suis retrouvé en face de l'Australien et Anjela, à ma gauche, en face de l'Australienne, tandis que les deux Américains, à l'autre bout, se déclaraient enchantés d'être le plus loin possible de leurs infernales moitiés.

— Et les dames également ravies, je suppose, a dit John pince-sans-rire, d'avoir chacune pour voisin un beau jeune homme.

— Parfaitement, John ! a dit l'une.

— Ça nous changera de nos vieux croûtons, a renchéri l'autre.

Le ton était donné. John nous a récité le menu, afin que nous puissions choisir les vins – et, à cet effet, il a tendu une carte à chacun des messieurs, une carte toute simple, une demi-douzaine de rouges, une demi-douzaine de blancs.

— Consommé au potiron. En fait, c'est le carrosse que vous avez vu dehors, le pick-up Toyota, qu'une *banshee* a transformé en citrouille, mais cela donne un excellent potage, aucun arrière-goût de métal rouillé, ni de cuisine japonaise, je vous le promets. Ensuite, agneau du pays, crumble à la rhubarbe, thé, café ou infusion.

— Vous élevez des moutons ? a demandé l'Australien.

— A quoi bon, quand il y en a tellement à écraser sur les routes ?

— Les écraser avec quoi, puisque votre carrosse se trouve dans la soupe ? a relevé un Américain.

— Une fois la soupe avalée, la banshee retransforme la citrouille en Toyota.

— Allons voir dehors !

— My God ! Surtout pas ! La sorcière pourrait vous transformer en statue de la Liberté.

— Au moins il aura le flambeau allumé, ce qui ne lui est pas arrivé depuis longtemps ! a lancé son épouse.

— J'ignore si elle a ce pouvoir-là, a dit John en baissant les yeux d'un air de bénédictin (et j'ai bien vu sur ses lèvres une fugitive grimace de mépris). Eh bien, ces messieurs ont-ils choisi les vins ?

J'avais jeté un coup d'œil rapide. Les deux bordeaux, un médoc et un saint-émilion, étaient hors de prix – dix fois le prix du commerce, en France. Il y avait un bourgogne très ordinaire, et pourtant très cher, aussi. Deux rouges californiens et un merlot du Chili. Je me suis rabattu sur ce dernier, parce qu'il était le moins cher – vingt livres, tout de même – et que j'avais entendu dire que certains vins du Chili ressemblaient beaucoup aux vins de Loire. Les Australiens m'ont imité. Les Américains ont commandé le médoc. Leurs dames voulaient du vin blanc français. Leur choix s'est porté sur le muscadet. Je leur ai conseillé de prendre plutôt le sancerre, et il a bien fallu que je justifie mes conseils :

— Dans une vie antérieure, j'étais représentant en vins de Loire.

Français, et œnologue en plus : les Américains m'auraient porté en triomphe ! Qualité et compétence obligent, on m'a chargé de goûter les quatre vins. Très corrects. Ç'a été le côté drolatique de cette tablée : chaque couple avait sa bouteille – et bientôt deux, pour les Américains et leurs chères épouses.

Qu'avons-nous retenu de ce dîner, et du suivant, le lendemain ? D'abord, la simplicité des menus : potage ou entrée, plat, dessert. Les amateurs d'Irlande « cachée » ne recherchaient pas des repas gastronomiques – pour cela, il y avait les restaurants cotés. C'était rassurant. La cuisine familiale de Sally suffirait. Ce que voulaient les gens, c'étaient de vieilles pierres, une maison chargée de passé et des hôtes charmants et distrayants.

John servait le thé ou le café en même temps que le dessert, ôtait son tablier, s'asseyait en bout de table, allumait un cigare – si les dames le permettaient, mais il semblait bien qu'elles le permettaient toujours, car fumer à table, surtout pour les Américains, représentait le comble de la transgression –, relançait la conversation, provoquait habilement des dialogues croisés entre les convives de différentes nationalités, et rebondissait sur les échanges pour livrer des anecdotes *so irish* qui ravissaient la tablée.

Par exemple, et je ne sais plus pourquoi car autour d'une telle table la conversation saute du coq à l'âne, il a été question de guerre froide et d'espionnage. Prenant un air madré, John a déclaré que l'un des convives était un espion. Devinez qui ? Il m'a désigné du doigt.

— Notre ami français est venu espionner Burren House, parce que, voyez-vous, il a l'intention d'ouvrir bientôt dans le Connemara une maison semblable, et veut s'inspirer de notre savoir-faire. Est-ce exact, Gwendal McGovern ?

— C'est exact, Votre Honneur !

— Pour votre peine, vous ferez la vaisselle !

— McGovern ? a relevé un des Américains.

Eh oui. John a expliqué le pourquoi du comment. Les Américains, aux anges, m'ont, du coup, vu comme un éventuel parent du sénateur George McGovern, figure emblématique du parti démocrate, special assistant de John F. Kennedy, délégué général auprès des Nations unies sous la présidence de Gerald Ford, délégué général au désarmement sous celle de Jimmy Carter, et qui serait plus tard ambassadeur auprès de la FAO sous celle de William Clinton…

John ne pouvait pas ne pas rebondir là-dessus à sa façon, c'est-à-dire avec humour et en faisant la démonstration de son immense culture.

— Méfions-nous, a-t-il susurré benoîtement, peut-être notre homme descend-il de Terry McGovern, dit « le Terrible », comme Ivan…

Et de narrer la biographie de ce boxeur d'origine irlandaise, né à Johnstown, Pennsylvanie, en 1880 et mort prématurément en 1918, après et à cause sans doute des coups reçus à l'occasion d'une brillantissime carrière de poids coq et de poids plume : onze ans de présence sur le ring, soixante-six victoires, la plupart par K-O.

— Terry McGovern le Terrible restera dans la boxe comme le number one des poids plume de tous les temps.

Et de dériver sur l'histoire du clan McGovern, Magauran en gaélique, d'où le nom du berceau du clan, dans le comté de Cavan : Ballymagauran.

— Un endroit infréquentable, a chuchoté John en regardant autour de lui comme si nous devions être assaillis par une horde de fantômes. C'est à deux pas de Ballymagauran, à Magh Slecht – en anglais la plaine de la Prostration –, que vivait une grande idole nommée Cromm Cruach, un dieu entièrement couvert d'or et d'argent, entouré d'une cour de douze idoles mineures, couvertes de cuivre et de bronze. Les McGovern n'avaient pas d'autre dieu que Cromm Cruach. Ils lui sacrifiaient leurs jeunes enfants pour qu'il leur accorde la manne : du lait, du blé et du miel en abondance.

John a tiré sur son cigare et conclu d'un ton détaché :

— Mais tel Zorro, saint Patrick est arrivé et a mis de l'ordre dans tout ça.

Du point de vue animation, j'avais un handicap sur John : je n'étais pas irlandais. Mais tout de suite j'ai entrevu ce qui pourrait constituer mes avantages : outre l'expérience d'Anjela dans l'hôtellerie et notre nationalité française, ma qualité d'héritier McGovern et mes connaissances œnologiques. Ce dernier point, surtout, me paraissait primordial : il me serait aisé de constituer une cave exceptionnelle qui ferait la réputation de Ballynakill Manor. Les étrangers, et nos clients irlandais, seraient enchantés de découvrir des crus dont ils n'avaient jamais entendu parler : côtes-de-gien, menetou-salon, mesland, jasnières, thouarsais, coteaux-de-l'aubance, savennières…

Le surlendemain, nous avons échangé nos cartes de visite au cours d'adieux prolongés et amicaux. John et Lizzie se tenaient à notre disposition pour nous aider à régler tout problème administratif. Nous sommes convenus de nous envoyer des clients, en particulier des pêcheurs de saumon et de truite de mer. Dès que j'aurais « privatisé » la Blackross River, Ballynakill Manor et Burren House s'associeraient pour proposer des séjours croisés dans les deux endroits : pêche dans l'un, visite guidée du Burren dans l'autre. Nous avons repris la route, enchantés que la chance continue de nous sourire – la chance et Magali : il ne fallait pas oublier que c'était elle qui nous avait indiqué Burren House...

Avant de rentrer, nous avons passé une nuit dans un dernier manoir-hôtel, quelque part dans une région d'étangs du comté de Leitrim, à proximité de la frontière avec l'Irlande du Nord. Le paysage faisait songer à ces tableaux de Gainsborough ou de Constable : un bocage somnolent mité de plans d'eau, des prairies naturelles, des ormes géants et des saules pleureurs. On se serait cru dans la campagne anglaise. La chambre, immense, était aussi très british : sièges, coussins et literie à fanfreluches bruissantes, collections de miniatures en porcelaine, pots-pourris de fleurs séchées odorantes dans des coupelles. Etrange contraste avec l'allure de notre hôtesse, qui ne correspondait pas du tout à cette image. Agée de soixante-dix ans peut-être, c'était une maîtresse femme de forte corpulence, bien plus grande que moi et d'abord faussement bourru. Nous n'avons fait sa connaissance que le lendemain matin, au petit déjeuner. Quand nous sommes arrivés, vers dix-sept heures, c'est une voisine qui nous a accueillis. Madame Traynor s'excusait, elle était partie aux courses hippiques de Sligo, rentrerait très tard, ne pourrait pas préparer le dîner, aussi nous conseillait-elle le pub du village voisin où l'on servait en permanence un excellent gammon, cabbage and potatoes. La dame nous servit le thé, nous montra notre chambre et nous dit de ne pas nous inquiéter pour le porte : elle n'était jamais fermée.

Le lendemain matin, deux voitures de location étaient garées près de notre break Volvo. Des

Américains – décidément – déjà attablés devant leur petit déjeuner dans la cuisine-salle à manger. Madame Traynor portait culotte et bottes de cheval et marchait en s'appuyant sur une canne. Un tas de chats décoraient la pièce, immobiles, aux aguets (dans l'attente du gras de bacon ?) ou circonspects (sentant l'hostilité ?), sur le rebord de la fenêtre, sur les chaises inoccupées, à l'intérieur de la cheminée.

Les Américains ont à peine répondu à notre salut. Papa, maman, leurs deux filles et les deux maris. Ils avaient l'air furibards et je pense qu'ils ont profité de notre venue pour lever le camp. Le papa a payé et madame Traynor leur a rendu la monnaie sans un sourire.

— Bon voyage, a-t-elle bougonné.

Une des filles a daigné lui répondre. Après leur départ, madame Traynor s'est laissée tomber sur une chaise et a soupiré.

— Ils ont osé me parler d'hygiène !

Elle a retrouvé le sourire.

— Alors, et vous ? Mary vous a servi le thé ? Vous êtes allés au pub ? Bon…

— Et vous, ça a marché, les courses de chevaux ?

— Bien sûr que j'ai perdu de l'argent. Pour maintenir la tradition. Mon défunt mari s'est ruiné avec les chevaux, je perpétue sa mémoire. Dieu te bénisse, Harvey, a-t-elle ajouté en s'adressant à une photo du défunt. Combien d'œufs avec votre bacon ?

— Un seul.

— Formidable, je vais faire des économies. Les autres n'en ont pas voulu. Cholestérol. Ou peur d'attraper une sale maladie avec les poules irlandaises.

J'ai dit que l'avant-veille nous avions dîné en compagnie d'Américains charmants.

— Sûrement des catholiques.

Nous nous sommes pas mal attardés, reprenant tasse de thé sur tasse de thé, bavardant de tout et de rien tandis que madame Traynor vaquait à ses occupations dans la cuisine. Une fois la vaisselle rangée, elle s'est assise en grimaçant.

— Il faut que je me fasse opérer de la hanche… Quelle misère de vieillir !… Ne vieillissez jamais, mes amis.

Soudain, comme prise d'une inspiration subite, elle a dit :

— Je vais vendre la maison, vous ne voulez pas l'acheter ?

J'ai dit que nous étions déjà pourvus et, de fil en aiguille, ai raconté l'histoire de l'héritage et nos projets.

— Ah ! Je pensais bien aussi que vous n'étiez pas vraiment des touristes. Vous réussirez, j'en suis sûre. L'Irlande n'a pas fini de changer. Est-ce un bien, est-ce un mal ? Qui pourrait le dire ?

— Personne, ai-je répondu dans l'expectative, en ne voyant pas très bien ce que madame Traynor voulait dire par « changer ».

Notre tournée des grands ducs était achevée, nous avons regagné nos pénates dorés. Après dîner, alors que nous sirotions un whiskey chaud, j'ai été pris d'une espèce de crise d'angoisse. Rien de bien méchant, disons une grosse inquiétude, et toujours la même, en définitive. Etait-ce à cause de notre solitude, de la tempête, des arbres qui craquaient et de l'océan qui mugissait ? Une fois de plus, j'ai craint qu'Anjela ne se plaise pas à Ballynakill, qu'elle ne se languisse de la France et de ses parents. Je ne savais comment le lui demander. Je savais qu'il ne fallait pas le lui demander. J'avais l'impression de le lui avoir déjà demandé mille fois, par mes regards, mes attentions, mes préventions. Tu es bien ? Tu n'as pas trop chaud ? Tu n'as pas trop froid ? Tu as bien dormi ? Tu n'as besoin de rien ? Tu es contente ? Tout va bien ? *Everything all right* (pour qu'elle sourie de mon accent) ? Mais il fallait que je me libère de cette angoisse idiote, sur-le-champ, comme un gamin fait un caprice tout en sachant que la réponse sera la même – non, non et non ! –, à cette différence près que je savais que la réponse serait oui, oui et oui.

— Ça t'a plu ?... Je veux dire, ces visites dans les manoirs-hôtels... Tu sais, rien ne nous oblige à... On n'est pas obligés de travailler... On peut renoncer à ces chambres d'hôtes... On peut même... On pourrait même ne passer qu'une partie de l'année en Irlande...

— Oh, arrête, Gwen ! Quand est-ce que tu auras fini de t'inquiéter pour moi ? Qu'est-ce qu'il faut que je fasse ? Que je saute au plafond toute la sainte journée ? Regarde-moi... Tu vois quoi ? Je vais te le dire. Une grosse chatte lovée au coin du feu et qui ronronne d'aise à l'intérieur d'elle-même. Ça te viendrait à l'idée lui demander si elle est bien là où elle est ? Qu'est-ce qu'il faut de plus pour te convaincre ? Je suis bien en Irlande, je suis bien à Ballynakill, je veux vivre ici et réaliser plein de projets avec toi. D'accord ?

— Je suis con.

— Un peu, des fois.

— C'est vrai ?

— Tu vois bien.

— On n'en parlera plus, alors ?

— Mais si !

Elle s'est lovée contre moi en ronronnant.

— Ça me manquerait que tu ne sois plus aux petits soins avec moi...

— Tu n'as pas froid ? ai-je plaisanté.

— Idiot !

— Tu n'as pas trop chaud ?

— Tu ne crois pas qu'on serait mieux au lit ?

Quand j'essaie de retrouver mon état d'esprit de ce soir-là, il m'apparaît comme puéril, digne du petit garçon que j'avais été, qui avait peur dans le noir. Pourquoi cette inquiétude irrépressible à propos du bien-être d'Anjela ? Parce que je me sentais coupable de l'avoir séparée de ses parents, en l'entraînant dans mon rêve irlandais ? Avais-je commis un rapt ? Violé sa volonté ? Au moins ne pouvais-je pas m'accuser de préméditation : l'héritage des McGovern m'était tombé dessus comme la Grâce sur le païen – plus prosaïquement, et encore qu'on puisse y voir une intervention de la justice divine : comme sur un clochard qui ramasserait dans le ruisseau le ticket gagnant de la super cagnotte du Loto...

Au souvenir de notre départ du Croisic, force m'était d'admettre qu'Anjela m'avait suivi de son plein gré, qu'elle m'avait même devancé, qu'elle ne désirait rien tant qu'échapper à l'emprise de ses parents... Alors, quoi ? Pourquoi ces bouffées d'inquiétude ? Etais-je en train de devenir maniaco-dépressif, nageant dans le bonheur à midi et suicidaire à l'heure du thé ? Sûrement pas. Je n'avais jamais eu ce tempérament. Alors, l'amour fou ? Préventions de l'amoureux transi à genoux devant sa belle dont il arrose de larmes les mignons escarpins ? Croquignolet et tartignollesque, n'est-ce pas ? Pas tout à fait faux, mais pas vrai non plus.

Alors, aujourd'hui il m'est facile de conclure que mes angoisses étaient prémonitoires de la tragédie que nous concoctait Cromm Cruach, cette idole des Magauran couverte d'or et d'argent, dans la noirceur de son antre sous les pierres dressées de la plaine de la Prostration où son esprit cruel veillait à notre destin depuis la nuit des temps. Je n'échappe pas à ce travers humain : dans le désarroi du malheur, l'homme accuse toujours les dieux…

Enfin, ce soir-là de notre retour à Ballynakill, après qu'Anjela m'eut réaffirmé qu'elle était heureuse, mon inquiétude s'est envolée. Le couvercle au-dessus de ma tête s'est éparpillé en poussière, un ciel d'une pureté magique et tangible m'a environné, et j'ai cru sentir en moi et autour de moi comme un courant d'air frais, à odeur d'iode et de pin maritime, de terre labourée et d'herbe foulée, de fumée de tourbe et de rivière limoneuse, un air plus que revigorant, un coup de fouet, une véritable drogue qui fait couler dans vos veines un sang neuf, une extraordinaire détermination et une inébranlable lucidité.

C'est ce soir-là que j'ai enfin conçu *mon* Irlande comme un ensemble, un Grand Tout auquel j'appartiendrais à jamais, et non pas comme le puzzle de clichés dont j'avais assemblé quelques pièces éparses – et il y avait de quoi rire : les pubs, la musique, les tourbières, et les autres clichés. Tout cela n'était que rapiéçages sur le manteau des idées reçues. L'Irlande, c'était plus que tout cela : une aura dont la Providence enveloppe les élus. Notre avenir d'initiés m'est apparu brillant, simple, évident. Rien ne m'a plus semblé insurmontable.

Dans les semaines qui ont suivi, j'ai fait feu de tout bois, et je dois dire que malgré l'humidité déclinée en crachin, bruine, averses, déluge, la flambée a été haute et claire, dans la joie !

13

Nous nous sommes fait plaisir – enfin, je me suis fait plaisir. Nous nous sommes rendus à Galway acheter une voiture. Avions-nous vraiment besoin d'un 4 × 4 ? Comme tous les mâles qui veulent une voiture à leur ego, je m'en suis convaincu moi-même : routes boueuses, verglas et neige en hiver ; utilité d'un tout-terrain pour accéder à n'importe quel endroit de la Blackross et des berges du Lough Nakeela, là-haut dans les montagnes ; nécessité d'un véhicule assez grand pour trimballer – ne serait-ce que pour les envoyer à réparer – tondeuse tractée, débroussailleuse et autres gros engins de jardinage dont l'acquisition s'avérerait nécessaire dans un tel domaine.

Nous n'avons pas eu à chercher beaucoup. Dans la première concession visitée, une Range Rover d'occasion m'a tapé dans l'œil : vert bouteille, sièges en cuir, moteur Diesel, dix mille kilomètres au compteur. Je l'ai achetée. Comme le vocabulaire me manquait concernant la paperasse et que je ne voulais pas commettre de bourdes, surtout concernant l'assurance, j'ai appelé Magali, elle s'est arrangée avec le directeur de la concession et m'a traduit le résultat. Dans une petite heure tout serait réglé.

— Une Range Rover, monsieur ne se refuse rien !

— C'est pour Anjela, ai-je rigolé.

— Un rêve ! Pour te donner le genre gentleman-farmer, avoue plutôt.

— L'atavisme des héritiers, tu sais bien.

— T'inquiète, je rigolais. T'as bien raison de profiter de ton pognon.

— On se voit un de ces jours ?

— J'espère bien ! J'attends un compte rendu de votre tournée des châteaux.

— Tu l'auras, et j'aime autant te dire qu'on va avoir besoin de toi.

— J'aime que tu aies besoin de moi.

— De quelle façon ?

— En tout bien tout honneur, Gwen. L'amitié, rappelle-toi.

— On va avoir besoin de tes relations : plombier, électricien, décorateur...

— Des grands travaux en perspective ?

— Les quatre chambres, comme prévu.

— Formidable. Je t'embrasse.

— Moi aussi.

Pendant que le garage préparait la Range Rover, on s'est baladés au centre de Galway. Après avoir garé le break Volvo sur Eyre Square, on est descendus vers le port par High Street. Malgré le temps sauvage, vent et averses battantes, les rues étaient bondées de gens, en majorité des jeunes, qui se croisaient et s'interpellaient dans une joyeuse bousculade, tandis que vendeuses et employés de bureau à peine plus âgés que ces collégiens s'engouffraient dans les pubs pour la pause-déjeuner.

Nous sommes entrés au Bunch of Grape, en face de Kenny's Bookshop, nous réchauffer d'un potage – soup of the day – que presque partout en Irlande on sert avec deux tranches de pain complet. Une tarte et un irish coffee ont complété notre déjeuner. Nous n'avions plus envie de bouger. Et nous n'avions pas fini de nous répéter cette constatation amusée : l'air irlandais agit comme un soporifique, qui ne vous endort pas vraiment (sauf au lit : nous dormions dix heures par nuit) mais vous procure un état de semi-somnolence béate qui laisse l'esprit parfaitement éveillé, toujours prêt à capter cette étrange poésie qui sourd ici du trivial : cravate tire-bouchonnée et lustrée d'un vieil homme, gueule de maquignon d'un homme d'affaires en costume trois pièces, mousse de Guinness sur la lèvre d'une fille, fascination d'une dame entre deux âges pour la page blanche d'un agenda de poche ouvert devant elle à côté de sa tasse de thé, images fugaces non pas de voyeur mais de voyant qui croit soudain avoir accès au passé, au présent et à l'avenir de ces gens.

Sur le port, soufflait un vent de nord-ouest duquel les cygnes s'abritaient dans un angle du quai. Le vent jouait du xylophone dans les mâtures, les goélands protestaient, la mer écumait : là se plaquaient sur votre visage, avec les embruns, la prégnance de l'île et son insoumission à la force des éléments. Bras dessus, bras dessous, nous avons regagné Eyre Square en longeant les berges du fleuve et le parcours aménagé de la fishery, l'association de pêche au saumon de Galway. Par ce goulet canalisé se déversaient les millions de mètres cubes du trop-plein des grands lacs, le Corrib et le Mask. Cette puissance charriait de l'effroi.

La voiture était prête. J'ai rédigé le chèque – j'avais prié le directeur du garage de téléphoner à la Bank of Ireland de Ballinrobe, il l'avait fait, *no problem, sir* –, on nous a souhaité bonne route, je me suis installé au volant, et Anjela a pris la Volvo. Le break nous servirait de seconde voiture. Le moment venu, on le remplacerait et, comme nous avions de la place, on le garderait dans une remise pour un jour le remettre à neuf et en faire un véhicule de collection.

Anjela rasait la berme, comme tout conducteur placé du mauvais côté. Avec le volant à droite, la conduite à gauche ne posait plus le moindre problème, excepté l'habitude à prendre de passer les vitesses de la main gauche.

Nous sommes rentrés sains et saufs… Je dois avouer, et j'ai souri en pensant à la réflexion de Magali, au téléphone – « … te donner le genre gentleman-farmer » –, que la Range Rover *allait* très bien avec Ballynakill, *allait* très bien avec nous. Une voiture seyante. Une autre veste et un autre tailleur en tweed, en quelque sorte…

En revanche, quand le lendemain Dickie est venu toquer à la porte pour prendre des instructions que je n'avais aucune envie de lui donner – qu'il travaille à son gré, je n'avais pas l'âme d'un employeur –, le contraste a été assez saisissant – si tant est qu'on puisse comparer un être humain à une voiture – entre ses fringues rapetassées et la carrosserie rutilante de mon signe extérieur de propriétaire foncier. J'ai culpabilisé. La richesse, ça s'apprend.

— Une bonne voiture, a simplement dit Dickie.

A good car au volant de laquelle je me suis rendu au siège du Western Fishery Board. A trois kilomètres environ de Ballinrobe, c'était un long bâtiment préfabriqué au bord de Cushlough Bay, haut lieu de la pêche à la mouche. Un quai de mise à l'eau et des pontons avaient été aménagés dans l'arc de cercle de cette large anse quasiment fermée – et de ce fait protégée des vents dominants, ouest et nord-ouest –, pour des dizaines et des dizaines de longues barques élégantes. La plupart étaient équipées d'un moteur hors-bord, sans protection, ni chaîne ni cadenas. Dans d'autres il y avait des cannes, preuve que personne ne craignait les voleurs. Sur un terre-plein, des employés du WFB s'activaient à réparer des nasses. J'ai demandé à quoi elles servaient.

— Campagne de piégeage des brochets... Ils sont trop nombreux... Si on les laissait se multiplier, ils boufferaient toutes les truites. Alors on les piège et on les transporte dans des lacs des comtés où les gens pêchent le brochet.

Il a eu une moue dégoûtée.

— Chacun son truc...

Le chef, Joe O'Leary, m'a reçu dans son bureau orné d'un trophée, souvenir d'une précédente campagne de piégeage : dans une boîte en verre, un énorme brochet naturalisé de quarante-huit livres.

— Celui-là, c'est plus d'une belle truite par jour qu'il lui fallait, m'a-t-il dit.

Je n'ai pas eu besoin de me présenter. Il s'attendait à la visite du Français, héritier de Ballynakill Manor... et de ses droits de pêche.

— Vous voulez mettre de l'ordre là-dedans, n'est-ce pas ? Vous avez bien raison ! C'est une honte !

Bien qu'il ne fût pas pêcheur de saumon lui-même, il m'a vanté les richesses de la Blackross, « l'une des meilleures rivières d'Irlande ».

— Et n'oublions pas le lac ! Le Lough Nakeela a aussi un bon peuplement en brown trouts. Enfin, espérons qu'il ne faut pas en parler au passé, parce que, avec tout ce braconnage…

Nous parlions le même langage, l'affaire a été vite expédiée, avec efficacité. Le WFB s'occuperait de tout et me conseillerait sur tout : voir comment diviser la Blackross en pools, enrocher quelques portions afin de créer quelques chutes pour oxygéner la rivière quand elle est à l'étiage, moyenne de prix pratiqués dans les fisheries du nord-ouest, publicité commune avec le Board, gardiennage, etc. Bien sûr, il y aurait des redevances à payer et des papiers à signer. Je lui ai dit d'envoyer les documents à Carolyn Cusack.

— Une cousine de ma belle-sœur. Excellente professionnelle. Je m'arrangerai avec elle.

Il m'a raccompagné jusqu'à ma voiture. Il a adressé un signe d'amitié à une dame qui faisait les carreaux d'une maison rouge brique, de l'autre côté de l'anse.

— Mary-Kate, ma femme… Voyez, je n'ai pas beaucoup de chemin à faire pour aller au boulot. Mon fils aîné travaille aussi chez nous. A mi-temps. L'autre mi-temps, il est facteur. Il ira vous voir. Il aime bien s'occuper de l'aménagement des rivières. A propos, je ne vous l'ai pas demandé : vous pêchez ?

— Pas encore. Mais je vais m'y mettre.

— Ah, j'ai oublié une chose très importante. Sur la Blackross, fly only. Il ne faut autoriser aucune autre méthode que la pêche à la mouche. Les leurres, le ver, la crevette, le poisson mort manié, tout ça c'est du massacre. Fly only, OK ?

— OK.

— J'ai été heureux de vous connaître.

— Moi aussi.

— On se reverra sûrement, quand vous viendrez pêcher sur le Mask. Vous savez, il y a des brown trouts plus grosses que des saumons. En prendre une à la mouche, c'est un sacré combat. Bye-bye, Gwendal.

— Bye-bye, Joe.

Quand nous avons parlé à Sally de notre désir de prendre un ou deux chiens, elle a réagi au quart de tour. Elle connaissait untel, pêcheur et chasseur, dont la chienne cocker spaniel avait eu une nombreuse portée. Elle connaissait également tel et tel fermiers propriétaires de border collies, ou sheep dogs, qui n'arrêtaient pas de se multiplier.

— L'inconvénient des sheep dogs c'est qu'ils sont souvent un peu fous. Pareil pour les setters irlandais. Moi personnellement je n'en voudrais pas, ils vadrouillent de trop. Ah et puis tenez, attendez…

Nous attendions, amusés, car telle qu'elle était partie, elle allait nous remplir un chenil tout entier.

— Liam Kenny, aussi, sa chienne golden retriever… Je crois qu'il céderait bien un petit. Des chiens adorables. Il vous faut des chiens d'eau. Ils seraient heureux, ici.

Quelques jours plus tard s'installaient à Ballynakill deux hôtes permanents : un golden retriever de cinq mois que nous baptisâmes Bern (bientôt décliné en Bernie, un nom qui siérait mieux à son caractère placide) et un cocker spaniel nommé Billy. Bern et Billy : Bernbily. Au moment où je venais de décider de mettre en vente la maison familiale où j'avais, enfant, passé tant de jours heureux, faire résonner son nom à Ballynakill était une façon de la garder en mémoire et de me pardonner à moi-même cette espèce de trahison.

Dès la première minute, Bernie tomba amoureux d'Anjela. Il fallait voir sa mine quand sa maîtresse portait les yeux sur lui : amour, amour, amour… Il la suivait partout et m'aurait volontiers chassé du lit pour prendre ma place. Il dut se contenter d'un panier devant la porte de notre chambre, et comme Billy le lui disputait, force fut de lui concéder le même privilège. Avec ces deux gardiens nous ne risquions pas d'être agressés dans notre sommeil – sommeil troublé les premiers temps par leurs aboiements, avant qu'ils ne s'habituent aux craquements de la maison.

L'amour rend idiot, même la gent canine. Alors que les deux chiens étaient libres d'aller et venir, et Billy ne s'en privait pas, Bernie guettait le moindre battement de paupières d'Anjela, comme s'il avait peur de la perdre. Quand elle chaussait ses bottes, il se mettait à frétiller et à *chanter* – quelque chose entre une jodlée et un roucoulement, qui nous faisait éclater de rire. Il s'interrompait, inquiet. Les bottes ne rimaient pas toujours avec balade. Nous pouvions partir en voiture, et là il nous regardait partir, l'oreille basse, avec dans le regard toute la misère du monde. Mais quand Anjela annonçait : « Promenade, Bernie ! », il allait prendre sa laisse, la déposait par terre et aboyait d'impatience. Il adorait se promener en laisse avec Anjela, illustrant à sa manière l'expression « se laisser mettre la corde au cou » par une femme.

Billy, lui, n'était pas homme – pardon, chien – à accepter qu'on le bride. Avec ses longues oreilles bouclées, son poil cranté de gigolo, ses courtes pattes et ses doux yeux noisette de modèle pour peluche, il cachait son jeu. C'était un vrai prédateur. Ce paquet de nerfs ne songeait qu'à traquer tous les oiseaux de la création, et avant tout ceux qu'on trouvait à proximité : bécasseaux et courlis sur la grève, colverts le long des berges de la Blackross, pigeons posés en haut des arbres autour du manoir (assis, la tête en arrière, il les contemplait, attendant quoi ? qu'un coup de fusil les fasse tomber ?), et deux sortes de volatiles à long bec qui avaient l'essentiel de ses faveurs et que j'allais connaître grâce à lui : bécasses et bécassines.

Contre le vent, il les sentait à plusieurs dizaines de mètres, levait une truffe frémissante et se mettait à couler (sourcils froncés, suis-je tenté d'écrire), et les arrêtait, presque le nez dessus. Les bécassines s'envolaient toujours en zigzag comme des fusées désorientées, les bécasses étaient moins prévisibles : parfois elles partaient tout droit comme des boulets de canon, parfois elles se levaient doucement et s'éloignaient d'un vol nonchalant, à un mètre du sol, poursuivies par notre animal fou de rage.

Un type de Keelkyle qui nous avait observés me dit que Billy avait des talents exceptionnels et me promit beaucoup de bonheur à la chasse. Etonné que je ne sois pas chasseur, il dit : « C'est dommage, vraiment dommage », sur le ton de quelqu'un qui vous reproche de gâcher vos atouts. Pêcheur en devenir, Blackross oblige, je décidai donc aussi de m'initier à la chasse à la bécasse et à la bécassine. Ce ne serait pas bien difficile de me faire inviter. La plupart des pêcheurs de saumon du coin étaient aussi chasseurs…

L'affection que me portait Billy était intéressée. S'il ne détestait pas se balader en père peinard et, à défaut, avec Anjela et Bernie en laisse sur les chemins aménagés de la propriété, c'était moi qu'il guettait, lui. Bottes, chapeau et veste huilée, la Range Rover qu'on sort de la remise : route, chasse, à nous tourbières et bosquets de saules autour du Lough Nakeela, desquels bécasses et bécassines fusaient comme des étincelles… Tout en se montrant bon camarade, Billy affichait à l'égard de Bernie ce brin de condescendance des professionnels à l'égard des amateurs. De temps en temps (à cause de la lune ou de quelque odeur de femelle dans l'air ?), le chasseur réussissait à entraîner le jobard dans des virées nocturnes desquelles ils revenaient crottés et fourbus. Ma crainte était qu'ils n'attaquent des moutons, mais aucune plainte ne nous parvint.

Ravis de leur présence et de l'animation qu'ils mettaient à Ballynakill, combien de fois, au début, ne nous sommes-nous pas dit que c'était cela qui nous manquait, et seulement cela, deux chiens sympathiques, fidèles et d'humeur égale que le hasard, et Sally, nous avait donné en cadeau! Le soir, c'était un enchantement de les entendre soupirer et de les voir galoper en rêve après des lièvres, à nos pieds, devant la cheminée.

A ce stade de mon récit, je ne peux m'empêcher de railler mon ouvrage de maçon. Que suis-je en train de faire, sinon élever pierre après pierre les murs d'un château qui ne s'appellerait pas Ballynakill mais porterait sur son fronton un nom stupide, genre Palais du Bonheur ? S'il me fallait le dessiner, ce serait une aquarelle naïve, un château a priori solide et homogène, tout en rondeurs comme un champignon suspendu entre terre et ciel, entre l'eau et les nuages, sans matérialité. Justement : un ouvrage onirique, sans fondations… Quelle dernière pierre ajouter au rêve avant qu'il ne se transforme en cauchemar ?

Je me suis souvenu d'Edmond et de Margaret Conroy, le vieux couple rencontré chez O'Flaherty. Je les ai appelés. Ils désespéraient de m'entendre un jour au bout du fil. De nature réservée, je crois qu'ils n'auraient pas osé nous téléphoner. Leur maison, près de Letterfrack, était particulièrement cosy, marquée par l'influence britannique : salon encombré de petits meubles en bois sombre, éclairage indirect, murs couverts de tableaux, boutons de porte en laiton, manteau de cheminée en marbre et, dessus, les portraits de leurs enfants le jour des remises de diplômes – équivalent de nos photos d'antan de communion solennelle –, toge, bonnet carré, parchemin en main, décor pompier de parc ou d'*ivy school* à l'arrière-plan.

Ils nous ont invités à déjeuner à la bonne franquette. En apéritif, Margaret et Anjela ont pris un verre de sherry, les hommes un whiskey. Edmond nous a expliqué que ce n'était pas par hasard qu'ils s'étaient retirés à Letterfrack. A deux pas coulait la Dawross, un cours d'eau identique à la Blackross : un estuaire étroit entre des rochers, l'influence des marées jusqu'à un pont (nous l'avions franchi), en amont des méandres et des chutes sur environ deux kilomètres, et puis les deux lacs de Kylemore. Et des remontées mirifiques de saumons et de truites de mer…

— Je me demande s'il n'aurait pas mieux valu qu'Edmond ait deux ou trois maîtresses, a plaisanté Margaret. J'aurais eu l'espoir qu'il s'en lasse ou qu'elles le trouvent moins fringant, avec l'âge. Tandis que ces damnés poissons… Quand il ne pêche pas, il fabrique des mouches. Il manque à tous ses devoirs : il néglige le jardin.

— Ne croyez pas cela. Margaret m'en voudrait terriblement de la priver du jardinage.

Il y a des gens dont on sait tout de suite qu'ils vont devenir des amis – dont on a envie qu'ils deviennent des amis parce qu'on a d'emblée la certitude que ces gens charmants et cultivés sont désintéressés, et qu'on a l'intuition de la certitude symétrique : qu'ils vous apprécient et vous font confiance. J'ignore quel avait été le poste d'Edmond dans la magistrature dublinoise, mais qu'il ait eu à juger de crimes, de simples délits ou de contraventions, je ne doutais pas qu'il eût tout au long de sa carrière rendu des jugement pesés, respectueux du droit et de l'humanité.

Pendant que les dames parlaient chiffons, je lui ai exposé très franchement les deux services que je voulais lui demander : me conseiller pour l'organisation des pools privés sur la Blackross (et surveiller, en quelque sorte, le travail du Western Fishery Board) et m'apprendre à pêcher à la mouche.

— En ce qui concerne le second point, considérez-moi d'ores et déjà comme votre professeur attitré. Je vous donnerai votre première leçon cet après-midi.

— Et si je ne suis pas doué ?

— Il n'y a pas de mauvais élèves, il n'y a que de mauvais professeurs.

— Alors je suis sauvé.

— Hé ! Hé ! Nous verrons… En ce qui concerne le premier point, j'y ai beaucoup réfléchi, pardonnez-moi. Les gens du Western Fishery Board sont très compétents. Ils sauront aménager la rivière là où il le faut. Pour ma part, j'ai surtout songé à vos scrupules, à vos craintes de vous mettre à dos la population… L'étranger – que vous n'êtes pas – qui veut soudain régenter un domaine devenu euh… public, n'est-ce pas, et, surtout, faire payer un droit de pêche. Il est vrai que certaines figures locales pourraient euh… en prendre ombrage. Alors je me suis dit ceci : ne pourrait-on pas imaginer un tarif très préférentiel pour les locaux, voire carrément une journée par semaine de pêche gratuite, à condition bien sûr de respecter la réglementation qu'avec le Western Fishery Board vous allez édicter, je suppose.

— Fly only !

— Parfait. Qu'en pensez-vous ?

— C'est une excellente idée.

— De toute façon, vous avez encore le temps d'y réfléchir. L'ouverture par ici est le 15 mars. A moins que vous ne vouliez changer. Dans certaines rivières du Kerry, ils ouvrent le 1er janvier. Personnellement, j'estime que c'est trop tôt. Il faut laisser aux reproducteurs le temps de frayer.

— Ce sera le 15 mars.

— Je vous en félicite.

— Et vous serez bien entendu un invité permanent sur la Blackross.

— Méfiez-vous, mes mouches sont redoutables !

— Pas autant que les filets des braconniers.

— Ils s'éclipseront dès la première apparition des gardes du Western Fishery Board.

— Qu'ai-je entendu ? a feint de s'offusquer Margaret. Un droit de pêche permanent chez vous ? En plus de la Dawross ? Me voilà veuve de pêche, mon Dieu, ayez pitié de moi.

— Pardonnez-moi… Ai-je bien entendu ? *Veuve de pêche* ?

— Vous avez bien compris, a répliqué Edmond en souriant. Fishing widow – veuve de pêche –, c'est le titre dont s'affublent les dames qui prétendent être abandonnées par leur pêcheur de mari. Margaret n'a aucun droit à ce titre, c'est une épouse chérie et bénie entre toutes les femmes.

— Amen, a ironisé Margaret.

Après le déjeuner, Edmond m'a fait les honneurs de son « cabinet secret », un appentis entièrement dédié à sa passion. Les murs étaient tapissés de cannes à pêche prêtes à entrer en action, de photos souvenirs et de gravures, de vitrines à moulinets anciens, qu'il collectionnait. Un long plateau en bois rouge sur tréteaux lui servait d'établi. Deux étaux à monter les mouches y étaient fixés, face à un confortable fauteuil à roulettes, seule touche anachronique. Une valisette en carton débordait de plumes et de cous de coqs. Sur une étagère s'alignaient une bonne centaine de livres de pêche, non pas des manuels techniques barbants mais des ouvrages de grande littérature halieutique, comme je m'en apercevrais en lisant pendant l'hiver les trois livres qu'il sélectionna pour moi : *A Man May Fish*, de Kingsmill Moore ; *Fishing and Thinking*, de A. A. Luce ; *The Seasons of a Fisherman*, de Roderick L. Haig-Brown.

— *A Man May Fish*, j'aime beaucoup ce titre, dit-il. Il se peut qu'un homme doive pêcher... Pour s'accomplir ? Pour s'élever au-dessus de la condition humaine... *Fishing and Thinking*, pêcher et penser, vous éclairera là-dessus. C'est dans cet ouvrage, il me semble, que l'on trouve la réponse à cette merveilleuse devinette : Quelle est la différence entre un croyant et un bigot ? A l'église, le bigot pense à la pêche, tandis qu'à la pêche le croyant pense à Dieu. La pêche est une philosophie, mon cher Gwendal. Mais aussi bien que le philosophe a besoin de ses jambes pour arpenter le Lycée, le pêcheur a besoin de son bras pour entrer en contact avec le Créateur. A vous de jouer, à présent !

Il a abouté les trois brins d'une canne de neuf pieds, a fixé un moulinet sur le talon, fait passer la soie entre les anneaux – et au passage, leçon de vocabulaire : soie, queue-de-rat, bas de ligne ; harmonie à rechercher entre l'épaisseur de la soie et la puissance de la canne –, et nous sommes allés sur la pelouse, où il m'a enseigné les rudiments du fouet. Il déroulait vingt mètres de soie avec une aisance déconcertante. Quant à moi... Au bout d'un quart d'heure, c'était toujours une grosse pelote embrouillée qui échouait sur mes bottes. Une demi-heure de plus et j'arrivais à tenir en l'air dix mètres de soie et à poser sur l'herbe une ligne à peu près droite.

— Hé ! Vous êtes très doué ! Une fois le bon geste acquis, le reste viendra tout seul...

Des véhicules militaires – une Jeep, trois camions – ont défilé sur la route, remplis de soldats à l'air avachi, comme tous les biffins de toutes les armées du monde rentrant de manœuvres.

— Le casernement de Letterfrack, m'a dit Edmond.

— Vous êtes sous bonne garde.

— On peut y voir cet avantage. Nous y voyons plutôt un inconvénient. Ces messieurs illustrent parfaitement l'adage, vous savez, l'oisiveté mère de tous les vices... Ils mettent souvent un peu trop *d'animation* dans les pubs du village.

Nous sommes retournés dans l'atelier ranger la canne et là, ne pouvant m'empêcher de songer à l'âge d'Edmond (plus de soixante-dix ans ?), j'ai eu un coup de blues : combien d'années avait-il encore devant lui, le vieux juge, avant que la déchéance physique ne l'oblige à renoncer à sa passion ? Que deviendrait son « cabinet secret » ? Quels marchands disperseraient ses trésors à l'encan ?

— Idiot ! m'a dit Anjela sur la route du retour, en voilà des idées... Edmond peut très bien vivre cent ans. Et n'oublie pas tout le bonheur que lui a procuré sa passion jusqu'à ce jour. Ça compte aussi. On ne peut pas tout avoir : bonheur passé, présent et à venir...

— Donc, à ton avis, à la naissance le bon Dieu nous ouvrirait à chacun une sorte de compte d'épargne rempli de bonheur... Si on tape trop vite dedans, à un moment donné, on est condamné à se serrer la ceinture ?

— Bien que je n'aime pas beaucoup ta comparaison bancaire, il doit y avoir de ça, oui.

— Alors c'est bon ! Nous deux, on n'est pas près d'épuiser le crédit.

— Et sans être tenus de faire des économies, a-t-elle dit en se lovant contre moi.

Nous approchions de Ballynakill. Levé au-dessus d'Inishbofin, comme une nuée de cendres couronnant un volcan en éruption, un énorme grain a foncé vers nous et noyé la route sous des trombes d'eau. Les essuie-glaces étaient impuissants à balayer ce déluge. A travers le pare-brise, le manoir gondolait. Pas fous, Bernie et Billy sont restés sous le perron à attendre que je me précipite pour ouvrir la porte. Ils se sont engouffrés à l'intérieur de la maison. Sally avait préparé le feu. J'ai craqué une allumette. Le téléphone a sonné.

C'était la dernière pierre de la construction du bonheur.

Ou le dernier retrait sur notre livret d'épargne-bonheur, avant qu'on nous coupe notre crédit.

C'était maman Claudette. Elle désirait faire la paix et demandait si nous avions l'intention de passer les fêtes au Croisic et quand ils pourraient venir nous voir – « Oh, pas tout de suite, aux beaux jours ». Papa Lulu a pris le combiné. Le nôtre en tremblotait presque. Il pleurait, le pauvre vieux. Et sur le doux visage d'Anjela, c'étaient les grandes eaux. Il pleuvait autant dehors que dedans, autant à Ballynakill qu'à l'hôtel des Tourteaux.

Une fois encore, j'ai l'air de me payer la tête de cher papa Lulu et de chère maman Claudette, mais en réalité j'étais fou de joie pour Anjela. La réconciliation avec ses parents ayant eu lieu, que nous manquait-il pour être heureux ?

Rien.

C'est après que le contraire de rien s'est déglingué : tout.

14

Oui, tout s'est déconstruit, tout s'est démantibulé, tout s'est déglingué, exactement comme un bon vieux réveil bien costaud qu'un jour d'ennui – souvenir d'enfance… – il vous prend l'idée de démonter, pour voir ce qu'il a dans le ventre. Vous ôtez le dos d'un coup de tournevis, vous regardez battre le cœur du mécanisme, vous posez la pointe d'un couteau sur un ressort et d'un seul coup, sous votre regard effaré, des bouts de métal volent dans tous les sens, roulent sur le plancher, sous le lit, sous la commode, où il faudrait un aimant pour les retrouver. Le cœur du réveil battait, il est parti en miettes. Le réveil vivait, vous l'avez tué. L'abomination de ce meurtre vous donne envie de pleurer.

La différence, ici, c'est que je n'ai rien démonté moi-même.

Je n'ai ôté aucun couvercle, aucun ressort n'a sauté, aucun diable n'a jailli de la boîte de Pandore.

Quel arc-boutant a cédé ? Quelle poutre maîtresse s'est brisée ? Quelle pierre d'angle s'est déchaussée ? Aucun élément en particulier. C'était toute la construction qui était viciée, la charpente bouffée par les vers et les murs rongés par le salpêtre.

Plutôt que d'effondrement, il faut parler d'effritement. Il s'est produit à notre insu. Ni responsables, ni coupables du glissement progressif de notre château vers le gouffre, notre destin était de finir engloutis.

C'est vers la mi-novembre que sont arrivés les oiseaux qu'avec le recul il m'est facile d'appeler « de mauvais augure ». Des oiseaux qui ne volaient pas mais roulaient sur huit, dix, quatorze, seize roues : des camions, des camions-citernes, des semi-remorques. Chez O'Flaherty des plaisantins commencèrent à dire : « Les saumons ne remontent plus les rivières, ils voyagent par la route… »

Nous avions passé d'excellentes fêtes de fin d'année. Messe de minuit à Ballinrobe, réveillon de Noël en tête à tête, réveillon du premier de l'an à Ballynakill, avec Magali et ses amis musiciens, qui apportèrent une oie déjà préparée et un tas de liquides non laitiers d'origine écossaise et irlandaise, coups de fil ardents de maman Claudette (« Bonne année ! Bonne année ! Bonne année, mes chers enfants ! »), froid sec pour nous requinquer, neige sur le Croagh Patrick, chiens en pleine forme, bonnes remontées de saumons dans la Blackross attestées par les gardes du Western Fishery Board.

Bernbily avait été vendu, je n'avais plus aucune attache en Bretagne. Les travaux étaient en cours dans les futures chambres d'hôtes. Il faut comprendre « en cours » en fonction des pendules irlandaises : les artisans ne respectaient pas les rendez-vous, oubliaient un outil, partaient le chercher et ne revenaient pas, mais il aurait été mal venu de nous plaindre. C'était bien parce que le temps y comptait pour du beurre que nous étions en Irlande, et puis la désinvolture, pardon le mode de fonctionnement des artisans, nous laissait… du temps.

En ayant à l'esprit le souci du détail qu'avait montré John Kane dans la rénovation de Burren House, nous chinions dans les brocantes, les dépôts-ventes, chez les démolisseurs, à la recherche de vieilles choses authentiques : charnières, boutons de porte, robinetterie, lavabos et baignoires d'époque point trop craquelés. Sally nous avait mis en relation avec son décorateur de Galway et nous avions choisi des correspondances entre tissus d'ameublement, literies, tapis et revêtements des sièges pour différencier les chambres en chambre rose, verte, bleue et jaune. Nous avions adhéré à l'association Hidden Ireland et Ballynakill figurerait dans le prochain catalogue – parution en février –, avec cette précision : « ouverture le 1er avril », que nous n'étions pas sûrs de respecter, eu égard à la décontraction du plombier et de l'électricien. Magali nous avait pourtant rassurés.

« Vous leur avez dit qu'il faut que ce soit terminé avant le 1er avril ? Eh ben, ça sera terminé le 31 mars. Surtout, ne les houspillez pas, les Irlandais détestent être bousculés. Vos artisans, laissez-les bosser à leur rythme, c'est sous-entendu dans leur devis : no rush, mais on respectera les délais. »

En vérité, on s'en battait l'œil et ce n'était là que des broutilles par rapport à la tuile qui nous arriva dessus, comme je l'ai dit, par la route : les saumons d'élevage.

Les camions, on ne les voyait pas, de Ballynakill. Et le soir, quand il nous arrivait d'aller au pub, ils avaient fini de passer. Et puis ils traversaient le village pour se rendre à un embarcadère, Caher Pier, à environ un mile au nord, derrière une colline, où nous n'avions aucune raison d'aller, sauf par hasard, pour nous promener, et le hasard n'avait pas voulu que.

J'avais été intrigué par des mouvements inaccoutumés dans l'estuaire de la Blackross. Pilotés par des hommes-grenouilles, deux gros Zodiac – des engins énormes, presque des barges, équipés chacun de deux puissants moteurs accouplés – surgissaient de derrière une pointe, la proue dressée, transportant ce qui m'avait semblé être des nasses ou des casiers – des structures métalliques, en tout cas. Parvenus au milieu de la baie, ils s'écrasaient sur l'eau comme des avions qui touchent le sol et les silhouettes noires s'activaient à bord. A mouiller les nasses, pour ce qu'on pouvait en juger.

L'équipement mis en œuvre faisait penser à une activité officielle, disposant de gros moyens : influencé par la Bretagne, je songeais à une étude du milieu marin par l'équivalent de notre CNEXO... Quand les Zodiac repartaient, ils laissaient après eux un large cercle de flotteurs de la taille de fûts de cent litres d'huile, auxquels était attaché un filet, qui dépassait de l'eau. Ils revenaient : apparaissait un nouveau cercle relié au précédent. Et bientôt, un matin, l'évidence m'a sauté aux yeux : tous ces cercles formaient un long chapelet à l'extrémité duquel un grain plus gros que les autres s'élevait au-dessus de la surface : ancré au fond, une espèce de radeau sur lequel s'empilaient des barils en plastique.

Ce matin-là, Sally est arrivée à neuf heures, gaie comme un pinson. Ouvrant le placard à balais à grand fracas, et jetant l'aspirateur et ses ustensiles sur le plancher comme si elle était déterminée à vider la maison, elle a lancé :

— Alors, vous avez vu dans la baie ? Ça y est, ils vont remplir les cages.

— Les cages ?

— Les cages à saumons. De la fish farm.

— Ah ! Et c'est une bonne nouvelle ?

— Ben pensez donc ! Mon fainéant de mari s'est présenté au bureau de Caher Pier et il a été pris à l'essai. Lui qui a le mal de mer dès qu'il voit un bateau… Enfin, il y aura aussi des postes à terre… Et puis qu'il se débrouille !

Elle s'est rembrunie.

— Je lui ai dit : « T'as intérêt à être gardé parce que moi j'en ai marre de travailler pour deux. Si tu ne fais pas l'affaire, fini de te nourrir, on se sépare pour de bon ! »

— Et vous le feriez ?

Elle a haussé les épaules.

— Je suis partie plus d'une fois et à chaque fois je suis revenue. Je l'ai fichu dehors plus d'une fois, à cuver sa bière… et à chaque fois je l'ai repris… Je suis trop bonne poire… On s'est connus si jeunes… Il y a des souvenirs qui restent… Mais quand on pourra divorcer, on divorcera, croyez-moi… On pleure un bon coup et c'est fini. Tandis qu'à rester comme ça, un couple boiteux, avec une jambe plus courte que l'autre… Justement, c'est ça qu'ils espèrent, au gouvernement, les bigots qui ne veulent pas entendre parler de divorce, que les gens restent ensemble, jusqu'au jour où ils sont trop vieux pour se séparer… Mais quand ça fait des années que…

Elle a rougi jusqu'aux oreilles.

— Des années que… qu'ils n'ont pas… qu'ils font chambre à part… Un homme et une femme ont besoin de… de dormir ensemble, n'est-ce pas ?

L'aveu qu'elle n'avait pas couché avec son mari depuis des années et que cela lui manquait d'avoir un homme dans son lit, tout autant que ses rondeurs et ses joues pommes d'api, a suscité en moi des images de parties de jambes en l'air dans la nature et les fantasmes qui vont avec, bottes de foin, odeur de plumes et de transpiration, culotte blanche entortillée autour d'une cheville, halètements, filles qui perdent la tête, femelles ivres de désir… Gêné par ces pensées autant que par la crainte que Sally ne les devine, j'allais répondre par une boutade quand le téléphone a sonné. Edmond. Sa voix n'était plus celle d'un ex-magistrat pêcheur à la mouche flegmatique.

— Allô, Gwendal ? Alors, vous avez pris les armes ? Les envahisseurs ont débarqué. Sonnez le branle-bas de combat, mon vieux. Les saumons ne remontent plus les rivières, ils arrivent par la route. Vous ne regardez pas par vos fenêtres ? Vous n'êtes pas au courant ?

— Pour la fish farm ? A l'instant.

— Il faut que vous réagissiez. Tout de suite. C'est une catastrophe pour votre fishery. Il faut les bouter hors de la baie ! Aux armes, citoyens ! a-t-il ajouté en français.

— Mais qu'est-ce qui se passe, Edmond ? ai-je dit en rigolant. Je ne vous reconnais pas. Ce n'est qu'une ferme aquacole…

— Avez-vous lu le livre que je vous ai prêté ?

— Lequel ?

— Celui de Roderick Haig-Brown. *The Seasons of a Fisherman.*

— Pas encore.

— Allez le chercher.

— Une minute… C'est bon, je l'ai…

— Page 133. Les Indiens, le dieu saumon, lisez…

J'ai lu le passage à haute voix. *Les Indiens sont persuadés que le saumon vient d'un village d'humains perdu dans l'océan Pacifique. Les gens de ce village se transforment en saumons et traversent l'océan à la nage et remontent les rivières pour apporter de la nourriture aux Indiens. C'est pourquoi on doit seulement prélever la chair du saumon – le reste doit être rendu à la rivière de manière à repartir dans le village au milieu de l'océan et reprendre sa forme humaine. Pas une arête ni une nageoire ne doit manquer sinon le corps humain sera déformé dans les mêmes proportions. Le premier poisson de la saison est célébré par des cérémonies particulières. La pêche est interrompue. Le poisson est placé sur un rocher au bord de la rivière, sa tête dirigée vers l'amont pour montrer le chemin aux autres saumons. Plus tard, le saumon sera préparé et cuisiné selon le rituel et sa chair partagée entre tous les membres de la tribu ; le squelette sera remis à l'eau. C'est seulement lorsque ce rituel a été observé que la pêche peut recommencer.*

— C'est une belle histoire, Edmond.

— Plus que ça. Une religion ! Eh bien, sachez que je suis plus indien que catholique irlandais. Ma religion c'est le saumon. Le saumon sauvage. Et ces gens-là sont des mécréants de la pire espèce.

— Quelles gens ?

— Ceux de cette putain de société, la Salmon Farming Inc. ! a-t-il hurlé dans le téléphone. Oui, oui, Margaret, je me calme… a-t-il dit à sa femme, pour reprendre sur un ton… magistral : Vous pouvez vous libérer pendant trois ou quatre jours ?

— Mais… bien sûr…

— Préparez votre valise ! Je passe vous prendre dans une heure. Je vous emmène dans le Kerry. Attendez… Margaret me dit qu'elle aura besoin de la voiture. On peut faire l'inverse ? Vous passez me prendre et… oui, Margaret ?… Ah, bonne idée… Margaret me dit qu'Anjela peut venir lui tenir compagnie, si elle ne veut pas rester toute seule à Ballynakill.

— Je lui demande…

Anjela n'y comprenait rien, à cette conversation téléphonique. Je lui ai résumé :

— Edmond est surexcité, il veut m'emmener dans le Kerry. Tu auras peur ici toute seule ?

— Mais non, pourquoi ? Que veux-tu qu'il m'arrive ? Mais ça pourrait plaire à Margaret de se promener dans le coin.

— Edmond ? Anjela propose l'inverse.

— Bon ! Je demande à Margaret… Margaret ?… Elle est d'accord. Elle sera ravie de mener la vie de château.

— On vous attend. Vous laisserez votre voiture ici et on prendra la mienne.

— Nous arrivons ! Soyez prêt ! J'ai réservé deux chambres à Waterville.

Edmond était écarlate. La rage lui empourprait les joues. Il a balancé son sac de voyage dans la Range Rover en marmonnant : « Vous allez voir ce que vous allez voir… » Les femmes ont eu beaucoup de mal à nous convaincre de prendre un en-cas avant de partir. Sally, sans savoir pourquoi Edmond et moi levions le camp, mais prévoyante, fataliste et bien dressée – les hommes ont des raisons que la raison féminine n'a pas à connaître… –, nous a préparé une Thermos de thé et des sandwichs. La route était longue jusqu'au bout du Kerry.

— Roulez ! m'a intimé Edmond. A partir d'Ennis vous prendrez la direction Kilrush et Killimer. Nous allons traverser le Shannon par le bac de Talbert. Nous économiserons cent cinquante kilomètres et deux heures de route. A condition de ne pas les reperdre en ratant le bac de quatorze heures. A cette époque il n'y en a que six par jour. Foncez mon cher, concentrez-vous sur la conduite, nous parlerons de notre affaire en arrivant à Waterville.

Pour bien montrer qu'il entendait appliquer la règle du silence, il s'est calé sur son siège, les bras croisés, et il a fermé les yeux. J'ai donc respecté ses ordres : je me suis concentré sur mon volant et j'ai roulé à tombeau ouvert. En Irlande, dans ces années-là, les radars n'existaient pas…

Nous avons attrapé le bac de justesse. La traversée durait une quinzaine de minutes. Nous en avons profité pour manger notre sandwich et boire une tasse de thé. Je me suis dégourdi les jambes. Le Shannon était en crue, le courant poussait fort et on aurait dit que le bac se laissait d'abord dériver, pour décrire une large courbe et remonter ensuite le courant, ou bénéficier d'un contre-ccurant, avant d'aborder la rive gauche du fleuve.

De Talbert à Tralee la route était monotone, qui coupait à travers une plaine semblable au bocage breton, mais dès que nous avons pris la route de Castlemaine, à travers les Slieve Mish Mountains, le paysage est redevenu typiquement irlandais. A main droite, nous laissions la presqu'île de Dingle.

— Vous connaissez ? m'a demandé Edmond.

— Pas encore.

— Très belle région. A la pointe, les îles Blasket. Un passé très riche. De grands écrivains. Tomás O'Crohan, Maurice O'Sullivan.

J'ai souri. Voilà qu'il parlait par phrases elliptiques, sèches comme des attendus.

— De mauvaise humeur, Edmond ?

— Roulez !

Il a continué de m'assener des notations touristiques ou halieutiques. Après Kilorglin :

— Au-dessus, à gauche, le Lough Carragh. Ne pas confondre avec le Carra, près de Ballinrobe. Beau parcours de pêche. Saumon et truite de mer.

La route épousait tous les contours de la côte, nous donnant à voir des paysages magnifiques sous le soleil couchant.

— Cahersiveen. Un peu plus loin, Valencia Island. Baignée par le Gulf Stream. Des palmiers.

— Et des vahinés ?

— Vous êtes stupide, Gwendal.

Edmond se détendait. Nous touchions au but.

— A environ dix milles plein ouest, les îles Skellig. Faudra que vous y alliez. Impressionnant. Des vestiges de huttes en pierre. Des moines, au VIIIe siècle. Se nourrissaient de poisson et de goélands.

Nous avons franchi un pont sur une belle rivière, l'Inny, et enfin ce fut Waterville, un long alignement de maisons, de commerces, de B&B et d'hôtels en face d'une immense baie. La nuit était tombée, le ciel était clair, des feux à éclats se répondaient dans le lointain.

— Et maintenant, Edmond ?

— Je ne m'y retrouve plus… Voyons…

J'ai fait demi-tour sur l'esplanade et dans la lumière des phares est apparue une statue de Charlot.

— Vous ne rêvez pas, m'a dit Edmond. Charlie Chaplin avait une propriété là-bas, côté Ballinskellig. Sur la fin de ses jours il y passait l'essentiel de son temps. Je crois qu'une des filles y habite toujours. Ah ! attendez… Je crois que c'est par là…

— Le Butler's Arms ?

— Non, je n'aime pas ces grands hôtels. Plus loin. J'ai réservé dans un endroit plus intime. Le Lobster's Inn. Voyez le panonceau.

Nous avons traversé une roselière marécageuse, tourné à gauche, atteint la grève. Le Lobster's Inn avait littéralement les pieds dans l'eau.

— Vous verrez. Demain matin. Sublime.

— Vous cesserez de hacher vos phrases, demain ?

— Ah ! Ah ! Dès ce soir, mon garçon, dès ce soir.

Il s'est frotté les mains, a tiré une pipe de sa poche.

— Quand je viens ici avec Margaret, elle me met au régime. A nous la liberté !

La patronne, une dame dans la quarantaine, au regard managérial si l'on peut dire – pas du genre à se laisser marcher sur les pieds –, lui a fait la bise (« Comment va Margaret ? – Divinement, comme toujours quand je suis loin d'elle ! ») et m'a secoué la main comme si j'étais un noyer à gauler. D'autorité, elle nous a servi deux Jameson (« Juste une mise en train », m'a dit Edmond), qu'il nous a fallu lamper sur le pouce avant de monter nos bagages. Chacun se débrouillait, sans cérémonial. Il y avait une dizaine de chambres. Les nôtres, mansardées, avaient vue sur la mer – sur les éclats de phares, pour le moment. Nous sommes redescendus au bar, intime, chaleureux : un zinc, une demi-douzaine de tabourets, une table ronde près de la cheminée, un aquarium où déprimaient des homards, les pinces emmaillotées de rondelles découpées dans une chambre à air de vélo.

— Vous voulez la carte ou bien c'est le menu habituel, Edmond ? a demandé la patronne.

— Le menu habituel, Ashling, si mon jeune ami m'accorde sa confiance, a-t-il ajouté à mon intention.

— Vous l'avez.

— Alors soit ! Deux douzaines d'huîtres, deux soles de la baie et deux pintes de Guinness.

— Ça marche ! a claironné la patronne. Qu'est-ce que je vous sers en attendant ? Vous continuez sur le Jameson ?

— Nous continuons, a dit Edmond. A propos, ma chère et pauvre Margaret n'étant pas là pour brandir mon taux de cholestérol, vous n'égoutterez pas le beurre de ma sole.

— Egoutter ? a plaisanté Ashling. Quand Margaret est là, le chef colle votre sole entre deux torchons et s'assoit dessus pour la presser.

— Ah ! Je me disais aussi qu'elle était bien sèche.

— Aussi sèche que le sein d'une bonne sœur, je le crains, Edmond.

— Mon Dieu !

— Au fait, vous n'êtes plus frileux ? D'habitude, vous attendez le printemps pour venir pêcher dans cette partie du monde.

— Je suis toujours frileux. Je fais visiter le coin à mon jeune ami.

— Vous irez aux Skellig ?

— Je pense que non.

— N'importe comment, vous n'auriez pas pu. Le bateau de Colm Roddy est en carénage.

La conversation s'est poursuivie sur ce ton jusqu'à ce que le chef montre le bout de sa toque et annonce qu'on pouvait servir les huîtres. Elles étaient délicieuses, cela va sans dire, et la Guinness les accompagnait merveilleusement. Cuites à la perfection, les soles étaient énormes, qui dépassaient des assiettes ovales, pourtant grandes comme des plats, entourées de plusieurs ramequins remplis de légumes croquants – chou-fleur, brocolis, carottes – et de purée de pommes de terre. J'ai déclaré forfait pour le dessert. Edmond, à contrecœur, s'est rangé à mon opinion. Il a bourré sa pipe de tabac blond, du Flying Dutchman, en boîte ronde. Je me suis accordé une Sweet Afton. Edmond a allumé sa pipe avec volupté.

— A présent, pour parachever cette abondance d'infractions, que penseriez-vous d'un irish coffee ?

— Est-ce bien raisonnable, Edmond ?

Il n'a pas eu le temps de répondre : Ashling les apportait – le menu habituel, n'est-ce pas ?

— Il ne fallait pas ? s'est-elle moquée.

— Nous nous interrogions…

— Hé bien maintenant la question ne se pose plus !

Edmond était un jouisseur rentré, gentiment tordu sur les bords. Il s'attachait à retenir ses plaisirs – une échappée de temps en temps hors de la gouverne de Margaret, une pipe en cachette, trois whiskies au lieu d'un, une sole au beurre fondu… – afin d'en intensifier la jouissance. Par exemple, alors qu'il disposait de tout son temps, qu'il aurait pu se trouver au bord d'un fleuve ou sur un lac quasiment tous les jours de l'année, il économisait, se réfrénait, ne pêchait que lorsque les conditions étaient très favorables.

Dans le même esprit, depuis le matin il brûlait de déflorer son sujet, le motif de ce voyage-éclair, mais à ses yeux c'eût été le gâcher que d'en parler en voiture. Il fallait un cadre : cette salle de restaurant où, sourire béat aux lèvres, yeux brillants, pipe et cigarette au bec, nous nous sommes penchés sur le calice brûlant des irish coffees.

Edmond, sur le ton d'un oracle et avec l'air inspiré d'un chaman, a commencé par me décrire le paradis terrestre – enfin, l'un des paradis de la pêche en Irlande…

Au nord-est de Waterville, en haut des montagnes de Knocknagantee, deux petits lacs de tourbière enchâssés au sommet comme des cratères de volcan. Ils sont reliés entre eux par un cours d'eau et par un autre cours d'eau se vident dans un premier lac inférieur, le Lough Derriana, duquel naît une véritable rivière, la Cummeragh River, que vient grossir un affluent oriental, qui coule lui-même du Lough Cloonaghlin, et toute cette eau de tous ces lacs se déverse dans l'outre du Lough Currane, qui lui-même se vide dans la mer par un canal aux berges marécageuses long d'à peine un quart de mile. Et c'est par cette bonde que les gros saumons d'hiver et les petits saumons d'été venus du Groenland, ainsi que les truites de mer de la baie, remontent dans le Currane, puis dans la Cummeragh, puis dans les lacs supérieurs. Autrefois, ou plutôt naguère, ces poissons se pêchaient par milliers. Des passionnés accouraient de toute l'Europe, jusqu'au jour où…

— La onzième plaie d'Egypte, Gwendal, le énième fléau du monde moderne ! Des porcheries de la mer, des cages à saumons dans cette baie magnifique ! Le scandale, au sens étymologique du terme : l'injure à Dieu et à la morale, le péché commis par la personne qui incite et par celle qui se laisse entraîner, la nature sacrifiée sur l'autel du profit ! Comme à Ballynakill, les membres de la secte sont arrivés en hiver, sans faire de bruit, secrètement acclamés par les chômeurs et les naïfs… Et puis… (sa véhémence s'est envolée dans un nuage de fumée de pipe) en apparence rien ne s'est passé. Mais au mois de juin, lors des premières remontées de truites de mer… Que diriez-vous d'un dernier pour la route ?

Nous nous sommes transportés au bar. Il n'y avait plus que nous et les homards, et quelques braises dans l'âtre. Edmond a toqué à la porte de la cuisine d'où parvenaient des bruits de casseroles qu'on range à la volée. Le chef, un type bougon, nous a servi deux Jameson, une dose à assommer un bœuf – à nous envoyer au lit, et bon débarras.

— Ne vous inquiétez pas, m'a chuchoté Edmond, il est toujours mal luné. On raconte qu'il sourit seulement quand il frappe une balle de golf. Par férocité, peut-être…

Nous avons trinqué.

— La truite de mer, vous l'ignorez sans doute, est anadrome. Elle vit dans les estuaires, où elle se nourrit de délicieuses crevettes, et une fois l'an remonte en eau douce pour se reproduire. La truite de mer est le plus beau des poissons, de loin supérieure au saumon. De mœurs nocturnes, elle ne mord que la nuit. Combative, elle vous arrache la canne des mains, d'autant qu'il y a des spécimens énormes… dix, douze livres… Maligne, elle choisit entre les mouches que vous lui présentez… Ponctuelle, elle est toujours au rendez-vous…

A la fin du printemps qui suivit l'installation des cages dans la baie, les pêcheurs commencèrent à prendre des truites de mer amaigries…

— Couvertes de poux de mer. Sucées jusqu'à la moelle, vidées de leur chair et de leur force. Elles se présentaient dans le goulet, essayaient de franchir les chutes, renonçaient, se laissaient porter par le courant, repartaient en mer. Les chiffres des prises chutèrent vertigineusement. L'année suivante, elles frisèrent le zéro. Les pêcheurs désertèrent le Lough Currane.

— Mais le saumon ?

— Les saumons étaient eux aussi envahis de poux de mer mais n'en paraissaient pas affectés. Mais auriez-vous envie de pêcher dans un endroit indubitablement pollué ? Le bruit a couru qu'il n'y avait plus de truites de mer à Waterville, cela a suffi. Au lieu de la corbeille d'or que les naïfs attendaient de la fish farm – pensez, une dizaine d'emplois non qualifiés… –, ce fut une catastrophe économique.

— Vraiment ?

— Dans ce coin-ci il y a une bonne centaine de familles qui vivent du tourisme de la pêche : une quarantaine de guides professionnels, des marchands d'articles de pêche, des fabricants de barques, des réparateurs de moteurs, des B&B, des hôtels, des pubs, des restaurants et tous les employés de ces gens-là. La révolte a grondé. Parce que, voyez-vous, le lien a été vite établi entre cages à saumons, poux et disparition de la truite de mer, d'autant que le même type de catastrophe s'était déjà produit en Ecosse, mais on croit toujours que ça n'arrive qu'aux autres, n'est-ce pas ? Une association de défense a été créée, SOS, pour Save Our Seatrout, elle a engagé un recours devant les tribunaux, le lobby aquacole a exigé des preuves. Comment voulez-vous prouver scientifiquement que la prolifération des poux de mer affecte la truite de mer ? Cela exigerait des années d'expériences contradictoires. SOS a opposé la simple observation : là où il y a des cages, problème ; là où il n'y en a pas, pas de problème. Alors, ont-ils eu gain de cause ? Pas du tout. Les gens de la fish farm ont déversé des tonnes d'on ne sait quel insecticide dans les cages – autant dire dans la baie. Leurs saumons ont commencé à nager sur le flanc, et les saumons sauvages avec. A ce moment-là, ç'a été la révolution. Des délégations sont allées rencontrer le ministre à Dublin. Tout Waterville a manifesté. Les employés de la fish farm n'étaient plus servis dans les pubs. La station-service était à sec pour leurs voitures et leurs camions. L'*Irish Times* en a fait sa une. Le lobby aquacole a cédé.

— Ils ont fermé l'élevage ?

— Certes non. Ils ont consenti à déplacer les cages hors de ce qu'on pourrait appeler la zone, ou l'éventail d'emprise de la fishery du Currane. Une sorte d'expérience. Encore qu'elle n'était pas dénuée de fondement. Basée sur les dires des anciens. Vous savez, les saumons et les truites de mer suivent le même trajet, au rocher près… Bref, les cages ont été éloignées et, miracle…

— Les truites de mer sont revenues.

— Elles disparaîtront à Ballynakill, Gwendal, et les saumons sauvages seront malades, si vous ne faites rien. C'est la même société, ce sont les mêmes procédés d'élevage, les conséquences seront les mêmes.

— Mais que puis-je faire ?

— Porter plainte, engager immédiatement une action juridique.

— A quel titre ? Avec quels arguments ?

— Les motifs d'une plainte sont faciles à trouver. Rappelez-vous que je suis un ancien magistrat.

— Vous m'aiderez ?

— Que croyez-vous ? Que je vais rester les bras croisés ? La guerre est déclarée, Gwendal !

Il paraissait frais comme une rose alors que mes paupières papillonnaient.

— Et si nous allions nous coucher ? ai-je proposé en bâillant.

— Il semble que cela soit souhaité, a constaté Edmond. Notre ami le chef a décrété l'extinction des feux…

Effectivement, tout était éteint. Nous avions terminé ce conseil de guerre à la lumière des braises, de l'ampoule de l'aquarium et du témoin lumineux du percolateur.

Edmond a trébuché sur la première marche de l'escalier et s'est raccroché à la rampe – pas si indemne que ça de nos libations, finalement.

— Réveil à quelle heure, Edmond ?

— En certaines circonstances, il est bon de laisser le corps dominer l'esprit. Comportons-nous en bêtes repues. Dormons tout notre soûl et réveil naturel, mon cher.

Il n'avait pas perdu son humour.

Nous nous sommes levés à neuf heures et demie. Une dame en coiffe et tablier nous a dressé la meilleure table de la salle à manger, contre la longue baie vitrée qui offrait un panorama de cent quatre-vingts degrés sur la baie de Waterville.

A peine assis, Edmond m'a prévenu : il partageait avec moi ce défaut de n'être pas du matin, et ne parlait qu'après avoir bu sa dernière tasse de thé.

Comme l'auberge était construite au sommet du cordon dunaire, à l'embouchure de l'Inny, et que la marée était haute, de notre place nous avions l'impression de nous trouver à bord d'un bateau. A l'horizon, je croyais deviner le cône pointu de la Grande Skellig – Edmond me détromperait, ce n'était qu'une roche de Bolus Head, perdue dans les brumes, ou un mirage suscité par un esprit avide de capter le mythe.

Très près de nous, une nuée de fous de Bassan tournoyaient au-dessus d'un banc de poissons – « *sand-eels* », m'a dit Edmond, laconique – sur lequel ils plongeaient de haut, ailes repliées, comme des stukas. Sortis du sable recouvert par le flux, les lançons étaient portés par le courant de l'Inny, qu'on distinguait nettement de l'eau de mer, jusqu'à ce que l'eau douce et l'eau salée se confondent dans un mélange bleu-vert, en aval des vagues courtes d'une barre écumante, où se concentraient les proies des fous de Bassan. Ils se gavaient de lançons, nous nous délections d'un petit déjeuner royal.

Nous avons fini notre deuxième théière, Edmond a bourré sa pipe, j'ai allumé une cigarette – j'avais décidé de ne plus me priver – et nous avons échangé un sourire de connivence.

— Tout ce que je vous ai raconté hier soir, j'aurais pu vous le raconter à Ballynakill, c'est ce que vous étiez en train de penser, n'est-ce pas ?

— Oui, mais quel dommage c'eût été... Le récit valait le déplacement, et réciproquement. Je n'aurais peut-être pas connu ce paysage avant des mois, ou des années.

— Vous êtes jeune, vous avez toute la vie devant vous pour découvrir l'Irlande.

— Et être digne de mon héritage ?

— Vous l'êtes, mais encore faut-il le préserver. Nous sommes ici pour cela. Au travail, mon garçon ! Oh ! oh ! oh ! Diable ! a-t-il ajouté. Regardez-moi ce qui nous tombe dessus.

Il s'était mis à pleuvioter de la neige fondue. Une pellicule de glace avait pris à la surface d'un bassin. On aurait dit que sur la mer venait de s'étaler une couche de mercure. Le vol de fous de Bassan tournoyait vers le large comme une hélice déséquilibrée, tour à tour visibles et invisibles sur le ciel anthracite, selon que le blanc de leurs ailes et le jaune orangé de leurs cous prenaient ou non la lumière pâle d'un soleil cerné de gris.

— Quand vous pensez qu'ils font l'ouverture du saumon sur le Currane au mois de janvier…

— Et il s'en prend ?

— Toujours au moins un. Sinon, ce serait de mauvais augure pour le reste de la saison.

— Qui dure jusqu'à quand ?

— Jusqu'au 30 septembre. Les guides ont trois mois pour se reposer. On affronte le blizzard ?

— Je n'ai pas de chapka.

— Un chapeau en tweed suffira.

Nous avons passé deux jours dans les environs de Waterville et deux autres nuits au Lobster's Inn – c'est-à-dire deux autres soirées hédonistes, sur la mauvaise pente de l'alcoolisation conviviale et des excès gastronomiques.

— Allons, me tancerait Edmond, à votre âge on ne surveille pas sa santé comme un vieil hypocondriaque… Nos chères épouses sauront bien nous mettre au régime…

Pendant ces deux jours, nous avons rencontré un tas de gens du milieu de la pêche. Le but d'Edmond était clair : me faire prendre conscience du danger que courait la Blackross et me graver dans l'esprit la nécessité de me battre – de défendre une portion de l'Eden.

Des *gillies* nous ont reçus chez eux, souvent dans des maisonnettes bâties sur les hauteurs autour du Lough Currane. Edmond n'exigeait d'eux ni plaidoyer ni réquisitoire, il les faisait parler, simplement, de leur amour de la nature, de jours de pêche mirifique, et comment ce miracle des remontées de saumons et de truites de mer avait été anéanti pour le profit médiocre d'une multinationale, comment leurs revenus avaient chuté, comment ils avaient dû se priver, et comment ils avaient lutté, jusqu'à la victoire finale : la reconquête de la qualité des eaux de la baie et du bassin versant.

Le point d'orgue de mon initiation fut ma présentation à un dieu vivant, héros de la guerre contre la Salmon Farming Inc., fondateur de SOS : Nial O'Shea, espèce de John Wayne faussement nonchalant, aux phrases pesées et définitives, à condition de bien comprendre son accent des quartiers populaires de Londres où il s'était exilé dans sa jeunesse, le temps d'épargner la plus grosse part de son salaire de manœuvre, pour revenir monter son affaire dans sa région natale.

Il était propriétaire d'une grande guesthouse sur la rive orientale du Currane. Au bas de la maison, il avait aménagé un port miniature avec un quai protégé des vents dominants, ouest et sud-ouest, par une digue en forme de croissant. Une dizaine de barques, toutes équipées d'un moteur hors-bord, y étaient amarrées. A mi-chemin de la maison et du port, se dressait un élégant local de service en pin lasuré bleu nuit et couvert de bardeaux en cèdre passés au crésol. La moitié du local, que nous avons visité, était réservée aux clients pêcheurs, pour se changer, y accrocher leur attirail quand ils étaient pensionnaires, boire le thé, se reposer. Sa femme tenait la guesthouse avec l'aide de deux dames, en haute saison. Leurs trois enfants, des adolescents, leur donnaient un bon coup de main pendant les vacances. Un havre de paix et de bonheur. Que les vents mauvais de l'aquaculture avaient failli dévaster. Nial O'Shea a martelé la table en retenant son poing.

— Chez vous ce sera exactement pareil, exactement pareil (*The same*, qu'il prononçait « saïme ») ! Ils empoisonneront la baie, les truites de mer crèveront et après ce sera le tour des saumons sauvages. N'attendez pas un jour de plus. Attaquez-les, tout de suite !

— Gwendal craint qu'on ne l'accuse d'ingérence dans les affaires irlandaises, s'est moqué Edmond.

— Vous n'êtes pas étranger, vous êtes un McGovern ! Toute l'Irlande sera derrière vous.

— Sauf les traîtres, a badiné Edmond.

— Les traîtres et les mouchards, on leur tord le cou !

Et c'est ainsi que j'ai repris le volant en qualité de président délégué de SOS pour le Nord-Ouest. Je ne pouvais plus reculer. Edmond m'a dit :

— Vous savez ce qu'on fera, plus tard, puisque nos épouses s'apprécient et s'accommodent de notre absence ? Nous partirons en célibataires, pendant un mois.

— Au Club Méditerranée ?

— A la pêche, bougre d'imbécile !

Le soir nous étions de retour au bercail. La voiture de Magali était garée sous l'auvent, à côté du break Volvo et de la Mercedes d'Edmond. J'ai donné un coup de Klaxon. Aucune des ladies n'est accourue. Nous sommes entrés. Anjela, Margaret et Magali étaient assises autour de la cheminée. Anjela et Margaret se sont levées.

— Edmond ! Enfin ! a lancé Margaret. On avait dit deux jours, pas trois ! Nous t'attendions ! Nous avons besoin de tes lumières de juge !

Anjela s'est nichée dans mes bras.

— Magali…

Je la voyais de dos. Elle n'avait pas bougé. Elle s'est retournée d'un coup. Elle avait le visage tuméfié : une lèvre fendue, une joue meurtrie et un œil au beurre noir.

A ce moment-là, je me suis dit qu'aucun paradis n'existait sur terre. Mais ce serait mentir que de prétendre avoir deviné que nous étions montés à bord d'un camion fou, sans freins, au sommet d'une pente que nous allions dévaler.

C'était pourtant le cas.

15

— Hi, Gwen ! a dit Magali en tordant la bouche. L'autre con a été démobilisé et il m'a foutue dehors.

Elle s'était bercée de l'illusion que son Sean accepterait un modus vivendi. La maison était assez grande pour qu'ils y vivent sans se marcher dessus, en attendant un arrangement. Mais elle n'avait pas pu jouer de ses charmes, ni de son esprit de persuasion, ni en appeler à la raison.

Sean Delaney avait débarqué la veille et lui avait jeté à la figure un paquet de lettres anonymes qui détaillaient ses frasques – ses virées avec ses amis musiciens, leurs nuits blanches à Blackross House. Il avait toutes les bonnes raisons du monde de se croire cocu, et il l'était, puisque moi-même… Refusant toute discussion, de sa voix de sous-off, il avait aboyé les paroles essentielles : « La maison m'appartient, tout ici m'appartient, dehors ! » Je n'imaginais pas Magali récitant son acte de contrition. Elle l'avait traité de tous les noms, il l'avait frappée.

— Il faut réagir, a dit Edmond. Les hommes violents recommencent toujours, croyez-en mon expérience.

Magali a haussé les épaules.

— Il n'y a pas de femme dans la Garda locale. Les gardai sont aussi machos que les autres. Ils enregistreront ma plainte mais rigoleront entre eux.

— Ce n'est pas faux, a convenu Edmond.

— Et n'oubliez pas que je suis française. L'incarnation du vice et de la luxure.

— Vous exagérez, a dit Margaret.

— Ah, il serait temps que l'Irlande entre dans le monde moderne, a dit Edmond. Le divorce résoudrait bien des conflits.

— S'il y avait un référendum je voterais non, lui a répondu Margaret. La loi ne peut pas désunir ceux que Dieu a unis.

— Constatez-le, mon cher Gwendal, nous ne sommes pas sortis de l'auberge, a plaisanté Edmond. Bon, nous allons vous laisser… Vous pensez à notre affaire ?

— Je prendrai rendez-vous avec Carolyn Cusack.

— Explorez la piste des pertes que subira l'exploitation de votre manoir-hôtel. Vous verrez, vous aurez des défections de la part des pêcheurs dès que cela se saura qu'il y a de la pollution en perspective. Dites-lui aussi… Bah ! Elle trouvera l'angle d'attaque, je lui fais confiance là-dessus. Vous me tenez au courant ?

— Promis !

— Et pensez à organiser une réunion publique de SOS. Il faut mobiliser la population ! N'oubliez pas : Vox populi, vox dei !

Une fois les Conroy partis, Magali m'a demandé :

— Vous causiez de quoi ? De l'élevage de saumons dans la baie ?

— Oui. On revient du Kerry, où il y a eu de très gros dégâts sur la truite de mer. Edmond m'a conseillé d'engager une action juridique.

— Eh ben, ça promet ! Parce que je ne vous ai pas dit la meilleure… Mon Sean, le boulot qu'il a dégotté dans le coin, c'est la direction de la fish farm. Ce serait vraiment plaisant que tu lui rentres dans le lard.

Je n'étais plus sûr du tout de vouloir la bagarre…

— Tu sais, Magali, tu peux rester chez nous autant de temps qu'il le faudra, a dit Anjela.

— Sympa de votre part, mais bon, je ne voudrais pas m'imposer.

— Je t'assure, tu ne nous dérangeras pas, ai-je dit.

— Bon, d'accord… Je squatte une piaule dans votre nid d'amour le temps que…

Qu'elle essaie de récupérer ce qui lui appartenait, à Blackross House : des bibelots, des meubles, la télé, la chaîne hi-fi ; et puis le temps de trouver un boulot.

— Si l'autre con croit que je vais me casser d'Irlande, il se fourre le doigt dans l'œil jusqu'au fondement, a-t-elle dit en esquissant un sourire.

Mais sa blessure à la lèvre s'est rouverte. C'est avec un Kleenex sur la bouche et en remuant à peine les lèvres qu'elle a continué de se foutre du sort :

— Les bigotes vont se déchaîner… Vont tremper leur plume dans tous les bénitiers du comté. Un Français marié qui prend pour première concubine la fille du péché… La totale. On va t'accuser de bigamie, mon vieux.

— De polygamie. Tu oublies Sally. Une femme disponible.

— Mais à qui les bonnes âmes vont-elles bien pouvoir écrire ? s'est interrogée Anjela.

— A Jean-Paul II, probablement, a répondu Magali.

— Pas de bile à se faire, j'aime la compagnie des femmes.

— Encore heureux ! ont-elles clamé en chœur.

Pendant les quelques semaines de paix qu'il nous restait à vivre avant la tragédie, j'aimerais la réunion de ces trois présences féminines, ces parfums différents, ces babillages, ces petits rires étouffés à mes dépens, Sally se faisant parfois la complice de mes deux « épouses » pour taquiner le mâle de la maison.

Ce soir-là de l'installation de Magali chez nous, j'ai fait cette confidence à Anjela, sur l'oreiller :

— J'ai envie de tout laisser tomber. Tous ces soucis en perspective... Les chambres d'hôtes, la réglementation de la pêche, la bagarre contre les cages à saumons...

— C'est toi qui décides.

— Est-ce qu'on a besoin de ça pour être heureux ?

— Moi non. Mais toi ? Peut-être que tu finirais par t'ennuyer. Les hommes adorent ça, des combats à mener.

— Et des femmes à aimer.

— *Des* femmes ?

— Pardon, *une* femme.

— La femme n'est-elle pas le repos du guerrier ?

— Le repos, c'est une façon de parler, ai-je dit en engageant des travaux d'approche.

— Sois sage, Magali pourrait nous entendre...

Le sommier grinçait. On a étalé l'édredon par terre et on a fait l'amour sur le plancher, comme des amants clandestins.

Je crois que si Anjela m'avait dit ce soir-là « Mais oui tu as raison, à quoi bon s'enquiquiner, vivons seuls et cachés », j'aurais vraiment tout laissé tomber. Seulement voilà, elle ne l'a pas dit, et je ne lui donne pas tort. Moi-même je n'envisageais pas l'oisiveté totale comme la panacée. Nous étions trop jeunes pour vivre comme des rentiers. Cependant, je serais bien resté dans l'indécision, roulé dans le duvet moelleux du wait and see. Les événements ne me l'ont pas permis.

D'abord, à la suite des annonces dans la brochure *Hidden Ireland* et les magazines de pêche, nous avons commencé à recevoir des coups de fil de pêcheurs. Des demandes de renseignements plus que des réservations fermes. Ainsi que me l'avait annoncé Edmond, le téléphone arabe fonctionnait à la vitesse grand V dans ce milieu. Les gens s'inquiétaient de la fish farm et de ses conséquences sur la population de truites de mer. Que pouvais-je répondre ? Que le problème serait réglé lors des premières remontées ? Impossible. Noyer le poisson, raconter des histoires, du style élevage bio, rien à voir avec ce qui s'est passé dans le Kerry ? Non. Sur cette question, il était urgent de prendre une décision : arrêter ça. Mais je reculais. Demain est un autre jour, l'année prochaine est une autre année…

Nous avons pris une seconde ligne de téléphone, en liste rouge, et pour celle figurant sur les publicités nous avons acheté un répondeur et enregistré un message disant grosso modo « Si vous appelez pour réserver, désolés, un retard dans les travaux nous oblige à reporter l'ouverture du manoir-hôtel et de la fishery à la prochaine saison ». Je me suis senti soulagé d'un grand poids. L'idée d'accueillir des gens chez nous, d'être aux petits soins, voire à leur botte, de subir leurs manies et leurs chichis, tout ça me paraissait maintenant totalement saugrenu. Pour parler crûment, ça me gonflait. Un souci de moins.

J'ai informé le Western Fishery Board de ma décision de ne rien modifier cette année. Déçus, ils m'ont conseillé néanmoins un moyen terme : réduire le braconnage en interdisant l'accès à la Blackross trois ou quatre jours par semaine. Nous sommes convenus de la laisser libre les vendredis, samedis et dimanches. Un deuxième souci de moins.

Je n'ai pas pu évacuer le troisième. C'est peu dire qu'Edmond m'a relancé : il m'a botté les fesses. Un juge, fût-il à la retraite, déteste abandonner les poursuites. Et puis j'ai bien senti qu'à travers moi il défendait sa propre cause, en changeant de bord, en passant de l'autre côté du prétoire, en échangeant son étole de magistrat contre le jabot d'avocat. Alors que je m'interrogeais sur la manière la plus élégante de me débarrasser de ces fichues responsabilités au sein de SOS, il m'a appelé, guilleret.

— Réunion chez Moran mardi, vingt heures.

Il avait tout organisé : affichettes à déposer dans les commerces, bulletins d'adhésion à l'association, discours que je prononcerais.

— Ne vous inquiétez pas, je vous donnerai un coup de main. Et n'oubliez pas notre devise : Nous ne nous rendrons jamais !

Edmond m'a poussé dans l'arène, et l'arène, ce n'est pas une simple coquetterie de style.

Je n'étais jamais entré chez Moran. Le bar proprement dit était contigu à un hangar transformé en vaste salle haute de plafond. A mi-hauteur, sur trois côtés, courait une tablette sur laquelle s'alignaient des trophées de chasse et de pêche, fouines, martres, blaireaux, belettes et renards empaillés, truites, saumons, perches et brochets naturalisés, si bien qu'on avait l'impression de se trouver dans un musée d'histoire naturelle locale. En dessous de l'étagère, contre les murs et sur trois côtés également, des bancs étaient fixés au sol. Une fois par mois, on donnait dans cette salle un bal à l'ancienne où un public mélangé, jeunes férus de culture irlandaise et vieux nostalgiques du bon vieux temps, dansait le quadrille, la gigue et la valse écossaise. On s'asseyait sur les bancs pour se reposer, ou faire tapisserie, ou regarder les danseurs.

Une table et deux chaises avaient été transportées au centre de l'arène. Edmond et moi étions cernés, puisque les gens qui n'avaient pas pu s'asseoir sur les bancs étaient massés devant la porte battante qui séparait le pub de la salle. Avec le sérieux d'un enfant de chœur portant les saintes huiles, madame Moran nous a apporté deux pintes de Guinness. Nous avons levé nos verres, slainte, slainte !...

Edmond était à son aise : il avait l'habitude des salles d'audience et la foule ne lui faisait pas peur. Je me suis assis, il est resté debout. Pendant qu'il me présentait et introduisait le débat, j'ai balayé la salle du regard : des hommes, rien que des hommes, beaucoup de visages croisés au bourg, venant de fermes alentour, et tous attentifs, tous disciples du dieu saumon et de la déesse truite de mer. La plupart tenaient une pinte de bière entre leurs mains, ou la posaient par terre, entre deux gorgées.

Edmond m'a laissé la parole. Rassuré par l'absence d'hostilité mais néanmoins impressionné par la *performance* qu'on attendait de moi, j'ai commencé à lire le speech que m'avait préparé Edmond. Un texte digne de lui, à la fois émaillé d'humour et bien structuré.

Edmond m'a fait dire d'entrée que j'étais désolé, absolument désolé d'avoir hérité de Ballynakill Manor, et de m'être ainsi approprié, à mon corps défendant, une parcelle de cette merveilleuse partie du monde. Mais bon, qui refuserait un héritage ? Qui déchirerait un billet de loterie gagnant ? Et d'ailleurs, avais-je gagné à la loterie ou n'était-ce que la conclusion heureuse d'une longue et triste histoire, celle des McGovern de Keelkyle, contraints d'émigrer, etc.

Liaison : non seulement je descendais des McGovern de Keelkyle mais encore j'étais irlandais de cœur, et voulais vivre et mourir en Irlande. Voilà pourquoi mon intention n'était pas de jouer les châtelains, ni de ressembler à ces riches étrangers qui achètent tout, s'enferment dans leurs propriétés et enquiquinent tout le monde en refusant le mode de vie irlandais. J'avais donc le plaisir d'annoncer plusieurs choses : le parc de Ballynakill et les berges de la Blackross demeureraient ouvertes aux promeneurs…

— Et la pêche ? m'a coupé un gaillard.

— Nous y arrivons, a dit Edmond.

Il était nécessaire de réglementer quelque peu la pêche, ai-je dit. Voilà pourquoi la Blackross serait privatisée, soumise à la gestion du Western Fishery Board (mines consternées des braconniers) mais accessible aux locaux, gratuitement, le week-end (applaudissements, hochements de tête satisfaits). Cependant, dans un premier temps, nous allions tous devoir nous mobiliser, nous autres propriétaires de droits de pêche et usagers, contre le péril qui venait d'apparaître dans la baie : l'élevage de saumons.

— Y a qu'à barrer la route à leurs camions ! a hurlé un excité en prenant à témoin ses voisins, qui ont surenchéri.

— Pas de violences, pas de violences, a temporisé Edmond.

Une fois le calme rétabli, il en a profité pour prendre le relais afin d'exposer dans le détail la catastrophe qui s'était produite à Waterville. Il était parvenu aux trois quarts de sa démonstration lorsqu'une bousculade s'est produite du côté de la porte. Cinq types forçaient le passage, comme un seul et même coin à fendre les souches. Ils se sont plantés debout au premier rang, sourire goguenard aux lèvres sous les regards hostiles. Des contradicteurs. Des trouble-fête. Des semeurs de merde venus en uniforme pour bien afficher la couleur : ils portaient tous une veste matelassée orange avec à gauche, sur la poche de poitrine, le badge vert et blanc de la Salmon Farming Inc. Lequel des cinq était le Sean Delaney de Magali ? Le balèze au crâne rasé et à la gueule carrée ? Oui. J'en aurais confirmation un instant plus tard quand quelqu'un lui lancerait :

— T'aurais mieux fait de rester dans l'armée, espèce de trou du cul !

Enfin, c'est ce que j'ai cru entendre en plein brouhaha d'insultes et d'engueulades. Parce que ça n'a pas traîné, le Sean Delaney a attaqué bille en tête. Il a coupé Edmond au milieu d'une phrase et interpellé l'assistance :

— Alors comme ça, bande de culs-terreux, vous préférez pointer au chômedu plutôt qu'aider l'Irlande à se tirer du merdier ? Qu'est-ce que vous croyez ? Que l'Irlande va regarder le reste du monde s'enrichir ? Qu'on va se la couler douce en pêchant à la ligne pendant que les autres investissent à tour de bras ? Vous voulez qu'on reste une peuplade d'arriérés ?

— Y a autre chose à faire qu'empoisonner les rivières !

— C'est ça. Emigrer et aller bosser ailleurs !

— C'est toi qui vas aller polluer ailleurs, enculé !

— Qui parle de polluer ?

— On sait bien comment ça va se passer ! Edmond vient de nous le dire ! Les truites de mer et les saumons vont choper des maladies !

— On fait pas d'omelette sans casser des œufs !

— Va faire tes omelettes aux States !

La discussion a très vite dégénéré. Les cinq de la Salmon Farming Inc. ont été entourés et poussés dehors, sans gnons ni coups de boule ni coups de genou en traître, comme un pack de rugby repousse le pack adverse. Mais à l'extérieur la bagarre s'est déclenchée.

— Messieurs ! Messieurs, je vous en prie ! criait Edmond.

Le gyrophare de la Ford Granada de la Garda a mis fin à la mêlée. L'escouade de la Salmon Farming Inc. s'est engouffrée dans une camionnette qui a démarré sans que le flic, Paddy O'Grady, sergent de la Garda, chef du poste de Letterfrack, fasse quoi que ce soit pour l'arrêter. On s'en doute, Edmond, ancien juge, était dans les petits papiers du policier.

— Hello, Edmond ! Bonsoir, sir.

— Hello, Paddy.

Paddy O'Grady avait la bouille ronde et la bedaine d'un bon vivant, mais, comme tous les flics du monde, il a d'abord affirmé son autorité.

— La prochaine fois que vous organiserez une réunion publique, faudra me prévenir, nous a-t-il reproché d'un ton bougon.

— Bah ! Les esprits se sont échauffés, voilà tout, a répondu Edmond.

— Cette histoire de cages à saumons ne me dit rien qui vaille.

Edmond a saisi la balle au bond :

— Ah ! ah ! Vous êtes donc d'accord avec nous ?

Paddy O'Grady s'est détendu.

— Je n'ai pas dit ça.

— Mais vous n'en pensez pas moins ?

— Hé ! hé ! Vous ne le saurez pas, Edmond.

— Pourtant je vous vois assez souvent avec une canne à pêche à la main.

— Vous me reposerez la question au bord de la rivière, quand je ne serai pas en tenue.

— Je n'y manquerai pas, Paddy, je n'y manquerai pas.

— En attendant, pas de vagues, hein !

— Monsieur Maguern entend bien rester sur le terrain juridique.

— Vous allez porter l'affaire devant les tribunaux, c'est ça ? Hum ! Pas gagné d'avance ! Les gens de la fish farm ont toutes les autorisations. Rien de plus légal que ces cages à poissons.

— Nous verrons, Paddy, nous verrons ! a claironné Edmond.

Paddy O'Grady m'a regardé en fronçant les sourcils.

— Pas de problèmes chez vous, sir ?

— Pas de problème.

— Vous avez embauché ce bras cassé de Dickie, m'a-t-on dit. Il ne vous cause pas de soucis ?

La question m'a déconcerté.

— Euh, aucun, pourquoi ?

— Pour rien. Excusez-moi, faut que je continue ma ronde.

Après son départ, tandis qu'on traversait la route pour rejoindre Anjela et Magali chez O'Flaherty, Edmond m'a confié sur le ton de la plaisanterie (calomnie ou médisance ?) :

— La ronde... Vous savez ce qu'on raconte ? Dans le temps, avant les voitures, les gardai faisaient leur ronde à bicyclette. Quand le temps était trop mauvais, ils restaient au chaud à la caserne... et rédigeaient de faux comptes rendus de rondes. « Rencontré untel sur le route de... Il était ivre... L'avons verbalisé... Au carrefour de... les vaches de trucmuche divaguaient. Nous nous sommes déplacés jusqu'à sa ferme pour le lui signaler et l'avons menacé de dresser procès-verbal à la prochaine infraction... » Le plus drôle, c'est qu'il fait souvent très mauvais, en Irlande. Alors, à force, les gardai se trouvaient à court d'inventions. Si bien qu'ils devaient mettre épouses et enfants à contribution, dès qu'ils savaient écrire. Peut-être que cela explique qu'il y ait autant de romanciers en Irlande !...

Nous en riions encore en entrant chez O'Flaherty. Nos rires ont été coupés net par la mine d'enterrement de Magali et d'Anjela. J'ai tout de suite pensé à un nouvel accrochage entre Magali et son Sean Delaney. Je n'y étais pas du tout.

— Joséphine a été hospitalisée, nous a dit Anjela. Le cœur...

16

Joséphine avait un cœur gros comme ça. Et encore plus que ça, comme on va le voir. Alors, ce serait déloyal d'accuser le cœur de Joséphine de complicité avec les dieux. Pourtant, ce cœur malade ajouta un maillon à la chaîne de la fatalité.

Le cœur de Joséphine a tenu. Environ deux semaines plus tard, j'ai été surpris que la bonne vieille dame m'appelle au téléphone.

— Allô ? Gwendal ? Joséphine O'Flaherty.

— Joséphine ! Ils vous ont ressuscitée ! Quel bonheur de vous entendre !

J'étais d'une sincérité absolue. L'idée que Joséphine puisse mourir m'avait bouleversé. Je m'étais fourré dans la tête que tout resterait immuable autour de nous, en Irlande, tant que nous y vivrions. Rien ne meurt, dans les jardins d'Eden. Les arbres n'y perdent même pas leurs feuilles et les fleurs ne fanent jamais.

— C'est la dernière fois que je passe au travers, a dit Joséphine.

— Mais non, vous vivrez cent ans !

— Oh non ! Et d'ailleurs ce n'est pas souhaitable. Un jour, il faut céder sa place sur terre.

— Allons, Joséphine…

J'entendais sa respiration difficile. Après un moment de silence, elle a dit :

— J'ai besoin de vous voir.

— Bien sûr que nous allons aller vous voir à l'hôpital.

— Je ne suis plus à l'hôpital.

— Vous êtes rentrée ?

— Je me repose. On m'a ordonné de me reposer. Un mois, deux mois, le temps qu'il faudra… Je suis à Corrib Wave, un nursing home entre Clonbur et Cornamona. Vous voyez où c'est ?

— Très bien. Une grande maison rose. Quand voulez-vous que je vienne ?

— Comme on ignore de quoi demain sera fait, le plus tôt sera le mieux.

— Cet après-midi ? Vers quatre heures ? Je suppose que vous vous reposez après le lunch…

Elle a eu ce rire léger de petite fille que j'aimais tant.

— Oui, en attendant le repos éternel.

— Joséphine !

— Vous êtes un gentil garçon, Gwendal. Venez, je vous en prie…

Bâti au premier tiers d'une colline sur la route de Cornamona, Corrib Wave était une grande et élégante demeure à deux étages, qui faisait plus songer à un lieu de villégiature qu'à un nursing home – une maison de retraite privée. Au nombre de ses fenêtres on pouvait estimer celui de ses chambres, et par conséquent celui de ses résidents à une dizaine de gens âgés. Par-delà la perspective d'une allée de frênes, son parc et sa façade dominaient l'un des plus beaux paysages lacustres du comté de Mayo : la pente douce de pâturages où s'entrecroisaient des murs en pierre sèche, la rive du Corrib bordée d'aulnes entre lesquels on devinait les barques des pêcheurs, et le lac, constellé d'îles allongées, parallèles comme des lignes de pointillés.

On approchait de la Saint-Patrick et du moment de semer les pommes de terre dans les potagers exposés au sud. Le soleil brillait, l'air se réchauffait, quelques personnes âgées prenaient le bon air, assises sur des bancs disposés en arc de cercle devant la résidence, siégeant comme un comité d'accueil, ou un tribunal de juges muets et au regard fixe qui jaugent, blâment ou apprécient dans leur tête l'assiduité des visiteurs. Une vieille dame s'est dressée sur ses jambes frêles en s'appuyant sur une canne.

— Comment allez-vous, Joséphine ?

— Pas très bien, Gwendal. Donnez-moi votre bras…

Dans les restaurants et hôtels où je me rendais, dans ma vie antérieure de représentant – incroyable comme elle me paraissait lointaine –, il y avait souvent une mamie, mère ou belle-mère du tenancier, assise dans un coin du salon, posée là comme un bouquet de fleurs séchées, et qui se déplaçait en s'accrochant aux meubles, et semblait méditer ce qui se disait sur la prochaine saison qu'elle ne verrait pas.

Joséphine m'a fait penser à un oiseau blessé et, sans doute à cause de ses cheveux d'un blanc bleuté et de son châle vert pâle, à une mésange désailée, vulnérable, trop fragile pour être soignée.

Monter les trois marches du perron a été toute une entreprise. Elle posait un pied sur une marche, puis l'autre, chancelait un instant les pieds joints, puis posait un pied sur la marche suivante, puis l'autre. J'avais l'impression de tenir sa vie entre mes mains. A petits pas, nous avons progressé vers le salon et je l'ai tenue comme une poupée pendant qu'elle s'asseyait sur une chaise. Une dame en tablier blanc, une dame costaude et joviale, une Sally dans la cinquantaine, est aussitôt apparue pour servir le thé que Joséphine avait commandé.

Je demeurais silencieux, l'esprit envahi de tout un tas de truismes tournant autour de la condition humaine, du corps qui un jour forcément vous trahit, et de l'esprit qui accepte ou non la proximité de la mort. En même temps, je ressentais cette supériorité coupable et distante de l'être jeune et en bonne santé en présence d'un moribond que les conventions obligent à réconforter. Joséphine ne demandait aucune parole convenue : elle attendait la fin avec lucidité et sérénité.

— Me voilà arrivée au bout du chemin… Je n'ai pas à me plaindre, j'ai eu une bonne vie…

Elle parlait d'une voix essoufflée, mais sans se départir de son pâle sourire, comme si elle était gênée d'exiger de moi beaucoup de patience.

— Mes enfants sont tous à l'étranger… Il faut que j'arrange mes affaires avant de partir… Je ne veux pas qu'ils aient des soucis après mon départ… Je pense qu'il vaut mieux qu'ils n'aient que de l'argent à se partager… J'ai décidé de mettre le pub sur le marché…

Elle avait prononcé la dernière phrase sur le même ton et avec la même lenteur que le reste, aussi suis-je resté sans réaction. Et puis il y avait cette drôle d'expression, *I have resolved to put the pub on the market*, qu'il m'a fallu plusieurs secondes pour comprendre.

— Sur le marché ?

— Je vais vendre le pub et la guesthouse. Tout. Ce sera plus simple.

Qu'attendait-elle de moi ? La fréquentation des paysans autour de Bernbily m'avait familiarisé avec les méandres langagiers, avec ces circonlocutions qui n'en sont pas vraiment puisque l'autre vous fait l'honneur de vous laisser le soin de les interpréter – vous attribue assez d'intelligence pour les déchiffrer.

— Et vous pensez que je peux vous rendre service ? me suis-je contenté de dire, en songeant qu'il se pouvait bien en effet qu'elle ait besoin de quelqu'un – mais pourquoi moi, un étranger, et non pas un parent ou un ami de longue date, ou un voisin de Keelkyle ?

— Plus que ça, Gwendal, beaucoup plus que ça. Voyez-vous…

Elle ne voulait pas qu'O'Flaherty's tombe entre de mauvaises mains. Elle ne voulait pas qu'il soit acheté par des hérétiques. Elle avait peur que le pub ne soit transformé en établissement moderne, avec des néons clinquants, des couleurs criardes, des télévisions partout, des « appareils » qui beugleraient de la « musique de drogués ».

— Je me retournerais dans ma tombe.

Elle voulait céder O'Flaherty's à quelqu'un qui aime les lieux et les respecte, et perpétue sa mémoire.

— Vous comprenez, c'est toute ma vie.

— Je ne saurais pas tenir un pub, Joséphine, lui ai-je dit doucement, croyant la précéder dans sa confidence.

— Oh, ce n'est pas vous que j'ai en tête, a-t-elle répondu en riant, ce qui l'a fait tousser, ni à votre chère Anjela, que je n'imagine pas derrière un bar non plus. Pas vous deux, quoique… dans mon esprit vous êtes aussi concernés.

Elle a pris une longue inspiration, ses joues, aux ailes du nez, sont devenues livides, elle s'est tapoté le cœur, toujours en ayant l'air de s'excuser.

— Voyez-vous, Gwendal, Magali n'est pas irlandaise, mais…

Magali ! Son nom prononcé juste au moment où j'y pensais. Où j'allais l'imaginer – et je l'imaginais, un bref instant plus tard, pendant que Joséphine cherchait ses mots – aux commandes d'O'Flaherty's, régnant au bar comme aux cuisines, veillant à ce que les chambres soient impeccables, se mettant en cheville avec des tours opérateurs pour les remplir pendant toute la saison, organisant des concerts, des fêtes…

— Magali n'est pas irlandaise, mais elle respecte l'Irlande bien plus que la plupart des Irlandais ne la respectent. Oui, je suis sûre que… Si elle reprenait l'affaire, je mourrais en paix. Nous nous ressemblons, elle et moi. Combien de fois n'ai-je pas eu l'impression de me revoir, à son âge… Veuve, j'ai dû me battre… Elle n'est pas veuve mais c'est pire… Elle est seule, et elle s'est battue, et elle se battra encore… Bien sûr, les grenouilles de bénitier… Mais bon, ce n'est pas parce qu'on fréquente des musiciens qu'on va au lit avec eux. Et puis nous en avons déjà parlé…

Les femmes en Irlande n'ont que trop tardé à revendiquer leur liberté... Moi-même, si j'avais vingt ans aujourd'hui... Le seul tort de Magali, c'est d'avoir épousé une brute. Si elle prend O'Flaherty's, elle ne dépendra plus de lui.

— Je suis entièrement d'accord avec vous, Joséphine. Mais... que puis-je faire ? Transmettre votre proposition à Magali ?

— Pas seulement. Je ne serai pas exigeante, je ne demanderai rien de plus que le prix du marché, mais Magali n'a probablement pas les moyens d'acheter. Il faudrait que vous l'aidiez. Vous êtes propriétaire de Ballynakill ; avec votre garantie, les banques lui prêteraient de l'argent.

Etonnant phénomène de transmission de pensées : j'étais déjà en train de songer à la façon de monter l'affaire.

— Je ne peux pas m'engager tout de suite, Joséphine.

— Vous voulez bien y réfléchir ?

— Pour y réfléchir, je vais y réfléchir. Dès ce soir. Avec Anjela et Magali, si vous me le permettez.

Elle m'a pris la main.

— Je suis sûre que vous trouverez une solution. Vous savez, nous avons le même conseil juridique.

— Carolyn Cusack ?

Elle a opiné.

— Vous lui en avez déjà parlé ?

— Oui, pardonnez-moi, a-t-elle avoué.

— Vous m'épatez, Joséphine.

Le thé était froid. Nous n'avions pas touché aux biscuits au gingembre. Joséphine m'a raccompagné jusqu'au perron, nous nous sommes fait la bise, elle est passée de mon bras au bras de la dame en tablier et je suis parti, sous les regards des vieux messieurs envieux de ma jeunesse.

De retour à Ballynakill, j'ai ménagé mes effets… Sans dire un mot, j'ai sorti les flûtes et une bouteille de champagne et lancé à « mes femmes » :

— Asseyez-vous, les filles, si vous ne voulez pas en tomber sur le…

— Attention ! m'a prévenu Magali.

— Sur le derrière.

— On aime mieux !

J'ai rempli les coupes et porté un toast :

— A Joséphine ! A O'Flaherty's !

— A cette chère Joséphine ! Mais pourquoi à O'Flaherty's ?

Je le leur ai dit, elles en sont restées baba.

— Alors, qu'est-ce que tu en penses ? ai-je demandé à Magali, en qualité de principale intéressée.

— Ce que j'en pense ? Eh ben, que j'y avais pensé, figurez-vous. Plus exactement, que j'y ai rêvé.

— Considère que ton rêve est réalisé !

— Ho ! Attends un peu, j'ai quelques livres de côté mais de là à acheter une affaire pareille…

— On a ce qu'il faut. J'ai vendu ma maison en Bretagne, il me reste encore un bon paquet de l'héritage du tonton McGovern, pas la peine d'engraisser les banques. Et j'imagine que cette affaire n'est pas un mauvais placement. On prend O'Flaherty's à trois. Il y a sûrement un tas de solutions. Par exemple, Anjela et moi, on achète les murs, tu reprends le fonds de commerce et tu t'occupes du pub et du restau…

— Et on s'occupe toutes les deux de la guesthouse, a dit Anjela. On peut développer l'hôtel.

— Tu bosserais avec moi, mon Anjela ?

— Tu parles que oui, ma Magali !

— Ce serait formidable, ai-je dit. Et si on repartait vers notre idée de parcours de pêche, quand cette histoire de cages à saumons sera réglée, on logerait les clients chez O'Flaherty. Ça nous simplifierait la vie. On serait tranquilles à Ballynakill.

— Tranquilles à Ballynakill, ça rime, a dit Anjela.

— Je marche, a dit Magali.

On a choqué nos coupes.

— Je n'en reviens pas, a dit Anjela. C'est fou la vitesse à laquelle les choses changent. Avant-hier, on ouvrait des chambres d'hôtes, hier on renonçait, aujourd'hui on achète un pub et un hôtel…

Magali la pragmatique a mis un bémol à notre excitation :

— Joséphine t'a bien dit qu'elle traiterait de gré à gré ?

— On a le même conseil juridique. Elle lui en a déjà parlé.

— Dans ce cas…

— Pourquoi cette question ?

— D'habitude, dans notre chère Irlande, les négociations sont plutôt tordues.

— Comment ça ?

— Genre discussion de maquignons, tu vois le tableau ?

— Pas tellement. J'ai la promesse de Joséphine, non ?

— Sûrement, mais…

La moue de Magali m'a fait craindre un accès de pessimisme, ou de lucidité, que je n'avais aucune envie d'entendre. J'ai regonflé le moral des troupes :

— J'appelle Carolyn Cusack dès demain matin et après-demain tout est réglé. Slainte !

— Tu as raison, faut y croire, a dit Magali. Slainte !

Puis, imitant la voix de Dickie :

— Sloncheu ! Sloncheu ! Dis donc, Anjela, on n'a pas fini de se faire lécher le museau par cet animal de Dickie… Des fois qu'il s'incruste tous les soirs…

— On mettra une boîte de lingettes démaquillantes sous le bar.

— Ou un rouleau de sparadrap. Pour lui clouer le bec !

Elles se sont marrées, un peu pompettes. On a vidé la bouteille de champagne. Je devrais dire qu'on l'a descendue, comme on descend un tremplin. On était prêts pour un nouveau grand saut. Et les dieux, mains tendues, nous ont poussés dans le dos.

On s'est envolés, suspendus à la baudruche du rêve.

17

Pendant quelques jours, on est restés entre ciel et terre… Début de vol sans turbulences en compagnie de Carolyn Cusack, commandant de bord. Copilote : notre ami Liam O'Connor, directeur de la Bank of Ireland de Ballinrobe. Escale à Corrib Wave. Accord sur le prix. Mise au point des détails juridiques et financiers. Comme je l'avais évoqué, Anjela et moi achèterions les murs et Magali le fonds de commerce, en faisant un prêt, que je cautionnerais. D'une simplicité biblique, d'une simplicité irlandaise… Un vol parfait au-dessus des nuages.

Jusqu'à l'atterrissage. Conforme au pessimisme de Magali. Il n'y a pas eu de blessés, rien que du bois cassé.

Carolyn Cusack m'a téléphoné. Il fallait qu'on se voie d'urgence. Au ton de sa voix, j'ai senti qu'elle était bien embêtée.

— Demain matin, dix heures ?

— Pas de problème.

Je me suis garé devant l'église de Ballinrobe avec un peu d'avance. J'ai acheté l'*Irish Times* à la maison de la presse et suis allé boire un café au Market House

Tavern, pub et boutique d'articles de pêche. Le patron m'a fait un brin de conversation. Est-ce que je venais pour l'ouverture de la truite sur le Mask ? Comptais rester longtemps ? J'ai répondu que j'étais installé du côté de Keelkyle et que je comptais rester toute la vie. Il m'a regardé comme si j'étais fou à lier.

— Toute l'année ici, c'est déjà long. On serait mieux aux Bahamas, vous ne croyez pas ?

— Non.

— A vrai dire moi non plus. Ou pas tellement. C'est ma femme qui voudrait partir aux Bahamas. Un autre café ?

— Non merci, la prochaine fois. Bye-bye.

— A bientôt.

Je ne sais pas trop pourquoi ce type m'avait collé le bourdon. Il ne devait pas être du matin, lui non plus. Se morfondait-il vraiment dans son comté de Mayo ? Ces vieilles boutiques le long de la grand-rue témoignaient-elles de l'immuabilité des choses ou d'un déclin inéluctable ? Dans nos bourgs bretons ces minuscules alimentations générales, ces boutiques de vêtements, ces quincailleries, ces drogueries avaient disparu. Le Market House Tavern serait-il un jour remplacé par un fast-food ? Et quand bien même, me suis-je dit, Anjela et moi aurions toujours notre part d'éternel irlandais, à Ballynakill.

Ce pessimisme matinal, dû à la grisaille et au négligé d'une ville non encore coiffée et maquillée, l'air un peu déjetée en robe de chambre, augurait de ce que Carolyn Cusack avait à me dire. Pimpante Carolyn, incarnation de la joie de vivre et de l'Irlande moderne. On aurait volontiers cherché la chicane contentieuse rien que pour le plaisir de la rencontrer.

— Il n'y a pas péril en la demeure, mon cher Gwendal. Malgré cela… Bon, notre affaire se complique un peu. Je n'ai pas voulu ennuyer Joséphine, dans son état. En fait, la succession de son mari n'a jamais été réglée, si bien qu'il me fallait l'accord de ses enfants, pour la vente. Ils ont réussi leur vie, ne sont pas à dix mille livres près, seront bien contents de se débarrasser d'O'Flaherty's, une simple formalité, pensais-je… Eh bien, non. Une des filles exige des enchères.

— Des enchères ?

J'imaginais une vente à la bougie chez un notaire, ou par licitation volontaire, au tribunal.

— Une coutume très irlandaise. Parfois c'est assez amusant.

— Qu'est-ce que ça change ?

— Aux dispositions juridiques dont nous sommes convenus, rien. Il n'y a qu'une chose qui puisse changer : le prix.

— Qui s'occupe de la vente ?

— J'aurais pu m'en occuper. Mais la fille a désigné un auctioneer. Duffy McMahon. Un voisin, un peu plus haut dans la grand-rue. Vous avez déjà dû le voir sur le seuil de sa boutique. Il a un tas de casquettes. Agence immobilière, agence de voyages, agent d'assurances, magasin de souvenirs, articles de pêche… Enfin, disons qu'il vend quelques mouches, comme presque tous les commerçants de Ballinrobe, mais pour lui c'est surtout un bon prétexte pour parler de pêche. Branchez-le sur la pêche et vous marquerez des points.

— Pourquoi donc ? Ces enchères ne sont pas… régulières ?

— Disons pittoresques. Duffy passera vous voir. C'est un homme délicieux, je suis sûre que vous sympathiserez. Convenez avec lui d'une date. Le lieu, ce sera forcément O'Flaherty's. Vous me tenez au courant ?

— Bien sûr, ai-je acquiescé, légèrement abasourdi.

— Et maintenant, si nous parlions de votre action contre la Salmon Farming Inc. ? C'est loin d'être gagné d'avance. Vous vous attaquez à forte partie. Les frais risquent d'être importants.

— Nous nous arrêterons avant que je sois complètement ruiné.

Elle a haussé ses charmants sourcils.

— Vraiment ? Vous envisagez de ne pas aller jusqu'au bout ?

Comment lui dire que je ne me sentais plus très concerné ?

— Parfois ça ne sert à rien de s'entêter…

— Je rédige le recours ou non ?

— Bah ! Rédigez, Carolyn, rédigez.

Elle m'a offert un café. On a fumé une cigarette devant la grande baie ouverte. Les chevaux étaient toujours dans la prairie, la Robe River serpentait entre les frênes, le vert était tendre comme un premier matin de douceur d'avril.

— Mieux que les Bahamas, non ? ai-je dit.

Elle a ri.

— Pourquoi les Bahamas ?

— Ma femme veut y aller.

— C'est vrai ?

— Non.

— Pittoresques, les enchères ? Tu m'en diras tant ! a commenté Magali. C'était de ça que j'avais peur, justement, de ce sac de nœuds des enchères. D'un côté, c'est bien que ce soit Duffy McMahon l'auctioneer. Il a l'habitude. Parce qu'il faut savoir que n'importe qui peut être auctioneer. Le tenancier du pub, le boucher du coin de la rue, le croque-mort…

— Marrant, a dit Anjela.

— Pas pour les acheteurs. Oubliez la France. Pas de notaire ou de commissaire-priseur installé sur une estrade avec un marteau. Pas de mise à prix et d'enchères. On ne compte pas jusqu'à trois et adjugé ! Les enchères, c'est tout un processus de palabres souterraines. Une partie de cache-cache… Et le final, la réunion publique, peut aussi bien ne jamais avoir lieu. Duffy McMahon va sonder le terrain, voir qui d'autre est intéressé, susciter l'intérêt ou prétendre qu'il y a d'autres personnes sur le coup, histoire de faire monter le prix avant même la grand-messe. Et à un moment donné, conseiller au vendeur de traiter. Sans bouquet final.

— Je ne pige plus.

— Il y a un risque. Duffy McMahon fait monter la mayonnaise. Goûte. Estime que le mieux-disant n'ira pas plus loin. Juge préférable de traiter en direct. Parce que imagine qu'à la vente publique ce mieux-disant fasse faux bond. Duffy n'aura en face de lui que le moins-disant. Obligé d'adjuger à son prix. Baisé.

— On n'est pas sortis de l'auberge, a dit Anjela.

— On n'est pas encore derrière le bar de l'auberge, tu veux dire.

— Que faire ?

— A toi de jouer, mon cher. Tu manœuvres, tu embobines l'embobineur.

Bern et Billy ont aboyé : l'auctioneer frappait à la porte de Ballynakill.

Duffy McMahon était un bel homme dans la soixantaine. Comme il filait pêcher sur les grands lacs dès qu'il avait une heure devant lui, son visage était encore plus tanné que les autres visages tannés des pêcheurs du coin, littéralement torréfié, ou en tout cas il le paraissait, à cause de ses yeux bleu clair et de son épaisse tignasse blanche.

Avant de lui offrir un verre, nous avons fait quelques pas dans le parc et le long de la Blackross. Pour le caresser dans le sens du poil, je lui ai dit qu'il serait toujours le bienvenu sur les berges de la Blackross, quels que soient les règlements que le Western Fishery Board et moi-même pourrions mettre en place l'an prochain, quand cette histoire de cages à saumons serait réglée.

— Un crève-cœur, un vrai dilemme, cette fish farm. D'un côté l'Irlande a besoin de se développer, de l'autre ses rivières et ses lacs sont sa richesse…

— N'est-ce pas ?

On tournait autour du pot. Je voyais bien qu'il était en train d'évaluer Ballynakill.

— Superbe propriété. Si un jour vous êtes vendeur, je serais heureux d'être votre homme.

— Vendeur ? Alors que je suis acheteur d'O'Flaherty's ?

— Personne ne doute que vous en avez les moyens.

— Ma femme et notre amie Magali s'y voient déjà.

— Difficile de décevoir les femmes, hein ?

— Hé ! Ce que femme veut, Dieu le veut.

— A n'importe quel prix ?

— Le prix d'un bien dépend de ce qu'on peut en faire.

— Deux Françaises à la tête du pub et de la guest-house, c'est sûr que ça attirerait du monde. Je dois dire que Moran se fait un peu de bile à ce sujet.

— Peur de la concurrence ?

— Il a des filles à caser.

— A n'importe quel prix ?

Duffy McMahon m'a tapé sur l'épaule en rigolant. Il m'appréciait comme partenaire de poker menteur. Mais il m'aurait roulé en toute franchise, si je puis dire. Car il n'avait l'air ni madré, ni rusé, ni retors. J'ignore si cela faisait partie de sa stratégie, mais à ce stade de la partie, il a paru sincèrement contrit.

— Les gens sont fous… Ils achètent tout. Et vous l'avez dit : à n'importe quel prix.

— Je suis un peu fou moi-même.

— Le prix que vous a proposé Joséphine était raisonnable.

— Il faudra aller au-delà du raisonnable, vous croyez ?

— J'en ai bien peur. Moran voudrait vraiment faire plaisir à ses filles.

— C'est dommage, parce qu'elles seront déçues.

— Vraiment ?

— Je le crains.

— Je dirai à Moran qu'il faudra qu'il compte sans doute sur une offre supérieure. De combien ? De dix pour cent ? De vingt pour cent ?

— Comment savoir ? Disons d'un certain pourcentage.

Duffy McMahon a hoché la tête, l'air navré, comme s'il présentait ses condoléances.

— Peut-être devrais-je lui conseiller de se désister.

— Joséphine ne voudrait sûrement pas vendre à Moran.

— Bon Dieu ! Vous avez raison ! Je n'y avais même pas pensé.

Il s'est frappé le front, avec un brin d'application, comme un comédien de patronage pour un aparté. Un geste de convention, auquel il ne me demandait pas de croire. Une relance dont on s'excuse, tout en sachant que l'adversaire considérera l'humble excuse comme un subtil appendice du bluff.

— C'est comme l'autre ! Joséphine n'aimerait pas non plus... Oh que non !...

J'ai joué le jeu, en garçon bien élevé.

— L'autre ? ai-je repris sur le ton de « ah mon Dieu, il y en a donc un autre »...

Il a baissé le ton, la mine atterrée.

— Sean Delaney. Le... le mari de votre amie. Terrible, n'est-ce pas ?

— Ah ! Horrible ! Mais vous croyez qu'il a les moyens d'acheter ?

Il a couvert ma carte :

— Hum ! J'ai entendu dire qu'il vendrait Blackross House.

J'ai couvert la sienne :

— Bah ! On verra bien ! Je peux toujours hypothéquer Ballynakill.

Il m'a laissé ramasser le pli.

— Je ne pense pas que vous en ayez besoin.

Partie nulle.

— Je vous offre un verre ?

— Avec plaisir. Je ne suis jamais entré dans le manoir.

— Je vais vous faire visiter.

Une fois la visite guidée achevée, nous avons trinqué. Duffy McMahon a baisé la main des dames.

— Alors, Duffy, comment ça se présente ? lui a demandé Magali.

— Comme des enchères.

— Mon ami Gwendal sera dur à embobiner.

— Oh ça, je m'en suis déjà aperçu. On voit bien qu'il a du sang irlandais.

— On ira jusqu'au big show chez O'Flaherty ?

— Ma foi…

— Allons, vous pouvez bien nous le dire, Duffy ! a insisté Magali.

— En l'état actuel des… euh… des formulations… des… euh… desiderata, il me semble qu'on ne pourra pas faire autrement.

Duffy McMahon *allait sur* le whiskey, comme on dit en Bretagne. Il n'a pas refusé une deuxième tournée, ni une troisième, ni un dernier pour la route. Il a repris le volant. Les manœuvres ont été délicates et le démarrage laborieux. Il avait son compte.

— J'aurais dû te prévenir de ne pas forcer la dose, m'a dit Magali. Duffy est alcoolique. Un alcoolique un peu particulier. Il y a une jolie expression par ici pour qualifier les gens comme lui. *A silent drinker*. Un buveur silencieux. Un buveur solitaire, qui ne boit qu'en privé. Vous ne le verrez jamais au pub. Ou bien alors exceptionnellement. Juste à l'heure de la fermeture. Il se plante au bout du bar, avale d'un trait un double whiskey et s'en va sans un mot. Tout le monde sait que ce n'est pas la peine de lui adresser la parole.

— Incroyable. Alors qu'il a l'air si... sociable.

— Il l'est. Jusqu'à un certain nombre de verres. Après, il rase les murs en se cachant derrière son ombre.

— Et son boulot ? Comment il peut bosser, s'il est bourré ?

— Il ne boit qu'après le boulot. Là, il en avait fini avec toi.

— Mais on n'a abouti à rien.

— Détrompe-toi ! Il a inscrit ton coup d'intox dans chacune de ses colonnes. Plus, moins... Vrai, faux... Il va cogiter. Je le verrais bien inventer un autre acheteur. Et te dire : « Voilà, il n'ira pas au-dessus de tel prix, donc si vous êtes d'accord pour mettre un chouïa de plus, affaire classée, pas d'enchères publiques. »

— Bouh ! a dit Anjela en se laissant tomber sur le canapé, tout ça me donne le tournis. C'est tellement irréel. Tous ces événements qui vous tombent dessus et qu'on subit sans les subir vraiment. Dire que tu avais peur que je m'ennuie.

— Pas demain la veille...

— C'est ça l'Irlande, a dit Magali. Les quatre saisons en une seule journée, ça agit sur les tempéraments. Chaud et froid, grêle et soleil dans les cervelles.

— Et la simplicité, les choses qui se règlent d'elles-mêmes, qu'est-ce que tu en fais ?

— Qu'est-ce que tu crois ? Ces histoires d'enchères, pour eux c'est limpide. Ils te diront qu'une pelote de ficelle embrouillée n'a jamais que deux bouts. Le bout que tu tiens mènera forcément à l'autre. Clair comme de l'eau de roche, simple comme bonjour.

— A propos de pelote, Duffy McMahon fait la sienne, dans une négociation comme celle-là ?

— Même pas. Il touche un forfait. Du point de vue pognon, il n'en a rien à cirer que le prix monte ou pas.

— Allez y comprendre quelque chose !

— Cherche pas.

On s'est resservi un verre.

— A la santé de Duffy McMahon !

— Et de tous les buveurs d'O'Flaherty's, qu'ils nous enrichissent ! a dit Magali.

— Vous ne trouvez pas qu'on devient accros au whiskey ? a minaudé Anjela en feignant la tendre innocence d'une novice.

— Tant qu'on n'est pas des buveurs silencieux, a rigolé Magali.

— Avec toi, ça ne risque pas, qu'on tombe muets comme des carpes, a répondu Anjela.

— Une question d'hygiène de vie, la parole. Tu sais ce que les gens te diront, par ici ? Que le silence, c'est une maladie.

— Dites-moi, les filles, comment on pourrait transformer un peu O'Flaherty's ?

— Le pub, on n'y touche pas, a dit Magali.

— Je suis d'accord.

— Par contre, les chambres…

— On casse tout. Salle de bains et toilettes dans chaque piaule.

— Ho ! Les Maguern ! On fabule pas un peu ?

— On tient un bout de la ficelle, non ?

— Et on ne la lâchera pas ! a dit Anjela.

— Quitte à vendre le mobilier !

— Salauds de riches ! a rigolé Magali.

18

Le printemps réveille en chacun un tas d'envies bucoliques : jardiner, cueillir des fleurs des champs, se balader dans la campagne…

En attendant les enchères, Anjela et Magali commencèrent de longues promenades dans les alentours, carte d'état-major en poche et jumelles autour du cou, pour observer les oiseaux. Jeune fille, Anjela avait arpenté la Brière et les marais de Guérande, dans ce but. Magali n'avait pas le tempérament d'un *bird watcher*, mais la marche lui plaisait. Elles revenaient recrues de fatigue.

Moi, je m'occupais de fignoler le parc. J'aidais Dickie à tondre, tailler, désherber. Je le disciplinais. Livré à lui-même, il aurait tout rasé. Sa force m'époustouflait. Dans ses mains, larges comme des battoirs, le taille-haie paraissait aussi léger qu'une tondeuse mécanique de coiffeur. Quand il le maniait… Parce que dear Dickie n'était pas un maniaque de la pointeuse. Je ne m'en formalisais pas. Cela faisait partie du deal.

Un soir, avant dîner, Magali sortit comme une furie de la salle de bains du rez-de-chaussée, au point d'en avoir oublié de serrer la ceinture de son peignoir, sous lequel on ne pouvait douter qu'elle était toute nue.

— Il y avait un type en train de reluquer à la fenêtre !

— Un homme de goût, ai-je dit.

— N'en profite pas pour te rincer l'œil, toi, m'a dit Anjela. Magali, ton peignoir, s'il te plaît…

— Ben quoi, mon peignoir ? Il a déjà vu une fille à poil, non ?

Elle a serré sa ceinture comme un lacet de corset, à s'en couper la respiration.

— O pudeur de vestale surprise au bain !

— Ça vous fait rigoler ? Moi pas. Il y avait un type le nez au carreau, je vous dis ! Et vous savez qui était ce type ?

— Minute, je cherche… Duffy McMahon ? Sean Delaney !

— Dickie !

— Non ! ?

— Si ! Je vous dis que c'était Dickie.

— Tu es sûre ? Il fait nuit…

— N'importe comment, s'il y avait un type… a dit Anjela.

— Vous ne me croyez pas ? Eh ben, merci ! Sympa.

— S'il y avait un type, a continué Anjela, vaut mieux que ce soit Dickie. C'est moins inquiétant.

— T'as raison, a dit Magali. Mais n'empêche… Ce Dickie m'a toujours débectée.

— Allons, c'est un brave type…

— Les célibataires pouilleux, ça m'inquiète. Avec qui il prend son pied ? Avec *quoi* ? Avec une chèvre ? Ça ne me plaisait déjà pas beaucoup de le voir tourner autour d'ici, mais si maintenant il joue les voyeurs…

— Il aura bientôt fini de nettoyer le parc, non ? a demandé Anjela.

— Fais-moi plaisir, Gwen, vire-le.

— Ce serait un peu salaud. Il ne comprendrait pas.

— En tout cas, moi, quand on sera au pub, je te promets que je le vire du comptoir.

— Tu te priverais d'un élément du décor.

— Et alors, on n'a pas dit qu'on allait changer de décor ?

— Les chambres, pas le pub.

— OK. Gwen, OK, c'est toi le boss à Ballynakill.

Quand j'en avais assez de voir Dickie, je faisais travailler mes neurones. J'ai commencé de fréquenter l'Heritage Center de Ballinrobe, dans le but, assez vague avouons-le, de dresser l'arbre généalogique des McGovern de Keelkyle. C'était aussi histoire de tromper le temps présent : Duffy McMahon nous faisait lanterner.

Les grandes marées d'équinoxe gonflèrent la Blackross comme jamais encore nous ne l'avions vu. L'eau monta jusqu'à mi-hauteur des murs, à l'intérieur du hangar à bateaux ouvert sur la grève.

A l'étale des grandes marées, jusque très haut dans le lit de la Blackross, l'estuaire était comme un lac. Vers le milieu, on devinait, à quelques friselis sur lesquels une branche morte, une plume de canard, une feuille de roseau progressaient vers la mer, la descente de l'eau douce. A ces heures-là, Anjela et moi aurions bien aimé nous laisser porter ainsi par le courant des jours. Mais là-dessous, sous l'eau noire et ses lignes de bulles moirées, des poissons remontaient. Et c'est nous qui allions être pris au piège.

Le Sean Delaney de Magali et ses acolytes de la ferme aquacole se montraient discrets. Ils avaient leurs habitudes chez Moran, nous fréquentions O'Flaherty's. Les camions ne traversaient plus Keelkyle. Les cages étaient pleines de jeunes saumons qui tournaient en rond. Les seuls mouvements que l'on voyait, de nos fenêtres, c'étaient, matin et soir, les allers-retours du Zodiac chargé de barils de farine de poisson. Le boom économique local n'eut pas lieu et n'aurait pas lieu. Seulement cinq hommes avaient été embauchés, en définitive. Il s'avérait que la promesse d'une usine de transformation des saumons – filetage, séchage, fumage, conditionnement – n'était que du vent. Parvenus à la taille requise, les saumons repartiraient par la route, dans des containers.

Une bouffée d'acrimonie enflamma les esprits autour de Keelkyle, puis s'éteignit sous l'étouffoir du quotidien. Les flotteurs des cages faisaient désormais partie du paysage. Le reste, les dégâts sur l'environnement, les déjections qui commençaient à tapisser le fond de la baie, la prolifération éventuelle des poux de mer, tout cela était invisible. Et fut oublié.

Carolyn Cusack n'avait aucune nouvelle de notre recours, égaré dans les labyrinthes du droit international. Au fond de moi-même, ce silence me soulageait. J'étais partagé entre une nébuleuse notion de devoir à accomplir – tenir le rôle de Don Quichotte défenseur de la nature que l'on m'avait assigné et, ce faisant, rallier à moi la sympathie de la majorité des gens de Keelkyle – et une aspiration profonde à une tranquillité définitivement établie : Magali à la tête d'O'Flaherty's et pour nous deux la paix à Ballynakill, et point final. Point final au conte de fées de l'héritage.

Fin avril, le printemps fut enfin là. De-ci, de-là, des pointes roses bourgeonnaient dans les massifs de rhododendrons – mais il s'en faudrait encore d'un bon mois avant qu'ils ne soient en fleur.

Edmond a surgi un soir après dîner. Bern et Billy ont d'abord accueilli fraîchement son antique Mercedes sur le toit de laquelle étaient fixées deux cannes à mouche déjà montées. Puis ils l'ont fêté, jappant, sautant, lui mordillant les jarrets. « Du calme, les amis, du calme », répétait-il, pas trop rassuré. J'ai lancé un morceau de bois dans les rhododendrons et les fauves ont détalé se le disputer – disputer une partie de mâchoires d'acier, l'un à chaque bout, et courant de concert, comme deux bœufs attelés non pas sous le joug, mais le joug aux dents, comme un mors.

— Hello, Edmond !

— Hello, Gwendal ! Beau temps pour essayer de prendre une truite de mer, si vous me le permettez.

— Ne m'avez-vous pas dit qu'elles remontaient en juin ?

— Le gros de la troupe, parfaitement. Mais dès fin avril ce petit monde envoie des éclaireurs se faufiler entre les rochers. Avec les forts coefficients de marée et toute cette eau fraîche qui nous est tombée sur la tête, les conditions sont idéales. J'ai hâte de voir si les envahisseurs ont ravagé la baie comme à Waterville. Vous m'accompagnez ? J'ai préparé une canne pour vous.

— Qu'est-ce que j'en ferai ?

— De votre mieux, mon garçon, de votre mieux ! Mettez vos bottes ! N'oubliez pas le chapeau et le ciré ! La météo annonce de la bruine à partir de vingt-deux heures…

Il s'est mis en tenue. Tout un cérémonial : ôter ses mocassins, chausser des chaussons pour être *confortable* dans les cuissardes, enfiler lesdites cuissardes, passer un Barbour par-dessus sa veste en tweed, ajuster son nœud de cravate, se coiffer d'un chapeau, et nouer sous son menton un ruban cousu sur le chapeau par chère Margaret.

— Edmond, ce que vous êtes mimi ! a dit Magali.

— On peut venir avec vous ? a demandé Anjela.

— C'est Edmond qui décide.

— Hum ! a-t-il grogné. Vous connaissez le dicton : « Femmes à la pêche, pêcheurs dans la dèche ! » Et les dictons, comme chacun sait, disent souvent la vérité. Mais bon, ce n'est pas une partie de pêche, rien qu'un simple prélèvement. Enfin, une tentative… Soyez les bienvenues, mesdames.

— Vous êtes trop bon, Edmond, a dit Magali en français.

En file indienne, nous nous sommes enfoncés dans l'allée. Entre les rhododendrons, il faisait quasiment nuit noire. Parvenu sur la berge de la Blackross, Edmond, respectueux de sa devise – observer, réfléchir, pêcher –, est allé en reconnaissance. Il nous a fait signe. Nous l'avons rejoint au bord d'un pool : en amont, un déversoir ; devant nous, une mare tourbillonnante ; en aval, un second déversoir entre des roches.

La couche de nuages ne devait pas être bien épaisse. A cause de la lune, dans son troisième quartier, le ciel était laiteux. Nos visages et nos mains se détachaient dans l'obscurité. L'eau du fleuve luisait comme un filon de lignite. Edmond m'a posté en bas du pool. Il prendrait le haut.

— Comme nous sommes droitiers, a-t-il dit aux filles, restez à notre gauche. Et à bonne distance. Il arrive que les mouches se prennent dans les chapeaux. Ou pire. Un de mes amis est devenu borgne… Une Thunder Lightning numéro 6 dans l'œil. Il a fallu lui ôter le globe, mais ils ont sauvé la mouche. Il s'en félicite encore. Elle a pris des saumons, depuis. Quant à vous, Gwendal, si vous n'arrivez pas à fouetter, déroulez votre soie et laissez votre mouche filer avec le courant jusqu'à la lèvre du déversoir.

— Je n'ai pas de mouche, Edmond.

— Elle est au bout de votre ligne, accrochée à l'œillet, là, près du talon.

Je l'ai décrochée avec précaution. Elle était noire comme l'eau.

— Il n'aurait pas mieux valu une mouche claire ?

— Erreur, mon ami ! Eau sombre, mouche sombre. Eau claire, mouche claire. Mémorisez ! Je ne vous le répéterai pas ! A propos, cette mouche s'appelle une Black Pennel. Universelle. Convient au saumon, à la truite de mer et à la truite fario. Bonne chance !

La soie d'Edmond a filé comme un trait, au ras de la berge d'en face. Il a laissé sa mouche dériver et décrire une large courbe jusqu'à notre rive. Puis, tricotant sa soie de la main gauche, il l'a fait remonter vers lui en donnant des à-coups. Quant à moi, j'ai sorti quatre mètres de soie, ma mouche s'est enfoncée dans l'eau et j'ai continué de sortir de la soie, comme si je laissais filer un ver. Il paraissait incroyable qu'un poisson puisse mordre à cette mouche sombre dans cette eau noire.

Aux innocents les mains pleines… Alors que j'imitais le geste d'Edmond pour animer ma mouche dans le courant – même si on n'est pas pêcheur, on imagine assez bien la mouche noyée progressant par petits bonds comme un alevin –, j'ai senti une traction, puis un coup brutal. J'ai lâché la soie, le moulinet s'est mis à crisser : le poisson filait dans le courant, vers l'amont, en direction du déversoir. J'ai crié : « Edmond ! Edmond ! » Il avait entendu le crissement du moulinet, il accourait. Les filles aussi.

— Mais il en tient une, l'animal ! Retenez-la ! Reprenez votre soie ! Ne la laissez pas franchir la chute ! Ces roches coupent comme des rasoirs !

J'ai bloqué le poisson. Il a jailli hors de l'eau.

— Redonnez-lui du fil… Juste ce qu'il faut…

— Prenez la canne, Edmond !

— Pas question ! Pris ou perdu, ce poisson est le vôtre !

Petit à petit, j'ai maîtrisé le poisson, opposé la flexibilité de la canne à la force de ses coups de tête et de queue. Il se rapprochait, je ramenais de la soie sur mes bottes, il repartait, je lui donnais du mou.

— Elle est bien prise, m'a dit Edmond. Allez-y carrément. Guidez-la dans le contre-courant, le long de la berge…

Le problème c'est qu'on n'y voyait pas grand-chose. La truite était peut-être à deux, trois mètres de moi, dans le contre-courant. Edmond est descendu dans l'eau, épuisette à la main. La truite l'a vu, est repartie dans le courant. Je l'ai ramenée vers la berge. J'avais pris de l'assurance, compris le jeu et la jouissance du pêcheur. Edmond scrutait l'eau comme un nyctalope. Il a enfoncé son épuisette sous l'eau et soudain l'a relevée et jetée sur l'herbe. Les filles ont applaudi.

Edmond s'est agenouillé sur la berge, a allumé une lampe de poche et rugi :

— Regardez-moi cette truite !

A mes yeux, cette truite de mer, le premier poisson de ma vie que je prenais à la mouche, était magnifique. C'eût été une sardine qu'elle n'aurait pas été moins glorieuse. Elle pesait dans les deux livres, mais d'après Edmond elle aurait dû en faire le double.

— Maigre comme un clou. Plus que la peau sur les os. Et regardez, regardez ! Un, deux, trois…

Il a commencé à compter les petites saillies, comme des bouts de sangsue, ou des verrues gélatineuses, collées à la peau de la truite.

— Vingt-trois poux de mer ! Complètement infestée ! a jubilé Edmond. Nous les tenons, Gwendal, nous les tenons !

Le lendemain, la guerre était déclarée.

Aux ordres de Joe O'Leary, les permanents du Western Fishery Board ont envahi le parc de Ballynakill. A mi-marée montante, ils ont tendu deux filets à travers la Blackross : l'un en amont du pool, l'autre en aval, qu'ils ont tiré vers l'amont jusqu'à ce que les deux filets forment une nasse.

La récolte a été maigre, doublement maigre : tout juste une dizaine de truites, et toutes longilignes, maigrichonnes et infestées de poux de mer. Occises d'un coup de matraque plombée – le priest –, les truites ont été mesurées et pesées, les poux de mer comptés et recomptés, et les poissons rangés dans une glacière, en vue d'être congelés et expédiés à Dublin. Ce travail de laborantins a donné lieu à la rédaction d'un procès-verbal détaillé qu'ont signé tous les témoins présents, y compris Anjela et Magali.

Edmond s'est frotté les mains.

— Hé ! Hé ! Avec une telle preuve, Carolyn Cusack va pouvoir agir, à présent.

Les gars du Western Fishery Board avaient la mine grave de conscrits qui montent au front.

— Des emmerdes en perspective, mon pauvre Gwen, a dit Magali.

— Ouais, dont on se serait bien passé.

Qu'est-ce que le fameux grain de sable qui fait basculer une vie dans le chaos, sinon une vétille ? Des poux dans la tête, ai-je envie d'ironiser. Des poux collés à des truites de mer… et le couperet tombe ? On peut mourir d'une piqûre de guêpe. Le dérisoire tue, parfois.

Bref, ce n'était plus une crainte, mais une certitude : les cages à saumons empoisonnaient la baie. La pollution était avérée, les pêcheurs à la ligne allaient se mobiliser. On menaçait leurs idoles, ils allaient se défendre, habités par la rage. Plus rien à voir avec une aimable confrérie de gentils panthéistes.

Duffy McMahon est repassé à Ballynakill déguster mon whiskey, à l'heure où l'angélus du soir sonnait la fin de sa sobriété du jour.

— Il y a du nouveau, Duffy ?

— J'allais fixer une date pour les enchères quand j'ai appris que… Bon, ce serait plus sage d'attendre la fin de ces troubles, il me semble. Qu'en pensez-vous ?

— Faites comme vous le sentez, Duffy.
— Nous ne tarderons pas trop, quand même.
— Votre jour sera le mien.
— Parce que, a-t-il insisté comme s'il soliloquait, si Joséphine *passait*, l'affaire pourrait se compliquer. Prions que non.
— Nous prions tous avec vous.

Edmond revint pêcher d'autres truites de mer infestées, qu'il me mettait quasiment sous le nez, comme de saintes reliques que le missionnaire élève au-dessus de la tête des païens à genoux. Il avait deviné ma tiédeur et n'avait de cesse que je me convertisse sans réticence au culte du dieu saumon et de la déesse truite de mer…

Il fut à l'origine de la marche de protestation sur Caher Pier. Cela n'était pas pour déplaire au légaliste de carrière de semer quelques graines d'anarchie. Des pêcheurs arrivèrent de partout. SOS envoya une délégation du Kerry, avec à sa tête Nial O'Shea, l'homme de Waterville. Jamais il n'y eut tant de monde à Keelkyle. Les deux pubs se trouvèrent en rupture de bière, c'est dire.

Je pris la tête du cortège, bras dessus, bras dessous avec Edmond, Joe O'Leary et Nial O'Shea. Derrière nous, plus on allait vers la queue du défilé, plus l'excitation était patente, plus le taux d'alcoolémie était élevé… Nous espérions parlementer avec Sean Delaney et déposer entre ses mains une pétition, à faire suivre à ses patrons américains.

Les grilles de la Salmon Farming Inc. étaient cadenassées. Personne ne montra le bout de son nez. Pas né de la dernière pluie, Sean Delaney avait mouillé les deux Zodiac à bonne distance de l'embarcadère et aucune annexe n'était en vue. Edmond, dos aux grilles, improvisa un speech. Son intention était, je crois, d'exposer sereinement l'action juridique engagée et de faire confiance à la loi, mais la foule excitée ne l'écouta pas. Sa voix fut couverte par les huées des meneurs. Aux cris de « Foutons-les dehors, ces fils de putes ! », et autres gracieusetés du genre, les casseurs s'élancèrent à l'assaut des grilles, brisèrent les carreaux du bâtiment préfabriqué, jetèrent à l'eau tout ce qui traînait, barils vides, barils pleins, cordages, flotteurs, taguèrent les murs de l'universelle injonction mise à toutes les sauces et plutôt déconcertante ici, dans une île qui devait tant à l'Amérique : US GO HOME !

Edmond, Joe O'Leary et moi avions repris la route de Keelkyle en compagnie d'un groupe de pacifistes. La Ford Granada de la Garda s'est arrêtée à notre hauteur. A l'intérieur, les quatre gardai du poste de Letterfrack. Paddy O'Grady conduisait. Il est descendu de voiture.

— De la casse, là-bas ?

— Que voulez-vous, Paddy, a dit Edmond, les esprits se sont échauffés.

— Il faudra venir me voir au poste, vous deux (il nous désignait, Edmond et moi). En tant qu'organisateurs de cette marche, vous risquez quelques problèmes si les autres portent plainte.

— C'est toujours un plaisir de bavarder avec vous, a ironisé Edmond.

— Ouais, ça dépend de quoi on cause, a bougonné Paddy.

— N'y allez pas, a dit Joe O'Leary à Paddy O'Grady, il vont vous chahuter.

— Faut bien qu'on rétablisse l'ordre, bon Dieu ! On est payés pour ça. Putain de bordel, comme si on avait besoin d'emmerdements pareils…

De retour à Ballynakill, j'ai eu un sacré coup de blues. J'ai songé que les Allemands des hauts de Keelkyle étaient peut-être dans le vrai : ne pas se mêler à la population, jouir de l'Irlande en seigneur, se gaver de ses paysages, se doucher sous ses averses qui charrient de la spiritualité, se prendre pour Chateaubriand et Yeats réunis…

Magali était dans un tout autre état d'esprit. Elle prenait son pied.

— Alors, il avait détalé comme un chevreuil, le Sean Delaney ? Inscrit aux abonnés absents ? Si seulement ils avaient pu lui foutre sur la gueule ! Mais c'est qu'un début, ils finiront par l'avoir. N'aura plus qu'à calter.

L'opinion publique du comté se rangea sous la bannière de l'écologie. Les gars de la Salmon Farming Inc. devinrent tricards dans les deux pubs de Keelkyle.

Duffy McMahon est revenu prendre le verre, puis deux, puis trois, de l'angélus du soir.

— J'ai fixé la vente aux enchères à samedi prochain, onze heures, sur place. Ça vous convient ?

— Pas de problème. Il y aura des compétiteurs, Duffy ?

— Croyez-moi ou non, je l'ignore.

— N'importe comment, quelle importance ? A propos, faut-il une caution bancaire ?

— Vous plaisantez ?

Oui, je plaisantais parce que je m'en foutais, et je m'en foutais de plaisanter. Etais-je en train de devenir maniaco-dépressif, seul dans mon wagonnet, sur les montagnes russes de l'euphorie et de la déprime ? Ce soir-là, je n'ai pas pu m'empêcher de confier à Anjela mon désir de m'enfermer dans le donjon de la contemplation. De là-haut, contempler l'agitation des homuncules, et m'en balancer.

Nous étions seuls. Magali avait repris ses escapades nocturnes, autant pour satisfaire son amour de la musique (et des musiciens ?) que pour alléger un peu, elle aussi, cette cohabitation qui durait et commençait à nous peser. Il y avait belle lurette que je n'avais plus peur de commettre un geste, de prononcer une parole qui aurait révélé notre liaison – les familiarités de l'amitié couvraient tout risque de ce côté : bise du matin, bise du soir, chamailleries feintes, habitude de se montrer en tenues légères, en peignoir ouvert… Au contraire, j'avais l'impression de vivre avec une grande sœur à la maison, et une grande sœur qui avait de l'ascendant sur moi. Je m'en rends compte aujourd'hui, c'est sous son influence, c'est pour ne pas déchoir aux yeux de Magali que j'ai mis le doigt dans tous ces engrenages.

J'avais accompagné Duffy McMahon un peu trop loin vers le fond de la bouteille de whiskey et le thé d'après dîner tardait à me dégriser.

— J'en ai marre, ai-je dit à Anjela, de but en blanc.

On aurait cru qu'elle s'y attendait. Elle a souri.

— Marre ? Marre d'être dans un manoir XIXe, avec je ne sais combien de terres autour, et une rivière, et un lac, et des chiens à tes pieds, au coin du feu…

— Et une femme à mes genoux ?

— Si tu veux.

— On avait une vie toute tracée, j'hérite de cette fortune, on s'aménage une nouvelle vie en Irlande, et puis tout à coup on fait du surplace… Ces histoires d'élevage de saumons et de vente aux enchères emberlificotées, Magali et son mec… C'est comme si on m'avait boulonné sur un machin qui roule sur des rails qui font des huit.

— T'as l'impression d'avoir la cervelle en marmelade ?

— Il y a de ça.

— La déprime. J'ai connu. A l'époque où je me voyais finir vieille fille entre papa et maman à l'hôtel des Tourteaux…

— Tiens, au fait, ce n'est pas à Pâques qu'ils doivent venir ?

— S'ils trouvent des gérants pour les remplacer.

— Bref, tu déprimais ?

— Maman te l'a dit, j'ai commencé une psychothérapie…

— Et alors ?

— Tu es arrivé… On est partis. Pfut ! Guérie !

— Et maintenant on est coincés.

Elle s'est assise sur mes genoux. Les chiens ont ouvert l'œil. Allaient-ils se dresser sur leurs pattes et se lamenter, et nous, et nous ? Non. Ils avaient de l'éducation.

— Je vais te dire, mon Gwen, ce qui se passe dans cette petite tête… Finalement, tu n'as jamais aimé les soucis. Vrai ou faux ?

— Vrai.

— Tu as parlé de rails… L'image est intéressante. Tu as toujours rêvé de rouler sur des rails, mais sur une voie bien droite, dont on ne voit pas la fin, avec de chaque côté des champs de marguerites et de coquelicots…

— Et des vaches qui broutent dans les prés.

— Et leurs clarines qui tintent ?

— Pourquoi pas ?

— Bon. On est montés ensemble dans ce wagon. Seulement voilà, il y a d'autres wagons qui se sont raccrochés au nôtre, et dedans il y a des gens qui n'arrêtent pas de tirer la sonnette d'alarme.

— Décrochons les wagons.

— On ne peut pas. Il faut qu'on les traîne jusqu'à la gare.

— Misère !

— Attends ! C'est juste un bout de trajet. L'élevage de saumons, ça va se tasser, comme toujours, comme partout. Le progrès économique passera. Les gens feront avec. Quant à Magali… On va acheter le pub, elle le tiendra, j'irai lui donner un coup de main, et puis un jour elle se mettra avec un autre type, elle rachètera nos parts dans O'Flaherty's, et puis on reprendra nos distances. On mènera la vie qu'on a prévu de mener. On sera incrustés. Comme la perle dans l'huître.

— Arrête ! Ça y est, je suis guéri !

On s'est embrassés. Les chiens ont froncé les sourcils. Ils pressentaient… Hé oui, les gars, leur ai-je dit en les enfermant dans le couloir, soirée d'amour, je l'aime, mon Anjela, j'aime son calme, sa patience et sa raison, pour ça que j'aime Anjela d'amour et Magali d'amitié…

19

Têtes d'affiche du spectacle, nous sommes arrivés chez O'Flaherty avec une demi-heure d'avance. Eddie et Duffy McMahon avaient empilé les tables basses, sauf une, dans le fond, près de l'issue de secours, et transporté les chaises de la salle à manger face à la cheminée. L'auctioneer se tiendrait debout sur la table basse et nous assis à ses côtés. Eddie a punaisé une affichette au-dessus du comptoir : « Le bar est fermé pendant les enchères. » La consigne ne valait pas pour le café : il nous en a apporté un pot, ainsi que trois mugs, que nous avons posés sur le manteau de la cheminée.

Duffy McMahon s'est posté près de l'entrée, pour saluer les premiers arrivants, gens soucieux de leur confort et désireux d'avoir un fauteuil d'orchestre au plus près de la scène : des curieux, surtout des dames du village, et puis nos futurs concurrents d'en face, monsieur et madame Moran. Le visage de Duffy McMahon s'est illuminé. Ah, ah ! Des enchérisseurs potentiels ?

— M'étonnerait, a dit Magali.

Bientôt tous les sièges furent occupés. Les curieux continuaient d'affluer, des hommes maintenant, qui s'agglutinaient dos au bar. Duffy McMahon s'est juché sur la table basse et a balayé la figuration d'un regard inquiet. Il guettait quelqu'un. Pour tromper l'attente du public – qui ne manifestait aucune impatience –, ou faire durer le plaisir, il interpellait les uns et les autres. « Alors, Roddy, t'as commencé de construire ta maison sur le terrain que je t'ai vendu ? Alors, Maureen, ta fille a eu son bébé ? Alors, Frankie, il y a des éclosions de March Brown sur le Corrib ? » Ç'avait un côté bonimenteur de foire, marchand de produit miracle à récurer les casseroles, tout un prologue inscrit au programme.

Soudain, Duffy McMahon s'est fendu d'un sourire, jusqu'aux oreilles. On poussait la porte du vestibule, des hommes s'écartaient, un type forçait le passage, épaule contre épaule.

— Le con ! a dit Magali.

Sean Delaney, en blouson de la Salmon Farming Inc., l'air goguenard, a fait son trou contre le bar. Ses voisins lui balançaient des regards peu amènes, mais semble-t-il l'armistice avait été décrété pendant la vente. Duffy McMahon s'est raclé la gorge.

— Mesdames, messieurs, mes amis, à présent nous pouvons commencer la vente d'O'Flaherty's, murs, fonds de commerce, meubles meublants, ustensiles, etc. Notre chère Joséphine souhaitait vendre à monsieur Gwendal Maguern, esquire de Ballynakill, ici présent, au prix de… L'une des filles de Joséphine a exprimé le vœu que des enchères soient organisées. Voilà pourquoi nous avons le plaisir de nous retrouver ici, dans ce pub que nous apprécions tous, ô combien !

Mes amis, nous voilà à l'instant fatidique (petits rires dans l'assemblée) ! J'attends les surenchères. Allons, allons, y a-t-il dans la salle quelqu'un désireux de surenchérir sur le prix fixé par Joséphine O'Flaherty pour monsieur Gwendal Maguern, ici présent ?

La plupart des têtes se sont tournées vers les Moran. Duffy McMahon était suspendu à leurs lèvres. Ils sont restés de marbre. Des dames ont hoché la tête en faisant la moue. La représentation allait être un flop. Duffy McMahon s'est essuyé le front – il aurait bien avalé un remontant, je suppose.

— Allons, allons, a-t-il répété à toute allure, y a-t-il dans la salle quelqu'un désireux de surenchérir sur le prix fixé par Joséphine O'Flaherty pour monsieur Gwendal Maguern, ici présent ? Personne ? Personne ? Dans ce cas, je vais devoir…

— Moi ! Je mets une livre de plus, a lancé Sean Delaney en défiant Magali du regard.

Les rires ont fusé.

— Quel enfoiré ! a dit Magali.

— Allons, allons, Sean Delaney, les surenchères sont à dix mille livres. Qu'est-ce que tu dis ?

— OK. Dix mille de plus !

Une exclamation de surprise unanime a parcouru le public. Les gens dans le fond se sont haussés sur la pointe des pieds. « Qui c'est ? Qui c'est ? » demandaient-ils. « C'est Sean Delaney… C'est Sean Delaney… » répondait-on au premier rang, et l'information suscitait des haussements d'épaules.

— Parfait ! a dit Duffy McMahon. Monsieur Maguern ?

Je me suis contenté d'opiner.

— Dix mille de plus, a conclu Duffy McMahon. Sean Delaney ?

— Vingt mille !

L'annonce a déclenché un brouhaha d'apartés.

— Cette espèce de trou du cul vérolé veut juste faire monter le prix, a dit Magali, il n'a pas les moyens d'acheter.

— Monsieur Maguern ?

— Dix mille de plus, ai-je laissé tomber le plus négligemment possible.

Quelques personnes ont applaudi.

— My God ! a dit Duffy McMahon en prenant le public à témoin, voilà une vente aux enchères ! On a bien fait de venir, n'est-ce pas, les amis ? Que dit notre ami Sean Delaney ?

— Pas de problème. Dix mille de plus.

Les Moran ont échangé quelques mots entre eux.

— Monsieur Maguern ?

Je me suis gratté la tête. Ostensiblement. L'air hésitant, à en faire pitié.

— Vous permettez ? Il faut que je consulte mes assistantes.

Je me suis penché vers Anjela et Magali.

— Ton ex veut que j'y laisse ma chemise.

— Laisse-le mijoter dans son jus. Vise un peu, il commence à verdir.

Magali exagérait. Mais c'était vrai qu'on lisait quelques lueurs d'inquiétude dans les yeux de son primate.

— Monsieur Maguern ?

— Un instant, monsieur McMahon… Il faut que je réfléchisse. Je crains que ça ne commence à dépasser mes moyens.

— Méfie-toi des Moran, m'a chuchoté Magali, il se pourrait bien qu'ils entrent dans la danse… Rien que pour ne pas avoir l'autre pourriture comme voisin d'en face.

— Tu crois ?

— On ne sait jamais.

Les Moran se concertaient.

— On baisse les armes ? ai-je suggéré.

— Ce serait bête, a dit Anjela.

— Les travaux qu'on envisageait sont foutus. Engloutis dans la surenchère.

— Bof ! L'affaire marche déjà telle qu'elle est, a dit Magali.

Duffy McMahon suait tout son whiskey de tous les angélus du soir de la semaine.

— Dernière surenchère à Sean Delaney… Je rappelle à toutes fins utiles, a-t-il continué d'une voix légèrement chevrotante, que le prix doit être réglé dans les trente jours, sauf au surenchérisseur défaillant à régler de ses propres deniers le montant de la surenchère par rapport au prix initial…

On a entendu des ricanements qui s'adressaient sans aucun doute à Sean Delaney.

— On tente le coup ? ai-je proposé aux filles. S'il ne peut pas payer on revient à la case départ.

— C'est risqué, a dit Magali. Peut-être qu'il a mis du blé de côté, avec toutes ses campagnes à l'étranger.

— Monsieur Maguern ?

— Je ne sais pas…

— Qu'en disent monsieur et madame Moran ?

— Rien, a répondu Moran.

— Monsieur Maguern ? Je clos les enchères ?

— Le primate est cuit, a chuchoté Magali. Il est en train de faire dans son froc.

— Bon alors, on le laisse se mouiller, c'est ça que tu veux dire ?

Magali se rongeait les ongles.

— Chais pas, a-t-elle dit entre ses dents. Il ne montera plus, c'est sûr et certain.

— Propose une livre de plus, a dit Anjela.

Dear Anjela ! La bonne idée, à point nommé. Une livre pour voir.

— Dernier appel aux enchérisseurs ! Dernier appel ! Monsieur Maguern ? Monsieur Maguern ?

— C'est bon, Duffy. Je monte d'une livre.

Le public s'est tapé sur les cuisses. Duffy McMahon a feint d'être interloqué, puis il s'est bidonné à son tour. Il venait de saisir tout le parti qu'il pouvait tirer de cette punt de plus. En une fraction de seconde, son esprit comptable avait fait le tour de la question : Sean Delaney qui ne pourrait pas payer le pub, la vente conclue dans un mois ou deux entre Joséphine et moi au prix de base, des ennuis juridiques pour forcer le Sean à régler la différence... Il lui a tendu la perche qu'il fallait pour le sortir et se sortir, lui, Duffy McMahon, de ce guêpier.

— Hé ! Pourquoi pas ! Si Sean Delaney est d'accord, je peux accepter la surenchère d'une simple et pauvre livre.

Huées et rires de protestation.

— Eh ben, que demande le peuple ? a dit Magali. Pas con, le Duffy.

— T'avais annoncé pas moins de dix mille ! a lancé un grand gaillard.

— Tss ! Tss ! Tss ! C'est moi qui décide ! Monsieur Sean Delaney, êtes-vous d'accord pour accepter cette surenchère d'une livre ?

La bouche de Sean Delaney s'est tordue dans un rictus veule, mais néanmoins vainqueur.

— Tu parles que je suis d'accord ! Tu peux le leur vendre, ce foutu pub, à ces foutus mangeurs de grenouilles !

Duffy McMahon n'a pas traîné pour conclure :

— Je déclare O'Flaherty's, pub, guesthouse, dépendances et matériel, vendu à monsieur Maguern, ici présent, au prix de l'avant-dernière surenchère, PLUS UNE LIVRE !

Les applaudissements et les hurrahs ont fusé. Anjela m'a sauté au cou. Duffy McMahon est descendu de son perchoir et m'a secoué la main.

— Félicitations, sir !

Sean Delaney s'en allait.

— Pauvre type ! lui a crié Magali.

Il s'est retourné et lui a adressé un geste qui n'était pas irlandais mais que Magali lui avait appris, j'imagine. Il a humecté son majeur de salive et l'a dressé, bien droit, en l'agitant de haut en bas.

— C'est toi qui l'auras dans le baba, cocu ! a hurlé Magali. Le con, il a réussi son coup. Il nous a fait perdre un paquet de pognon.

— Bah ! Considère que c'est la prime à l'altérité.

— Qu'est-ce que tu veux dire ?

— Le supplément de prix qu'on doit payer en tant qu'étrangers. Regarde, tous ces gens sont contents, finalement, qu'on enrichisse un peu plus que prévu des Irlandais.

— En tout cas, crois-moi, ce tordu ne l'emportera pas au paradis.

Imperturbable, Eddie a arraché son affichette, l'a roulée en boule et balancée très adroitement dans l'âtre par-dessus les têtes.

— Ladies and gentlemen, le bar est ouvert ! a-t-il annoncé sur le ton solennel d'un huissier de ministère.

Ç'a été la ruée. Magali est passée derrière le bar. Anjela l'a suivie. Elles m'ont appelé. Tout le monde sur le pont !

Pour la première fois depuis ma folle jeunesse, j'ai pris une cuite au beau milieu de la journée.

La semaine suivante, nous signions l'acte de vente dans le bureau de Carolyn Cusack, puis tous ensemble nous nous sommes transportés à Corrib Wave faire signer Joséphine O'Flaherty. La vieille dame avait le souffle de plus en plus court. S'asseoir, se lever, faire quelques pas représentait pour elle un effort considérable. Elle s'est excusée, pour les enchères.

— Les enfants… On ne connaît jamais ses enfants…

— Ce n'est pas grave, Joséphine, ne vous excusez pas.

— Dans une fratrie… il y a toujours un enfant… qui estime… n'avoir jamais assez…

— O'Flaherty's est entre de bonnes mains, c'est l'essentiel, a dit Carolyn Cusack.

— Oh je sais !… Maintenant je suis tranquille… je peux mourir en paix…

— Tss ! Tss ! Tss ! Joséphine ! On viendra vous chercher le dimanche. Vous déjeunerez avec nous.

— Je n'en aurai pas la force…

— Mais si !

Comment lui demander l'autorisation de débaptiser le pub ? Je n'osais plus. Mais elle y avait songé.

— Vous savez… Si vous voulez changer le nom… Ce serait normal… Je ne vous en voudrais pas du tout…

— Que pensez-vous de McGovern's ?

— C'est le nom que vous portez, en quelque sorte… Et c'est un nom du pays…

— Si ça doit vous faire de la peine, oublions cela, Joséphine.

— Non, non, je vous en prie… McGovern's, ce sera très bien…

Elle a eu son pauvre sourire contraint des grands malades qui voudraient bien ne plus encombrer ce monde. Elle avait du mal à garder les yeux ouverts.

— Il faut que j'aille me reposer, a-t-elle dit soudain, comme si elle venait de signer ses dernières volontés.

Nous l'avons embrassée, en pensant que c'était sans doute la dernière fois.

Quinze jours plus tard ce serait l'inauguration de McGoverns' Will. Mais entre-temps les dieux allaient rajouter un maillon piégé, l'avant-dernier, à la chaîne de la fatalité…

20

McGoverns' Will... L'idée de rajouter ce *will* à McGovern au pluriel m'est venue sur la route du retour, entre Cornamona et Leenane, dans la vallée quasi désertique de la Joyce Country. La polysémie de ce mot me semblait parfaitement adéquate : *will*, volonté, bon vouloir, bon plaisir et, surtout, testament. McGoverns' Will, « le testament des McGovern ». Un peu naïf comme hommage à mon généreux ancêtre, mais on pouvait espérer que ça lui irait au fond du cœur, dans sa sépulture américaine.

Magali a déménagé le mercredi après la vente pour s'installer dans les meubles de Joséphine et prendre les rênes de l'affaire. En notre présence, elle a réuni tout le monde autour d'une coupe de champagne : Eddie, le barman ; les serveuses du restaurant, dont la permanente, Dolly, et les extras du week-end ; la dame de Keelkyle qui faisait les chambres ; et le cuistot, que pour notre part nous n'avions jamais rencontré, un jeune gars du Donegal qui s'était formé en France et en Suisse.

— Vous me connaissez, on se connaît, vous savez ce que vous avez à faire, on ne change rien pour l'instant, je suis sûre que tout se passera bien entre nous.

Très impressionnante en commandant de bataillon, dear Magali... Sans elle, ç'eût été une vraie gageure de gérer cette affaire. Je me suis dit que si par malheur il lui prenait l'envie de voguer vers d'autres cieux nous n'aurions plus qu'à remettre les murs et le fonds « sur le marché », comme disait Joséphine. Je ne me voyais pas du tout me coltiner les emplois du temps, la paperasse... et les clients. De même, je ne voyais pas du tout Anjela rivée soit au bar, soit à la réception de la guesthouse. Il fallait bien convenir que nous nous étions associés à Magali un peu comme un citadin achète un voilier, en s'imaginant à la barre, les cheveux dans le vent et le visage couvert d'embruns, mais sans savoir distinguer bâbord de tribord, ni lire une carte, ni mouiller une ancre, ni même nager ou enfiler un gilet de sauvetage. Qu'importe. Nous avions le bateau, et le bateau un capitaine. Nous étions propriétaires des murs d'un pub où Anjela irait de temps en temps jouer à la marchande.

— Ta lucidité est époustouflante, m'a-t-elle dit. C'est tout à fait ça. Jouer à la marchande et à la dînette. Comme des enfants gâtés.

— Et les enfants gâtés sont capricieux. Alors, quand ça ne nous amusera plus, on fera comme on a dit : on revendra nos parts à notre copine et elle n'aura plus qu'à rebaptiser le pub Magali's.

— Je t'aime, Gwendal Maguern.

— Je t'aime, Anjela McGovern.

Nous retombions en adolescence, le temps des amours pour la vie. Je crois bien que jamais nous n'avions été si proches l'un de l'autre. Bien sûr, nous étions heureux d'avoir retrouvé notre intimité, mais cela allait bien au-delà d'un simple bonheur de circonstance. Nous avions atteint ce point de non-retour de l'amour, que je n'ose pas appeler « osmose » parce qu'il évoque les sciences naturelles et rime avec phagocytose. Pontifions un brin : nous ne formions plus qu'un, ainsi que le commande le sacrement du mariage que nous avions reçu comme un jeu, en bons mécréants mystiques.

Fugacement, j'ai appelé de tous mes vœux le poids des ans, la bénédiction de voir vieillir Anjela, comme si j'étais soudain pressé qu'elle devienne une Joséphine O'Flaherty, petite dame aux doux sourires, aux petits pas touchants – aux rides émouvantes, c'est ce qu'on dit, n'est-ce pas ? Bien entendu, dans ce genre d'esquisse, la place qu'on se réserve est celle du beau vieillard altier, et non pas celle du pépé cacochyme et incontinent, vision qui vous ramène de plain-pied dans la jouissance du présent. Il n'empêche… Ces divagations étaient une manière d'ancrer en moi la certitude absolue que nous vieillirions ensemble, en Irlande.

Le samedi soir, nous sommes allés dîner chez O'Flaherty – en attendant le baptême du McGoverns' Will. Notre intention était évidemment de donner un coup de main à Magali. Mais elle n'a rien voulu savoir. Elle se débrouillait très bien toute seule avec Eddie au bar et la serveuse dans la salle à manger. Mieux, elle était dans son élément. On aurait cru qu'elle avait assisté à notre conversation, quelques jours auparavant, à propos d'aller jouer à la marchande…

— Tu sais, Anjela, faut pas t'enquiquiner à venir… Uniquement si ça te fait une distraction… Moi, c'est mon truc, le tien, c'est d'observer les petits oiseaux, alors…

Merveilleuse Magali, qui nous avait devinés.

— Par contre, a-t-elle ajouté, pas question de se crever au boulot. J'ai prévenu le personnel : le pub et le restau seront fermés le lundi. Alors, si t'es d'accord, j'aimerais bien continuer à m'oxygéner avec toi. Ce sera notre jour de balade, si monsieur ton époux n'y voit pas d'inconvénient.

— J'irai à la pêche.

— Ça roule, les amis, ça roule ! Tiens, j'ai eu une bonne surprise… Le cuistot, il est vachement démerde. Pas étonnant que le poisson frais soit sa spécialité. Il est en cheville avec des gars de Clifden. Je suppose qu'il se fait un peu de beurre au passage, mais bon, on laisse courir, hein. Ce soir, cabillaud tout frais pêché de ce matin. Je vous les apporte. Installez-vous, votre place est réservée près de la cheminée.

Elle a cligné de l'œil.

— J'ai commandé une plaque à votre nom. Vous aurez votre siège réservé, comme les aristos à l'église.

— C'est pas vrai !

— Bien sûr que c'est vrai ! Guinness pour tous les deux ?

— Deux pintes ! a dit Anjela.

David et Maurice ont été de la partie. La clientèle habituelle n'a pas fait défaut. A minuit, après le National Anthem, Eddie a tiré les rideaux, fermé les issues, et la soirée s'est poursuivie en privé jusqu'à deux heures du matin. Enfin, la nôtre. Parce que celle de Magali a duré jusqu'à l'aube, j'imagine.

Vers dix heures, j'ai émergé d'un mauvais sommeil en entendant une voiture s'arrêter devant le perron. Le lit était sens dessus dessous. Nous avions eu trop chaud, à cause des vertus calorifères du mélange Guinness-whiskey qui permet aux Irlandais d'affronter chemise ouverte et poitrail nu les pluies glaciales sous lesquelles un homme normal attraperait une pneumonie. « La Guinness vous remplit le ventre comme un bon repas et le whiskey s'infiltre partout, dans toutes les terminaisons nerveuses, jusqu'au bout des ongles, jusqu'au bout des orteils », m'avait dit Dickie. Sûr que ça vous allume un poêle à l'intérieur, et sûr aussi que ça vous met en cage dans la tête un pic épeiche énervé.

Bern et Billy se sont mis à aboyer comme des dingos. Ce n'était pas l'oiseau frappeur de la gueule de bois : on cognait à la porte.

— Qu'est-ce que c'est ? a bredouillé Anjela.

— Rien. De la visite. Dors…

J'ai enfilé une robe de chambre et suis descendu ouvrir. Tout en continuant à aboyer, Bern et Billy ont filé entre les jambes de notre visiteur pour aller arroser les roues d'une Ford Granada bleue. Paddy O'Grady se dressait dans l'encadrement de la porte de toute sa stature et de toutes ses prérogatives de sergent de la Garda.

— Désolé de vous déranger de si bonne heure, mais nous avons un gros problème…

— Un gros problème ? Diable ! Entrez…

Sa mine de flic en plein turbin avait de quoi inquiéter. Nous sommes allés dans la cuisine.

— Thé ? Café ? lui ai-je proposé.

Il voulait du café, et moi j'en avais un sérieux besoin. J'ai branché la cafetière électrique et mis des tranches de pain à griller. Il a attendu que je m'assoie pour passer à l'attaque :

— Où étiez-vous la nuit dernière ?

— C'est un interrogatoire ?

— Une question que je dois vous poser.

— De quoi s'agit-il ?

— Vous n'allez pas tarder à le savoir en regardant par la fenêtre. Où étiez-vous la nuit dernière, monsieur Maguern ?

— Au pub. Jusqu'à deux heures environ.

— Et après ?

— Nous nous sommes couchés. Et vous venez de me réveiller.

— Pas de témoins ? Pas d'amis chez vous ?

— Eh non, à part ces deux-là…

Bern et Billy étaient revenus chercher leur tranche de pain beurré du matin. Paddy O'Grady a souri.

— N'importe comment, je ne pense pas que ce soit vous…

— Moi quoi ?

— En ce moment, il y a quelque chose comme cent mille saumons de deux livres qui tournent en rond dans la baie. Librement. Cette nuit, des individus ont coupé les filets de la fish farm.

— Incroyable !

Tout d'un coup je me suis rappelé une scène de la veille, au pub, avant que nous partions : Magali en conciliabule avec des types à l'air résolu, parmi lesquels le conducteur de la vieille Land Rover – comment s'appelait-il déjà ? Dermot… –, que j'avais croisé devant chez elle, le soir de mon arrivée, le gars qui lui apportait des truites de mer et des saumons braconnés dans la Blackross. Je me suis souvenu qu'il portait un haut de combinaison de plongée...

Magali avait fait payer à son Sean Delaney les dizaines de milliers de livres que nous avait coûté sa surenchère. En bon flic, Paddy O'Grady a eu l'intuition que ça cogitait, dans ma cervelle migraineuse.

— Vous avez une idée ?

— Aucune. Comment ont-ils pu faire le coup ?

— Pas très difficile. Un canot, des rames... Combinaison de plongée, masque, tenailles, couteaux. Un trou dans chaque cage.

— Grosse perte ?

— Enorme.

Anjela est entrée dans la cuisine, les yeux encore ensablés. Paddy O'Grady s'est levé. Elle l'a prié de se rasseoir. Je lui ai dit de quoi il retournait.

— C'est fou ! Et il te soupçonne ?

— Pas vraiment. Il tournicote, suit les vieilles recettes. A qui profite le crime...

Par courtoisie, j'ai traduit notre dialogue à Paddy O'Grady.

— Les profiteurs sont déjà à l'œuvre... De l'étage vous devez avoir une belle vue sur la baie.

On est montés. Les deux Zodiac de la Salmon Farming Inc. tournaient au ralenti du côté des cages. On devinait la silhouette de Sean Delaney, penchée, en train d'examiner les dégâts. Mais les deux pneumatiques n'étaient pas seuls. Répartis sur trois barques, une douzaine de gars se laissaient dériver en maniant des cannes à pêche de haut en bas avec au bout, ai-je supposé, des plumes à maquereaux. A intervalles réguliers, les cannes ployaient et des saumons étincelaient, le temps de sortir de l'eau et d'être balancés dans les barques.

— Vous avez autant de suspects que de pêcheurs, on dirait.

— Ces fichus poissons mordraient à n'importe quoi, a répondu Paddy O'Grady.

— Vous ne pouvez pas interdire la pêche ?

— En mer la pêche est libre. Et puis ça ne servirait à rien. Ces saumons sont foutus. Du poisson dégénéré. Incapable de se reproduire. Le mieux est d'en débarrasser la baie.

— Une enquête de principe, alors ?

— Ouais, vous l'avez dit, de principe. Vous parleriez, vous, si vous entendiez quelque chose ? Non. Personne ne parlera. Ça ne m'empêche pas d'avoir mon idée…

La même que la nôtre, à coup sûr : les copains de Magali.

Je lui ai téléphoné après le départ de Paddy O'Grady.

— Alors, aux premières loges pour la pêche miraculeuse ? Ça lui pendait au nez, à l'autre con. Ça lui apprendra à nous faire chier.

Elle s'est rendu compte de ce que cette phrase pouvait sous-entendre, et a aussitôt ajouté :

— Je ne sais pas qui a fait le coup, mais en tout cas je le félicite. Je l'embrasse de tout mon cœur.

Je ne me suis pas donné la peine d'évoquer son conciliabule avec les gars, au pub, la veille. Paddy O'Grady avait raison : mieux valait se taire. Bientôt tout le monde pourrait désigner les coupables, mais personne ne parlerait. L'omerta irlandaise et halieutique, si l'on peut dire.

Edmond a surgi en fin de matinée, suivi des responsables du Western Fishery Board en tenue de combat. Il fallait prélever le maximum de saumons d'élevage. Ils risquaient de transmettre leurs maladies, réelles ou supposées, à la faune sauvage : aux truites de mer de la baie en attente de leur remontée annuelle dans la Blackross ; aux saumons d'été, les grilses, qui n'allaient pas tarder à arriver du Groenland.

Tarés sûrement, puisque dépourvus du compas qui dirige leurs congénères sauvages vers les territoires d'engraissement de l'Atlantique nord et les ramène dans le fleuve où ils sont nés ; malades peut-être, les saumons d'élevage, mais pas au point qu'on les méprise en cuisine : la gratuité rend la chose médiocre attrayante et bien moins détestable. Comme me dirait un pêcheur : « Mieux vaut un de ces fichus poissons de deux livres dans son assiette que deux œufs brouillés… »

J'ai déclaré Ballynakill place ouverte. Nos allées, nos pelouses, les rives de la Blackross ont été envahies de 4 × 4 et de camionnettes. En mer, tout ce qui pouvait flotter a été réquisitionné. Des kyrielles de ces longues et belles barques irlandaises ont été remorquées des grands lacs. Des filets ont été tendus en plusieurs endroits de la Blackross. En aval du Lough Nakeela, on a carrément barré la rivière afin de protéger les frayères de l'invasion. A la première marée montante, vers treize heures le dimanche, l'estuaire était littéralement *solide* de poissons portés par le flux.

La curée a duré une semaine et pendant cette semaine on n'a plus vu la couleur orange des vestes de la Salmon Farming Inc. Du matin au soir, des moteurs hors-bord bourdonnaient dans la baie. Des cris, des « ho ! hisse ! » ponctuaient le relèvement des filets. Des fumées s'élevaient de la grève à l'heure du déjeuner et du five o'clock : feux de branchages sur lesquels on chauffait l'eau pour le thé. Une longue chaîne pompait la manne sans discontinuer : de l'eau vers les barques et des barques dans des lessiveuses et des poubelles chargées dans des breaks, des camionnettes, des 4 × 4, direction les congélateurs familiaux, bientôt pleins à ras bord. A la fin de la semaine, les éboueurs récolteraient le long des maisons de Keelkyle des emballages de congélateurs neufs. Dickie passerait son temps à nettoyer le parc des canettes de bière abandonnées par les participants à la grande kermesse poissonnière. Puis la manne s'est tarie et le calme est revenu à Ballynakill.

Les Zodiac et les vestes orange ont réapparu dans la baie. Les cages ont été réparées. On pouvait s'attendre à de nouveaux défilés de camions-citernes…

Pendant ce temps, Magali pavoisait. Je joue sur les mots : elle se réjouissait sûrement du mauvais tour joué à son Sean Delaney, mais pavoisait aussi, au sens propre. D'une efficacité incroyable, elle avait conclu un accord de sponsoring avec la maison Guinness pour l'inauguration du McGoverns' Will, dont l'enseigne a été posée la veille de la fête. A l'extérieur et à l'intérieur du pub, un tas de petits drapeaux Guinness et Harp tendus sur des fils décoraient les murs. Le grand pavois. Avant le naufrage.

21

Stout et bière blonde à volonté ! En France, c'eût été l'orgie. Les gens se seraient dépêchés d'engloutir des tonneaux, de peur d'en laisser une goutte aux autres. Ici, chacun vidait sa pinte gratuite avec cette jouissive lenteur qui allonge les soirées. C'était, devant les tireuses, la même sagesse qu'en face de la notion de temps que j'ai déjà évoquée : le bon Dieu en a créé bien plus qu'il n'en faut, à quoi bon se presser, il y en aura pour tout le monde…

La maison Guinness avait délégué deux jeunes commerciaux pour aider Eddie à tenir le bar. Exemptés de service, nous étions, Anjela, Magali et moi, comme des hôtes qui reçoivent pendant que les extras s'occupent du buffet. On nous félicitait, nous papotions, des gens nous racontaient des bribes de leur vie ; à l'accordéon et à la guitare, Maurice et David distillaient sans sono un fond musical discret. Il y avait, dans cette soirée d'inauguration du McGoverns' Will, de la tenue et de la retenue.

Moran's avait fermé. D'après Magali, afin de ne pas faire de jaloux, la maison Guinness leur avait consenti un avantage commercial, une remise, que sais-je, en contrepartie de sa générosité à notre égard. Si bien que nous avons eu le plaisir d'accueillir monsieur et madame Moran. C'étaient des gens charmants.

— Magali nous a confié que vous alliez fermer le pub le lundi, a dit madame Moran. Nous allons suivre votre exemple. Nous fermerons le mardi. Et peut-être qu'on pourrait s'arranger pour prendre des vacances à tour de rôle, à la morte-saison. L'essentiel est qu'un pub reste ouvert dans le village.

— Ouais, a dit monsieur Moran, le temps est venu d'évoluer un peu. Même les paysans prennent des vacances, en s'entraidant pour la traite des vaches. Alors, pourquoi les patrons de pub n'en prendraient pas ?

— Excellente idée, ai-je approuvé.

— Pas la peine d'être les plus riches du cimetière, hein !

Quelqu'un manquait à l'appel : notre ami Dickie. Bien sûr, il buvait le vendredi et nous étions samedi, mais son absence me surprenait un peu. J'en ai fait part à Magali.

— Je l'ai viré hier soir.

— Hein ? Tu n'aurais pas dû.

— Ecoute, il a vraiment charrié. Tu sais ce qu'il a fait, ce porc ? Il a pissé sous lui, là, sur son tabouret, contre le bar. Trop c'est trop.

— Il n'osera plus revenir.

— J'espère bien !

— Quelqu'un l'a ramené chez lui ?

— C'est le dernier de mes soucis.

— Bon, ce qui est fait est fait. D'ailleurs, peut-être qu'il ne se rappellera même pas que tu l'as foutu dehors.

Vers vingt-trois heures trente, Maurice et David ont branché leur sono et poussé la rigolade jusqu'à jouer *La Marseillaise*, suivie, à minuit, du National Anthem. Comme toujours, tout le monde s'est levé. Et soudain, de l'entrée, a retenti un chœur de voix, un chœur d'hommes, un chœur martial…

— Bon Dieu, m'a dit Magali, reste près du téléphone et prépare-toi à appeler la Garda.

C'était Sean Delaney, accompagné d'une dizaine de sbires. Tous n'étaient pas aussi balèzes que lui, mais tous étaient de la corporation des crânes rasés : des anciens collègues à lui, des troufions de la caserne de Letterfrack, des rouleurs de mécaniques sous les tee-shirts moulants, des tâcherons de la démolition.

Ils ont tracé leur chemin vers le bar, comme ils auraient nettoyé une tranchée. Des types se sont rebiffés. Bousculé, l'un d'eux a basculé de son tabouret, les quatre fers en l'air. Eddie et les commerciaux Guinness ont vivement débarrassé le comptoir des verres vides qui traînaient. Maurice et David ont cessé de jouer.

Une bagarre générale, qui n'en a pas vu au cinéma ? Technique oblige, elle est découpée en séquences. Première provocation verbale, réponse verbale : « *Fuck you, bastard* » ; deuxième provocation : premiers coups de poing. Des types qui n'ont rien à voir dans l'histoire prennent parti pour l'un ou l'autre, on s'agrippe, on se balance des gnons, la caméra cadre les personnages principaux, plan général à suivre, etc. Tout cela paraît structuré.

Une bagarre générale, dans la réalité, c'est une explosion subite, une explosion qui dure, et ses éclats qui n'arrêtent pas de fuser dans une indescriptible mêlée : chaises brandies, chaises qui s'abattent, bouteilles volantes, corps à terre, corps debout, poing qui s'écrase sur un nez, charge d'un taureau cueilli d'un coup de genou sous le menton, verre pilé qui crisse sous les semelles, regroupements, assauts, retraite, contre-attaque…

En compagnie de Maurice et David, nous nous étions réfugiés dans le couloir de la réception, entre le pub et la salle à manger. Le téléphone sonnait dans le vide, à la Garda. Enfin, ils ont décroché.

— Paddy O'Grady à l'appareil, je vous écoute… Hein ? Quoi ? C'est bon, on arrive…

C'était vite dit… Il y avait une bonne demi-heure de route de Letterfrack à Keelkyle. Magali trépignait.

— Les salauds ! Les salauds ! Saloperie de Sean Delaney ! Ils vont tout foutre en l'air !

La section d'assaut de Sean Delaney a eu vite fait de venir à bout des irréductibles : vidés à coups de rangers dans le cul. Aussi impuissants que face à un raz-de-marée, nous avons rejoint dehors ceux qui avaient fui la déferlante dès la première goutte : Eddie et les commerciaux de chez Guinness, des gens âgés, des filles, des femmes, parmi lesquelles Sally, que je venais juste d'apercevoir.

A l'intérieur, le vacarme de la destruction systématique a continué pendant quelques minutes. Puis les assaillants sont sortis. Sean Delaney leur a désigné l'enseigne – arrachée, piétinée en cinq sec – puis il a donné l'ordre du repli. Avant de partir, il a toisé Magali et lui a lancé :

— Voilà le boulot, espèce de putain !…

Un verre traînait sur le rebord d'une fenêtre. Elle l'a saisi, cassé, et a bondi sur Sean Delaney. Le sang a jailli. Elle lui a ouvert la joue.

— Salope !

Il a foncé sur elle. Madame Moran s'est interposée.

— Ça suffit ! a-t-elle hurlé.

La troupe a entouré Sean Delaney.

— Viens, Sean, c'est bon, on se tire.

Il hésitait, la main plaquée contre sa joue. Les lèvres barbouillées de sang, il a dit – trente témoins l'ont entendu dire :

— Je te tuerai, foutue salope !

Ils ont couru vers leurs bagnoles garées sur le parking du presbytère. Ils étaient déjà loin lorsque la Ford Granada de Paddy O'Grady a pilé devant le pub dévasté. Gone, fini pour un bout de temps, le McGoverns' Will.

Monsieur et madame Moran ont ouvert leur pub en guise d'infirmerie de campagne où l'on a pansé les blessures, du corps et du cœur. Paddy O'Grady a pris nos dépositions. Nous sommes convenus de passer à Letterfrack porter plainte.

— Hum ! Les plaintes pour les bagarres ne vont jamais bien loin, nous a dit monsieur Moran. Agressés et agresseurs se renvoient la balle… La meilleure façon de ramener la paix dans le village, c'est d'assumer ce risque du métier.

— Manquerait plus que ça ! a réagi Magali. Ce n'était pas une bagarre, c'était une opération de commando. Je veux qu'ils aillent tous en taule, ces salopards.

— A votre place, je laisserais la Garda et les juges en dehors de ça, a dit madame Moran.

Nous avons tous les trois dormi sur place, bien qu'à Keelkyle il n'y eût pas à craindre les pillards. Le dimanche matin nous avons fait l'inventaire des dégâts.

Ils étaient spectaculaires, comme tout saccage, mais il n'y avait rien qui ne puisse être rapidement réparé.

Nous n'avons pas réussi à dissuader Magali de porter plainte. Paddy O'Grady a paru très chagriné.

— Votre mari n'a pas porté plainte pour la blessure que…

— Je m'en fous !

— C'est un règlement de comptes personnel ?

— Personnel ? Il n'y a plus rien de *personnel* entre ce connard et moi.

— Hum ! Vous savez, ce n'est jamais bon d'envenimer les choses…

Lui non plus ne voulait pas d'ennuis avec Sean Delaney et l'armée. Or, pour peu que le juge du tribunal correctionnel de Ballinrobe soit mal luné, les casseurs risquaient effectivement d'être embastillés. Lors d'une récente audience, ledit juge avait condamné à cent livres d'amende un type surpris par une patrouille de la Garda à uriner nuitamment sur l'abribus de la place du marché. Alors, le saccage prémédité d'un pub…

La plainte a été enregistrée.

Magali a pris contact avec une entreprise d'agencements de Galway. Le mardi, un devis a été établi et accepté, et dès le mercredi une équipe d'ouvriers était à l'œuvre, démontrant une fois de plus le paradoxe d'une Irlande confite dans la nonchalance mais où un pub peut renaître de ses cendres en un temps record, à raison de quinze heures de travail par jour.

Nous avons eu des nouvelles de Sean Delaney par Sally, qui les tenait de son futur ex-mari. On lui avait recousu la joue à l'hôpital de Castlebar. Paraît-il qu'il ressemblait maintenant à la créature du docteur Frankenstein, lui-même créé par une douce poétesse, m'a rappelé Anjela, faisant rimer Mary Shelley avec Sean Delaney le balafré.

Dickie avait disparu dans la nature. J'aurais pu me rendre chez lui, je ne l'ai pas fait. Ça m'arrangeait, qu'il ne vienne plus : d'une part, je n'avais plus beaucoup de boulot à lui donner ; et de l'autre, le vœu des filles de ne plus le voir à Ballynakill était exaucé.

Les cages à saumons avaient été réparées mais aucun camion-citerne n'avait encore traversé Keelkyle. D'après Edmond, on s'acheminait vers un gentleman's agreement, en cours de négociation entre le Western Fishery Board, le ministère de la Marine et le conseil d'administration de la Salmon Farming Inc. : les cages seraient éloignées du côté de Caher Pier, hors de l'emprise des courants de la baie. Ainsi pouvait-on espérer que tout comme à Waterville les truites de mer réchapperaient de la pollution par les poux de mer.

Ça me satisfaisait. J'éprouvais une merveilleuse sensation de bien-être. Il me semblait que tous ces événements nous avaient rincés comme une averse. Débarrassés de tout souci, nous allions pouvoir jouer les cormorans sur leur rocher, ailes étendues au soleil. Ou bien, pour utiliser l'image d'Anjela, devenir des perles dans l'huître de l'Irlande, et nous nacrer du bonheur des jours. La boucle était bouclée. En huit mois, nous étions revenus à la case départ, avec pour seul projet celui de laisser les heures s'écouler.

Maman Claudette et papa Lulu avaient trouvé un gérant. Ils viendraient passer deux semaines en mai. Comme maman Claudette était sujette au mal de mer, ils avaient réservé des allers-retours sur un vol Nantes-Cork. Nous irions les chercher à l'aéroport et Anjela a commencé à leur concocter un grand tour de la côte ouest de l'Irlande, de la pointe du Kerry au nord du Donegal.

Edmond affûtait ses hameçons en prévision des premières remontées de grilses. Il me proposa de m'emmener sur le Lough Nakeela me donner une leçon de pêche en lac. Je ne connaissais même pas toute ma richesse : j'avais oublié que nous avions là-bas, sous un abri, une longue barque en red cedar, équipée, en parfait état.

C'était un jeudi. Le McGoverns' Will devait rouvrir le lendemain soir. La saison touristique commençait. Cinq des six chambres de la guesthouse étaient réservées, si bien que Magali avait déjà renoncé à son idée de fermer le lundi. Irréaliste, pendant la saison. Sans compter – c'était elle qui le disait, pas nous – qu'il lui faudrait mettre les bouchées doubles pour payer les travaux de réparation, achevés depuis la veille, en huit jours.

J'ai proposé aux filles de nous accompagner sur le Lough Nakeela.

— Rappelle-toi le dicton d'Edmond, a dit Anjela, femmes à la pêche… Et puis j'ai prévu autre chose…

— Moi, tu sais, une journée le derrière sur une barque, a renâclé Magali. J'aime mieux me payer une bonne balade à pied, parce que, après la réouverture, ce sera plutôt le boulet à la cheville pour trois ou quatre mois.

— Tu balises ?

— Mais non, Gwen. Je disais ça pour rigoler.

— Je viendrai quand tu voudras, tu le sais bien, a dit Anjela.

— T'inquiète… Aujourd'hui, on va aller voir tes petits oiseaux.

Anjela avait acheté un manuel d'ornithologie où elle avait lu qu'un îlot entre Inishbofin et la côte abritait des sternes. En Bretagne, elle adorait observer ces hirondelles de mer, qui remontent d'Afrique en avril, pour nicher au nord, et repartir en septembre avec leur progéniture.

— Pas sûr que les sternes soient arrivées, a dit Anjela.

— Eh ben, écoute, on ira jusqu'au Donegal s'il le faut !

En résumé, j'étais marron. Leur propre programme était établi avant même que je leur propose cette partie de canotage sur le Lough Nakeela : une grande marche le long de la côte, pique-nique du côté de la réserve naturelle d'oiseaux de mer, retour en milieu d'après-midi pour se faire belles.

— Tiens donc ?

— Eh oui, mon cher, je vous invite à dîner au Renvyle Hotel, a dit Magali.

— Un vrai complot, ma parole !

— Plains-toi ! Deux nanas superbes à ta table, les mecs vont en crever de jalousie.

— Ne rentre pas trop tard, mon doux cœur, a dit Anjela en forçant sur la roucoulade.

— Et ne te fatigue pas trop, a dit Magali, Anjela n'a pas l'air disposée à se contenter d'un After Eight quand vous irez au dodo.

Elles ont pouffé comme des gamines. Leur complicité faisait plaisir à voir. A cet instant-là, je me suis vraiment demandé si elles n'avaient pas échangé des confidences à mon propos. Pas impossible. J'ai imaginé le dialogue, Anjela disant :

« Finalement, Gwendal a passé plusieurs nuits chez toi, à Blackross House, quand il est venu tout seul la première fois. Tu ne lui aurais pas fait un peu de charme, des fois ?

— Tu m'en voudrais ? »

Et Magali d'exposer sa théorie sur l'amitié entre un homme et une femme qui ne peut s'établir qu'à condition qu'ils aient… Et Anjela de lui répondre par un joli understatement :

« Une chose est sûre, Gwendal a beaucoup d'amitié pour toi.

— Et vice versa !

— Dois-je en conclure, ma Magali, que Gwendal et toi… ?

— Je le crains, Anjela, je le crains. »

Et toutes les deux d'éclater de rire. Pourquoi pas ?

Elles ont pris la Range Rover, vêtues comme deux jumelles, bottes, Barbour, chapeau imperméable, sac au dos. Edmond et moi sommes montés au Lough Nakeela dans le break Volvo.

En lac, la technique consiste à remonter au vent, puis à se laisser dériver dos au vent, en fouettant devant soi un train de trois mouches. Adepte de la Black Pennel, Edmond en montait trois de trois tailles différentes, alors qu'il possédait par ailleurs des milliers de mouches.

Au bout de deux heures, à force de fouetter et de compenser le roulis, j'avais mal aux fesses, au dos, à l'épaule et au bras droits. Une seule fois, il y eut un mouvement, un remous, sous nos mouches. Un saumon, à en croire Edmond.

— Déçu ? m'a-t-il demandé en empoignant les avirons pour diriger la barque vers la berge.

— Pas du tout.

Je ne mentais pas. En bon Breton, j'étais ravi d'être sur l'eau et songeais au plaisir que nous aurions, Anjela et moi, à passer des journées sur ce lac, au milieu de montagnes aux couleurs aussi changeantes que les ciels. On pique-niquerait sur un îlot, on ferait chauffer l'eau du thé sur un feu de bois mort… Et puis nous aurions aussi un canot, pour sortir en mer.

Tandis que nous mangions des sandwichs préparés par Margaret et buvions le thé d'une Thermos, Edmond a abordé la question de la plainte de Magali contre Sean Delaney. La date du procès avait été fixée au 7 mai. Fort bien : nous serions en train de promener maman Claudette et papa Lulu… Edmond connaissait le juge.

— Un esprit rigoriste. Il déteste les voyous et les casseurs. Il voudra faire un exemple. La note risque d'être salée. Un peu trop salée pour apaiser les esprits. Votre amie devrait essayer de trouver un moyen terme avant l'audience. Elle a pris un avocat ?

— Je n'en sais rien.

— Souhaiteriez-vous que je la conseille ?

— Si vous voulez.

J'aurais aussi bien pu répondre « Bof ! » et c'est ainsi qu'Edmond l'a entendu. Il s'est tenu coi pendant que nous finissions notre déjeuner. Puis nous avons poussé la barque à l'eau. Elle oscillait sur des vagues plutôt caressantes, les nuages défilaient dans le ciel en projetant leurs ombres bleutées sur le vert et le roux des coteaux abrupts qui cernaient le lac, nous méditions en silence. Le petit malentendu entre nous s'est estompé.

— On remonte au vent ?

— On remonte ! ai-je dit en prenant les avirons.

Edmond a laissé son train de mouches dériver dans notre dos. Soudain, la ligne s'est tendue.

— Hé !... Nous avons de la visite !...

Une truite fario, une truitelle d'une vingtaine de centimètres, à la robe tachetée de points rouges. Il l'a relâchée.

— Il n'y a qu'en automne qu'on peut espérer en prendre de belles dans ce lac, quand les reproducteurs remontent pondre. Les quelques sédentaires ne grossissent pas. Rien à manger. L'eau est trop acide.

Il a souri.

— C'est comme pour les rapports humains : dans un milieu trop acide, les amitiés ne prospèrent pas.

— Oui et non. De temps en temps, quelques gouttes de jus de citron donnent du sel aux relations.

— Margaret en met tout le temps dans sa salade de fruits.

— Du sel ?

— Stupide garçon ! Du jus de citron !

Il devait être aux environs de dix-sept heures lorsque nous avons tiré la barque au sec, sous l'abri. Nous étions moulus, de cette fatigue salutaire qui, à la fin d'une journée de loisirs, vous donne la bonne conscience d'un travail physique accompli. Edmond y a rajouté un soupçon de nourriture spirituelle – par-dessus une gorgée de whiskey tétée à sa flasque gainée de cuir.

Comme je lui disais que nous dînions au Renvyle Hotel, il m'apprit sans afféterie – sans étaler sa science, car enrichir l'esprit de ses contemporains était chose naturelle chez lui – que cette propriété avait autrefois appartenu à un certain docteur Gogarty, ami de jeunesse de James Joyce, qui l'a immortalisé dans *Ulysse* sous les traits de Buck Mulligan.

— C'est vraiment un plaisir de pêcher avec vous, Edmond. On *prend* toujours quelque chose.

Il a rangé son matériel avec le soin et la méticulosité d'un vieux paysan respectueux de ses outils : essuyé les moulinets, rangé les cannes dans leurs étuis, rincé ses bottes dans le lac, plié son ciré, resserré son nœud de cravate. Le soleil disparaissait derrière un sommet. Nous sommes partis.

Devant nous descendait le long ruban de ce qui, à cette heure-là, ressemblait fort à un défilé : une route sombre qui épouse les contours du lac, surplombée par les contreforts d'où saillent des pierres qui luisent, arrosées par les sources sourdant des tourbières, là-haut sur le plateau.

Une voiture venait rapidement à notre rencontre. C'était la Ford Granada de Paddy O'Grady. Il nous a fait des appels de phares. En le croisant, nous lui avons répondu par des signes d'amitié, auxquels il a répondu par un geste de la main qui nous a laissés dubitatifs. Pas longtemps. Dans le rétroviseur, je l'ai vu faire demi-tour, puis revenir sur nous. J'ai ralenti, il nous a doublés, a pilé au milieu de la route. Il est sorti de sa voiture, nous sommes sortis du break.

— Un problème, Paddy ? a demandé Edmond.

— Oui, Edmond, un problème.

Il s'est gratté la tempe.

— J'ai vu votre Mercedes à Ballynakill. Ramenez la Volvo, moi, j'emmène monsieur Maguern.

— Mais que se passe-t-il, Paddy ?

— Une sale affaire, Edmond. Une très sale affaire.

22

Nous avons traversé Keelkyle à fond la caisse, gyrophare allumé et sirène en batterie. Paddy O'Grady se concentrait sur la route, je me concentrais sur sa conduite, une main sur la poignée en haut de la portière, l'autre sur le tableau de bord, en serrant les fesses. Aurait-il parlé si je l'avais interrogé ? Je ne pense pas. De toute façon, je n'en avais aucune envie. Quand on vous téléphone d'un hôpital, ou d'une gendarmerie, ou d'un commissariat, pour vous dire qu'il est arrivé quelque chose à votre père, à votre mère, à l'un de vos enfants – je n'osais pas rajouter : à votre femme –, et qu'il faut venir tout de suite, que c'est grave, vous ne posez pas de questions, parce que vous vous doutez bien de la réponse, et qu'une convention tacite, en l'occurrence, exige de ne pas soumettre l'autre à la difficulté de dire l'indicible.

Paddy O'Grady a pris la route de Caher Pier. Avant la côte, il a viré dans un sentier à peine plus large que la voiture, entre deux haies de fuchsias. Nous avons débouché sur la falaise où le chemin n'était plus que deux ornières tracées dans l'herbe rase par le tracteur du fermier du coin.

Teintée d'ocre rouge par le soleil couchant, Inishbofin était posée sur l'horizon comme une meringue brûlée. J'ai observé que la mer était belle, lisse, tranquille, figée, dans un univers inversé où c'était la terre que remuait la houle. Nous bringuebalions, cahotions le long du rivage, montant et descendant sur les bosses et les creux des pâtures gondolées.

Comme soulevée par une déferlante, la voiture a plongé dans une combe, puis dérapé sur l'herbe lorsque Paddy O'Grady a freiné pour ne pas emboutir les trois autres voitures de la Garda présentes sur une scène conforme à celle que j'avais eu le temps d'imaginer – du moins le croyais-le et le crois-je encore, mais comment faire la part entre l'illusion et la réalité quand vous avez perdu la tête ?

Nous étions dans ce qu'on appelle en Bretagne une valleuse, une large entaille creusée par l'océan dans la falaise, un val au relief adouci par l'érosion, au fond duquel s'étale souvent un ruisseau sous une cressonnière où il palpite, presque invisible, sur les galets, pour se perdre dans le sable de la grève. Un lieu idyllique, un endroit où dresser son chevalet de peintre, un nid où s'échanger des serments d'amour.

Deux gardai plantaient des piquets et déroulaient un ruban rouge et blanc pour délimiter la scène.

Pour isoler un corps.

Jean, bottes, Barbour, et un chapeau de travers, cachant un visage reposant de côté sur le sol.

Paddy O'Grady m'a retenu.

— *Please*, a-t-il murmuré.

Un garda photographiait le corps. D'autres flics, un sac en plastique à la main, quadrillaient un périmètre qu'ils élargissaient, à la recherche de tout ce qu'ils pouvaient trouver, ou escomptaient trouver : une épingle à cheveux, un mégot, un bout de papier. Ils ont hoché la tête, ainsi que le photographe, et se sont éloignés.

Paddy O'Grady m'a empoigné le bras, au niveau de l'aisselle, comme un malfaiteur en état d'arrestation. Il s'est baissé, je me suis laissé tomber à genoux. Je grelottais, je claquais des dents. Paddy O'Grady a écarté le chapeau. Les cheveux étaient poissés de sang, la tempe était enfoncée, la joue éclatée, mais le visage reconnaissable.

C'était celui de Magali.

Qui me reprocherait l'odieux, l'irrépressible soulagement qui m'a coupé la respiration ? Qui n'aurait pensé, alors, à Sean Delaney ? Qui n'aurait pensé qu'Anjela n'avait rien à voir dans ce règlement de comptes ? Qu'elle s'était enfuie, et perdue, ou bien qu'elle se cachait dans une grotte, tétanisée, blessée peut-être, une jambe cassée ?

Paddy O'Grady m'a remis debout.

— *Please*...

A une centaine de mètres de là, une seconde équipe de gardai était au travail. Dans un creux. Seuls leurs torses dépassaient du bord. Ils plantaient d'autres piquets et déroulaient un autre rouleau de ruban rouge et blanc. Les coups de flashs du photographe figeaient leurs gestes à la manière d'un spot stroboscopique.

— Elle aussi ? ai-je bredouillé.

Paddy O'Grady a opiné.

Des bottes, un jean, un Barbour, et ce chapeau posé de guingois sur le magma de sang, de cheveux, de chair et d'os, comme si l'assassin nous adressait un bras d'honneur – comment ne pas l'imaginer ramassant ces chapeaux, prenant le soin d'aller les poser sur les crânes éclatés, et appréciant l'effet de sa mise en scène, avant de s'éloigner, les épaules secouées de fou rire – de rire fou ?

— Elles n'ont pas été… a dit Paddy O'Grady.

— Non.

J'avais vu. Les jeans. Pas de viol.

Je me suis affalé contre le corps d'Anjela. Evanoui ? Sans doute. Je ne sais comment je me suis retrouvé dans la Ford Granada, allongé sur la banquette arrière. Un instant, en reprenant conscience, je me suis cru dans le break Volvo. Une fraction de seconde, je me suis reproché d'avoir pris une telle cuite, au point d'avoir dormi dans ma voiture. Hélas !…

Les voitures de la Garda avaient été déplacées de façon que leurs phares éclairent le val. Il y avait en plus deux ambulances. Et des brancardiers, qui emportaient les corps.

Paddy O'Grady m'a ramené à Ballynakill. Un policier nous suivait dans la Range Rover, récupérée à un kilomètre de là, entre Caher Pier et le lieu du double meurtre.

La Mercedes était garée devant le perron.

— J'ai appelé Edmond et Margaret, a dit Paddy O'Grady. Pensé qu'il ne fallait pas que vous restiez seul.

— Merci.

Margaret m'a serré dans ses bras.

— Mon pauvre Gwendal, quelle chose horrible !…

Edmond et Paddy O'Grady ont bavardé un moment, à voix basse, comme au chevet d'un mort. Des inspecteurs de la Garda, brigade criminelle et police scientifique, s'étaient mis en route de Dublin.

Margaret avait apporté des sandwichs… Je n'ai pas pu manger, pas pu prononcer un mot. J'ai avalé une demi-bouteille de whiskey et suis monté me coucher.

Au réveil, on ne peut y croire. Et puis on reçoit en plein plexus ce coup de poing : les morts ne ressuscitent pas.

Pourtant, tout cela vous paraît encore irréel : Anjela ne se réveillera plus dans ce lit ? Anjela ne se reposera plus dans ce fauteuil ? Anjela ne s'assiéra plus à cette table ? Anjela ne sourira plus, ne rira plus ? Anjela ne m'embrassera plus jamais ? Impossible.

On se dit : pas une pensée pour Magali ? Si bien sûr, pauvre Magali. Mais on ne peut s'empêcher de penser : Magali, n'est-elle pas celle par qui le malheur est arrivé ?

Déjà on songe qu'Anjela a été assassinée par ricochet.

Déjà les parfums dans la maison ne sont plus les mêmes, déjà les couleurs s'affadissent, déjà les chiens perdent de leur entrain, déjà les troncs des sycomores sont tavelés de vieillesse, déjà le ciel bleu vous agresse et vous appelez la grisaille de tous vos vœux.

Tout paraît inutile, dépourvu de sens.

Margaret avait préparé le breakfast. Un premier petit déjeuner sans Anjela. Et combien d'autres, après ? Edmond téléphonait à quelqu'un. Il se contentait de répondre oui, oui, très bien, oui. Il a raccroché.

— Les corps vont être autopsiés à Galway, a-t-il dit. Tout cela va être très dur à vivre.

— Nous nous tenons à votre disposition, a dit Margaret.

— Nous nous occuperons de tout, Gwendal. Des formalités, et du reste…

Des sanglots me sont remontés dans la gorge. Je suis allé face à la fenêtre, cacher mes larmes. Edmond m'a pris par les épaules.

— Courage, mon garçon…

Margaret a pris ma main entre les siennes et l'a tapotée, comme on console un enfant.

— Nous sommes avec vous, Gwendal.

23

Comment aurais-je fait sans le secours de Sally ? Elle est venue comme d'habitude vers dix heures. Elle pleurait. Je lui sus gré de la discrétion de ses larmes. Elle s'est mise au travail sans prononcer une parole. Il y avait du linge à repasser. Elle a porté le panier là-haut, alors que d'habitude elle repassait dans la cuisine, tout en bavardant avec nous. Elle ne voulait pas que je la voie trier et ranger le petit linge d'Anjela. Margaret est montée lui parler.

A midi, Sally m'a rejoint sur la terrasse où je sommeillais, une couverture sur les jambes, comme un convalescent. Comme un vieux. Comme old Joséphine O'Flaherty, qui m'écrirait une carte de condoléances – la ferait écrire par une dame de service de Corrib Wave. « Le ciel n'a pas voulu me prendre avant qu'il ne prenne votre regrettée épouse et son amie Magali, mais Dieu ne permettra pas qu'un tel crime demeure impuni. »

— Vous n'avez pas peur des rumeurs ? m'a demandé Sally.

— Quelles rumeurs, Sally ?

— Margaret m'a dit… Oh, je crois qu'elle a raison. Je crois qu'il vaudrait mieux que je loge à Ballynakill un moment. Il va y avoir tellement de choses à s'occuper. Mais je sais que cela ferait jaser. Officiellement, je suis toujours une femme mariée, et maintenant vous êtes…

— Un homme seul. Des commérages, Sally, dans ces circonstances ?

— Oh, je ne m'inquiète pas. Les gens sauront bien que vous avez besoin de quelqu'un.

— Mais oui, Sally, venez. Installez-vous dans la chambre qui vous plaît.

— Je fais un saut chez moi, chercher une chemise de…

Elle a rougi jusqu'aux oreilles.

— Chercher quelques affaires. Et mon oreiller. Je ne peux pas dormir sans mon oreiller.

— Revenez vite, ne me laissez pas seul, Edmond et Margaret doivent partir.

— Reposez-vous.

Comment aurais-je fait sans Edmond ? Il s'est occupé des « formalités ». Il a téléphoné à l'ambassade de France où Magali s'était fait enregistrer lors de son installation en Irlande, et prié qu'on prévienne ses proches. Il a réglé les problèmes d'actes de décès. Il a fait le nécessaire pour que je me porte partie civile, afin d'avoir accès au dossier d'enquête. Enfin, avec beaucoup de tact, il m'a demandé de songer aux obsèques. En France ou en Irlande ? J'avais le temps de réfléchir, m'a-t-il rassuré. Pas tellement. Maman Claudette aborderait cette question immédiatement, on ne pouvait en douter. Je retardais l'épouvantable tâche de prévenir les parents d'Anjela. Je retardais ce devoir impossible de minute en minute, et les minutes font des heures…

Sally n'a fait qu'un aller-retour chez elle. Merveilleuse Sally, avec son oreiller sous le bras, comme un gosse son doudou.

— J'ai fermé les grilles du bout de l'allée au nez de gens de la télévision. Je leur ai dit que vous ne vouliez voir personne.

Le téléphone sonnait sans discontinuer.

— Vous voulez que je réponde, Gwendal ?

— Oui, s'il vous plaît, Sally.

Journalistes irlandais, anglais, français. Elle les envoyait paître, gentiment, habilement. Vers dix-sept heures, je l'ai entendue dire en français : « Pardon ? Oh oui… Attendez… »

— Je crois que c'est la maman de Magali.

La dame était en pleurs. La conversation fut hachée, un peu incohérente. Elle cherchait un réconfort que je ne pouvais pas lui offrir. Elle voulait des détails. Avait-on arrêté l'assassin ? Que lui dire, sinon que l'enquête venait de commencer ? Et puis… elle voulait faire rapatrier le corps, mais on venait de lui dire, à l'ambassade, que le mari de Magali avait son mot à dire, à ce sujet, en regard des lois irlandaises. Or, la mère de Magali n'ignorait pas qu'ils étaient séparés de fait.

— Je voudrais tant qu'elle repose auprès de son père.

Je lui ai promis de me renseigner, et j'ai immédiatement tenu ma promesse en téléphonant à Edmond. Dans la soirée, la question était réglée. Paddy O'Grady a fait signer les papiers nécessaires à Sean Delaney.

— L'ambassade de France s'occupera du rapatriement. Ils voient avec la dame. Le corps partira directement de la morgue de Dublin.

Ça m'a fichu un sale coup. J'ai bien dû me rendre à l'évidence que j'avais envisagé de les enterrer toutes les deux côte à côte, en Irlande. A dix-neuf heures et deux minutes – vingt heures et deux minutes en France, l'heure du journal télévisé –, le téléphone a sonné. Le coup de fil redouté.

— Vous l'avez tuée, salaud ! a hurlé maman Claudette. Vous nous avez enlevé notre fille unique et vous l'avez tuée ! Vous avez tué Anjela !

— Je ne l'ai pas tuée, elle a été assassinée.

— Vous auriez dû nous prévenir, a dit papa Lulu d'une voix rauque.

— Oui, j'aurais dû. Je vous prie de m'excuser.

— Jamais ! Jamais je ne vous le pardonnerai ! a crié maman Claudette. Si vous ne l'aviez pas enlevée à ses parents, elle ne serait pas morte !

— Elle était heureuse, en Irlande.

— Quand est-ce que vous allez nous la rendre ? a demandé papa Lulu.

— Vous la rendre ?

— Oui. Pour qu'elle repose auprès de nous.

— Ecoutez, papa Lulu, je préfère qu'elle soit enterrée ici. Nous avions prévu de finir nos jours en Irlande…

Maman Claudette a repris le téléphone.

— Vous voulez la garder, espèce de salaud ?

— C'est ce qu'elle aurait souhaité.

— Il n'en est pas question !

— Je regrette, ma décision est prise. J'espère que vous viendrez à la cérémonie.

— Quand ? Quand et comment ?

— Quand, je n'en sais rien encore. Comment, en avion, forcément.

— Oh non, oh non, Lulu, dis-lui à ce monstre que je n'en peux plus, oh je n'en peux plus, je n'en peux plus…

— Laisse-moi parler à Gwendal, va te reposer.

Papa Lulu sentait bien à ma voix que j'étais au bout du rouleau. Il n'a pas retourné le couteau dans la plaie. Je lui ai répété combien Anjela était heureuse en Irlande et que c'était en Irlande qu'elle aurait aimé être enterrée. Il m'a cru. Je lui ai dit qu'ils se tiennent prêts à partir.

— Dès que je connais la date et l'heure, je vous appelle et réserve les vols.

J'ai rappelé Edmond.

— Je voudrais qu'Anjela soit enterrée au cimetière de Leenane.

— Je m'en occupe.

— Rien de neuf ?

— La Garda interroge Sean Delaney et Dickie McCarthy.

J'avais oublié Dickie.

— Et alors ?

— Rien pour l'instant. Je vous tiens au courant.

Sally avait préparé à dîner et mis mon couvert dans la salle à manger.

— Non. Ne me laissez pas seul. Dînons tous les deux dans la cuisine.

Pourquoi dans la cuisine ? Parce que ça me rappelait mon enfance, le cocon familial… Songeant aux enterrements bretons, j'ai dit à Sally que je souhaitais respecter les usages locaux.

— Vous voulez bien vous en occuper ? Faites exactement comme si Anjela était irlandaise.

— Pauvre Anjela, a-t-elle soufflé.

Elle n'a pu retenir ses larmes. Ça m'a été insupportable, qu'on reste en tête à tête, comme deux âmes en peine. Je suis monté me coucher. Avec une bouteille de whiskey. Je ne me suis pas soûlé, je me suis abruti.

Les grand-mères et les mères enseignent aux Irlandaises, tout comme aux Bretonnes de la campagne, dès qu'elles sont jeunes filles, les usages des obsèques. Tandis que j'errais, main dans la main avec les ombres, dans ce trou noir du temps qui sépare l'instant de la mort de celui de la mise en terre, Sally a organisé le retour d'Anjela à la maison. Elle a préparé un des petits salons, où le corps reposerait pendant les visites. Il y avait une pendule, elle l'a arrêtée et mise à l'heure supposée de la mort d'Anjela. Elle a disposé des bougeoirs, déniché un crucifix je ne sais où – pourquoi pas ? Elle m'interrogeait le moins possible et, toujours, lorsqu'elle devait le faire, les yeux embués.

— J'ai trouvé une belle robe blanche… Une robe d'été… Anjela sera très jolie…

Des gens entraient et sortaient de Ballynakill. Sally les recevait. Elle venait me rendre compte au salon, transformé en caveau où je me terrais, comme si j'étais mort, moi aussi. J'ai choisi le cercueil sur catalogue… choisi les cantiques dans un livret polycopié… commandé des montagnes de fleurs… Les journaux, des monceaux de journaux achetés par Sally à ma demande, s'entassaient sur la table du salon, non ouverts… Je lévitais au-dessus des nuages du chagrin.

Dans la journée de dimanche, Sally m'a dit, après avoir raccroché le téléphone :

— Le corps de Magali part en avion tout à l'heure et… et Anjela revient demain matin.

— Revient ? Ah oui, revient…

On a livré les fleurs : des lys et des orchidées, à profusion. On a livré le cercueil. Il a été posé sur des tréteaux, au milieu du salon. Les obsèques ont été fixées au mardi, quinze heures.

— Il ne faut pas trop tarder, a murmuré Sally. Depuis jeudi…

Je comprenais. Malgré les soins… J'ai décroché le téléphone pour appeler mes beaux-parents. Et raccroché aussitôt, sous le coup d'une pensée absolument ignoble, je ne le nierai pas : pour peu qu'ils puissent arriver dès lundi, ils allaient me pourrir la vie, traîner dans mes jambes, gémir, se lamenter, parasiter mon deuil, mon chagrin, ma douleur, notre passé et mon présent. Je me suis arrangé pour qu'ils arrivent au dernier moment.

J'ai passé une bonne partie de la nuit sur un fauteuil, dans le salon mortuaire, à respirer le parfum entêtant des lys.

J'ai appelé l'hôtel des Tourteaux vers six heures du matin le lundi, pour donner à mes chers beaux-parents l'illusion que je le faisais sitôt informé. C'est maman Claudette qui a décroché.

— Anjela sera enterrée mardi, quinze heures.

— Comment ? Demain ? Mais c'est impossible ! Il faut retarder la cérémonie…

— Je regrette, je ne maîtrise pas tout… Mais il n'y a aucun problème. Vous avez de quoi noter ?

Il y avait un vol Aer Lingus Paris-Shannon le mardi matin. Arrivée dix heures. Trois heures de route de

Shannon à Keelkyle. Retour le mercredi. Vingt-quatre heures à les supporter.

— Nous aurions pu rester quelques jours, a dit papa Lulu.

— Pardonnez-moi, je n'y ai pas pensé. Vous changerez vos billets sur place.

J'espérais qu'ils ne le feraient pas et mon secret espoir, encore plus exécrable que mes manigances pour retarder leur arrivée, c'était qu'ils ratent leur avion. Je les haïssais de nouveau, encore plus que l'assassin de Magali et d'Anjela – sans doute parce que je ne doutais pas qu'il serait condamné à la réclusion à perpétuité et que mon désir de vengeance s'en trouvait d'ores et déjà apaisé, tandis que, face à maman Claudette et papa Lulu, j'étais impuissant, parce qu'ils avaient tant à me reprocher et que je n'avais rien à leur reprocher.

Ce lundi matin, vers neuf heures, Sally a fait entrer deux dames d'un certain âge, aimables et discrètes. Les habilleuses de morts… Le nécessaire était prêt sur le lit. Les chaussures, la robe d'été… Elles apportaient les journaux du jour.

— L'avis d'obsèques est paru, a dit Sally.

J'ai hoché la tête en me disant : Ah oui, l'annonce mortuaire, mais à quoi bon, une annonce ?

Un van de la morgue de Dublin s'est garé devant le perron, suivi de la Ford Granada de Paddy O'Grady. Deux employés en blouse verte ont sorti un caisson de la camionnette et l'ont porté dans la chambre, où Paddy O'Grady a coupé les scellés. Le van est reparti. Son moteur était étonnamment silencieux, ou bien c'était moi qui n'entendais plus.

— Gwendal, laissez-nous, maintenant, m'a dit Sally. Je vous appellerai...

J'ai proposé un café à Paddy O'Grady. Il a refusé. Il se balançait d'un pied sur l'autre, regardait ses chaussures.

— Dickie raconte des histoires, a-t-il fini par dire, et Sean Delaney reste muet. Désolé. A demain.

— A demain.

Sally m'a prié de venir... La fenêtre était ouverte et les doubles rideaux tirés. Le courant d'air les gonflait doucement et faisait vaciller la flamme des cierges. Les dames se tenaient près du cercueil, mains croisées sur le ventre, comme si elles attendaient mon jugement sur leur ouvrage.

Dans la robe blanche, c'était le corps d'Anjela, c'étaient les mains d'Anjela jointes sur un lys, mais ce n'était pas le visage d'Anjela, juste un pauvre masque mortuaire maquillé aux couleurs de la vie. J'ai posé mes mains sur les siennes. Qu'elles étaient glacées ! J'ai perçu un très faible ronronnement, et aperçu le fil électrique. Sally a haussé les sourcils, l'air peinée. Sous Anjela il y avait une alèse réfrigérée. Rien ne nous était épargné. Je me suis écroulé dans le fauteuil.

Jusque tard le soir, ce fut un vrai ballet de voitures devant le perron. Fleuristes qui livraient de nouvelles fleurs, gens des alentours en visite. On venait me serrer la main, *accept my sympathy, thank you*, on aspergeait Anjela d'une goutte d'eau bénite, on récitait une prière, on se retirait sur la pointe des pieds, *accept my sympathy*, *thank you*, *thank you*. De la salle où Sally avait dressé un buffet me parvenait un brouhaha de chuchotements. La nuit est tombée. « Pour toujours », aurais-je dit, d'après Sally, en m'endormant dans le fauteuil. Et puis le jour s'est levé…

Edmond a déposé Margaret à l'aube et filé à Shannon Airport. Prévoyant, il avait préparé un panonceau : *Parents d'Anjela*… Des heures plus tard, Margaret m'a prié de venir manger.

— Il faut prendre quelque chose, sinon vous ne tiendrez pas le coup… Edmond a appelé de Shannon, l'avion était à l'heure.

Le corbillard, un break Cadillac noir, est arrivé à quatorze heures trente. Sally a dit aux types des pompes funèbres que nous attendions les parents d'Anjela. Ils n'ont pas tardé. Maman Claudette m'a tendu sa joue molle, papa Lulu m'a donné l'accolade, puis s'est essuyé les yeux. Nous nous sommes tous les trois recueillis devant le corps d'Anjela. Maman Claudette n'a pas pu s'empêcher de tâter sa robe – « La robe qu'elle portait aux fiançailles de… Si ce n'est pas malheureux… » Elle a soulevé le bandage, l'espèce de guimpe de nonne qui ceignait la tête de mon Anjela – « Elle avait de si beaux cheveux… » Ah, bon Dieu, bon Dieu, bon Dieu ! Maman Claudette !

Pendant ce temps, Margaret, Sally et les croque-morts transportaient les fleurs dans le corbillard.

C'était l'heure. J'ai embrassé le front d'Anjela, Maman Claudette a détourné la tête, le couvercle du cercueil a été vissé et j'ai serré les dents. Je ne les desserrerais qu'à la sortie du cimetière.

Il y avait autant de monde à l'extérieur de l'église de Keelkyle qu'à l'intérieur. Le glas s'est mis à sonner. Nous avons été filmés et photographiés tandis que nous gravissions les marches à la suite du cercueil.

Nous avons gagné nos places au premier rang, près de l'autel, près d'Anjela. Le glas s'est tu.

La messe a été magnifique. Le prêtre a fait pleurer l'assemblée.

J'ai pu mesurer le nombre inouï de gens à la durée des condoléances. La présence de cette foule, je l'ai ressentie comme un acte de contrition collective. L'Irlande me priait de lui pardonner cet atroce manquement au devoir d'hospitalité.

D'ordinaire, quand on enterre un Irlandais, un interminable défilé de voitures accompagne le mort au cimetière. En la circonstance, l'enterrement d'une étrangère, des gens avaient dû s'interroger. Mais Sally avait fait passer le mot : en France seuls la famille et les amis assistent à l'inhumation.

C'est un bien maigre cortège qui s'est dirigé vers Leenane : le corbillard ; maman Claudette, papa Lulu et moi dans la Range Rover ; Edmond, Margaret et Sally dans la Mercedes ; Paddy O'Grady fermait le cortège dans sa Ford Granada, en protection. Je l'avais entendu enjoindre aux journalistes de ne pas nous suivre… Le prêtre accompagnait Paddy O'Grady, pour prononcer les mots ultimes, avant que la terre ne recouvre Anjela.

Au cours de nos pérégrinations, nous avions visité – un bien grand mot pour quelques pas entre les quelques tombes – le cimetière de Leenane. Le paysage reproduisait, en plus grandiose, celui de Ballynakill. L'estuaire de deux fleuves, l'Erriff et la Delphi, des montagnes, de belles propriétés nichées dans des bouquets de pins écossais, un village. En plaisantant, mais peut-être pas tant que ça, nous étions convenus que c'était un bel endroit où reposer pour l'éternité.

Deux fossoyeurs attendaient au bord du trou. Les jonquilles sauvages étaient en fleurs un peu partout entre les stèles. Anjela reposerait entre un Tomás Joyce et un Michael Ward, face au Ben Gorm dont le sommet était encore enneigé.

Anjela a été descendue dans la fosse, le prêtre a lu un texte, nous avons jeté une poignée de terre sur le cercueil. Maman Claudette et papa Lulu sont restés sidérés, il m'a fallu les entraîner hors du cimetière. J'ai invité tout le monde à dîner au bar du Leenane Hotel. Cet hôtel a toujours été peint en rose. Ça compensait un peu tout ce noir.

Pendant le repas, j'ai fait exprès de parler anglais avec Sally, Edmond, Margaret et Paddy O'Grady, afin de clouer le bec à maman Claudette.

Mais, de retour à Ballynakill, elle n'a pu retenir un tas de questions qui lui brûlaient les lèvres. J'ai prétexté une épouvantable migraine pour aller me coucher. Sally s'est occupée de leur montrer leur chambre.

Le lendemain, maman Claudette m'a demandé :

— Mais qui est cette femme ?

— La bonne.

— Elle vit avec vous ?

— Non, elle loge ici depuis jeudi soir. C'est elle qui a tout organisé. Entre autres, c'est elle qui a habillé Anjela.

— Ah !

Avant de prendre la route, papa Lulu a marché un peu dans le parc et le long de la Blackross. Le malheureux, je ne doutais pas que sa peine fût immense, mais il était décidément indécrottable.

— C'est quand même incroyable, cet héritage… ça doit valoir une sacrée pincée… C'est vrai que vous auriez pu être heureux tous les deux, dans un endroit pareil…

Dans la voiture, j'ai répondu par des onomatopées aux questions réitérées de maman Claudette. Elle ne m'en a pas trop voulu, puisque, lorsque je les ai quittés devant le comptoir d'enregistrement, elle m'a remercié.

— Ça ne fera pas revenir Anjela, mais je voulais vous dire que… Cette messe, ce cimetière au bord de la mer, toutes ces fleurs, tous ces gens, jamais je n'aurais cru… Je vous avoue, je craignais un enterrement à la sauvette et…

— Je fleurirai sa tombe, je vous le promets.

— Vous nous direz, pour l'enquête ? Nous comptons bien venir au procès, n'est-ce pas, papa Lulu ?

— Sûr ! La peine de mort existe toujours, en Irlande ?

— Non.

— Dommage.

— Je vous tiens au courant. Au revoir.

A Ennis, j'ai pris la route d'Ennistimon. J'ai éprouvé le besoin de traverser le Burren. De voir se refléter ma vie sans Anjela dans le miroir de ce paysage dépouillé.

Un désert.

Un mot qui est aussi un verbe, en anglais. *You deserted me*, tu m'as abandonné…

Et le reste ne compte plus.

24

Le reste relève du roman policier qu'on serait bien en peine d'écrire. Il n'y avait pas d'énigme à résoudre. Pour moi cela ne faisait aucun doute, c'était Sean Delaney l'assassin. Son alibi en béton, fourni par trois des employés de la Salmon Farming Inc., prouvait sa culpabilité. A contrario, Dickie était innocent, puisqu'il n'avait pas d'alibi. Ils furent interrogés le lendemain du double crime et ressortirent libres du poste de la Garda de Letterfrack le soir même.

— Le droit pénal anglo-saxon est régi par la règle de l'habeas corpus, m'expliqua Edmond. Si la police arrête quelqu'un, il doit être présenté au juge séance tenante. Et on ne va pas devant le juge sans preuves matérielles évidentes. Nous ne pratiquons pas la religion de l'aveu, ni encore moins l'intime conviction du juge. Nous n'exerçons aucune pression sur le suspect pendant la garde à vue. Il est libre de ne pas prononcer un mot. L'habeas corpus protège les innocents, mais profite aussi aux coupables.

Mieux vaut dix coupables en liberté qu'un innocent en prison ? Quand une Anjela et une Magali ont été sauvagement assassinées, ce bel humanisme a tôt fait de s'évaporer. On devient fasciste. On se prend à regretter les gardes à vue prolongées, les interrogatoires musclés, les aveux arrachés à un suspect hébété. On se prendrait à regretter le bon vieux temps de l'Inquisition… Ce n'étaient pas les méthodes de la police irlandaise.

Un peu comme on découpe dans le journal l'avis d'obsèques d'un proche pour le ranger dans son portefeuille – j'avais vu mon père le faire lors du décès de ma mère –, je me plongeai dans la lecture de la presse avec cette curiosité malsaine et cette part d'exhibitionnisme qui vous incite à voir comment les autres vous ont regardé.

Il y avait des articles sérieux de journaux sérieux, il y avait des articles putassiers de journaux populaires anglais. Je fus estomaqué de découvrir à quel point les envoyés spéciaux des tabloïds avaient poussé leur enquête à Keelkyle. Je fus ulcéré de découvrir que de bonnes âmes leur avaient ouvert leurs boîtes à ragots. Magali était salie, décrite comme une femme « de moralité plus que douteuse », faisant la nouba dans les pubs et organisant des parties fines chez elle, pendant que son mari risquait sa vie au Liban.

Anjela et moi n'étions pas épargnés. L'étendard de la francophobie était brandi : notre amitié, un bon vieux ménage à trois, une spécialité française, n'est-ce pas ? Mon silence était interprété. « Gwendal Maguern a refusé tout interview. Qu'a-t-il donc à cacher ? Les origines un peu louches d'un héritage fabuleux ? » Et allons donc ! Si je n'avais pas été à la pêche avec Edmond à l'heure du crime, j'aurais eu quelques soucis à me faire. Les journalistes de caniveaux m'auraient bien trouvé quelque mobile…

Ils firent mousser le fait divers en inventant des fausses pistes : en tête de liste, Maurice et David, les « amants » de Magali ; puis ses nombreuses « relations » ; enfin, le mystérieux rôdeur, obligatoire en la circonstance, pour maintenir le suspense, le temps qu'une nouvelle affaire croustillante jette « le double crime de Keelkyle » aux oubliettes.

Pour Edmond, Paddy O'Grady et moi, il n'y eut jamais d'autre suspense que celui de la découverte d'un indice matériel qui aurait permis l'arrestation de Sean Delaney. Les élucubrations des tabloïds, le mystérieux rôdeur, Maurice et David, les « nombreuses relations » de Magali, tout cela ne tenait pas la route. Il n'y avait en tout et pour tout que deux suspects, qui avaient chacun un mobile. Le même : la vengeance.

Dickie incarnait le suspect idéal. Paddy O'Grady m'apprit que, dans un passé assez lointain, il avait eu maille à partir avec la justice, pour avoir « ennuyé » des petites filles – et je me rappelai alors cette question qu'il m'avait posée le soir de la réunion publique chez Moran : « Vous avez embauché ce bras cassé de Dickie, m'a-t-on dit. Il ne vous cause pas de soucis ? » Je me rappelai aussi l'histoire du voyeur au carreau de la salle de bains. Dickie était un ivrogne, Dickie était l'idiot du village et Dickie n'avait aucun alibi. Au moment du crime, il était chez lui, dans son taudis. Il regardait la télé.

En France, son compte aurait été bon. On peut imaginer qu'avant la quarante-huitième heure de garde à vue il aurait signé des aveux circonstanciés. Pas en Irlande. En Irlande ce n'est pas au suspect de prouver son innocence, c'est à la police de prouver sa culpabilité. Or, aucune preuve ne pouvait être opposée à la simple dénégation de Dickie, « C'est pas moi ». Eût-il été coupable que ses haillons auraient été maculés du sang de ses victimes – il n'aurait même pas songé à se changer. Et puis, lui qui n'avait ni voiture, ni vélo, comment aurait-il suivi la Range Rover ? Il se serait trouvé par hasard sur la falaise de Caher Pier, et là, pris d'une pulsion assassine, il les aurait tuées, sans essayer de les violer, lui qui avait un temps fait la sortie de l'école des filles ? Ça ne tenait pas debout.

Tandis que l'absence totale d'indices désignait Sean Delaney.

Il aperçoit la Range Rover cahotant sur les hauteurs de Caher Pier. Il voit Magali et Anjela en descendre et s'en aller le long de la falaise. Il regarde autour de lui et se saisit du premier objet qui lui tombe sous les yeux : une arme redoutable entre les mains d'un ancien commando, un marteau – probablement de forme cubique, du genre massette de maçon, précisait le rapport du médecin légiste. Ses gars sont occupés à diverses bricoles, il contourne le bâtiment préfabriqué, marche le long de la grève, camouflé par la falaise en surplomb. Il marque le pas de temps en temps. Ecoute les voix des filles, là-haut. Mesure l'éloignement de Caher Pier. Se représente la pâture, localise les bâtiments de ferme, estime qu'ils sont cachés par un mamelon. Il escalade la falaise, tombe pile derrière Magali, l'assomme, l'achève. Un peu plus loin, Anjela observe les oiseaux à la jumelle. Elle se retourne, voit Sean Delaney achever Magali. Elle crie, s'enfuit, il la poursuit, la rattrape dans la valleuse, la saisit par le col, la retourne et lui fracasse le front.

Variante de peu d'importance : il n'escalade pas la falaise mais remonte par la valleuse. Il tombe face à face avec Anjela. Il lui fracasse le front. Il tue Magali par-derrière, soit en la surprenant, soit en la poursuivant.

Il jette le marteau le plus loin possible dans la mer et revient par la grève. Ses gars ne se sont même pas aperçus de son absence, qui a duré moins d'une heure.

Variante très vraisemblable : ses gars le voient revenir, ses vêtements tachés de sang. « Je n'ai jamais bougé d'ici, leur dit-il. Quoi qu'il arrive, j'ai bossé avec vous toute l'après-midi. Compris ? » Il jette ses vêtements, tous ses vêtements, y compris son caleçon, ses chaussettes et ses chaussures dans un baril vide qui sert à brûler des déchets, les arrose d'essence et y met le feu. Il s'en va prendre une douche.

Deux ans plus tard, à la suite d'une rumeur lancée par un inconnu dans un pub de Wexford, selon laquelle, le jour du crime, Sean Delaney s'était « foutu à poil » et avait « brûlé ses fringues », des inspecteurs de la Garda iront l'interroger à Glasgow, où la Salmon Farming Inc. l'aura muté. « Qu'on me le présente, ce foutu témoin ! » se gargarisera Sean Delaney. Le témoin ne sera jamais retrouvé.

Voilà la version du double crime que nous avons établie, Edmond, Paddy O'Grady et moi. Nous n'en démordrons jamais.

Environ une année après l'interrogatoire de Sean Delaney à Glasgow, le dossier fut clos, sans que je me renseigne sur ce que cela signifiait. Pouvait-il être rouvert ? J'espérais que non. C'eût été exhumer le corps d'Anjela.

Voilà, j'ai réussi à l'écrire, ce dont je me souviendrai toute ma vie, et, pour peu que l'éternité existe, éternellement, comme si c'était hier…

25

Quinze années se sont écoulées depuis le départ d'Anjela. L'Irlande a changé. Galway et la plupart des capitales de comtés sont cernées de boulevards périphériques. Les maisons et les bâtiments industriels poussent comme des champignons. Dans les ports, à Cork, Limerick, Galway, Sligo, les anciens docks sont transformés en lofts luxueux. L'argent ruisselle. Là où des contournements de villes ne sont pas encore achevés, il y a des embouteillages de 4 × 4, de Mercedes et de BMW flambant neuves.

Les Irlandais ont-ils changé ? Je n'en sais trop rien et à dire vrai je m'en contrefous. Nous nous étions promis, Anjela et moi, d'être comme une perle dans l'huître irlandaise. Je suis plutôt comme un bernard-l'ermite dans une vieille coquille ébréchée. La toiture de Ballynakill aurait bien besoin d'être refaite et le parc est retourné à l'état de jungle.

Dans la semaine qui suivit les obsèques, je chargeai Carolyn Cusack de vendre le McGoverns' Will. Depuis, il a été revendu deux fois et, ainsi que le craignait Joséphine O'Flaherty, transformé en établissement clinquant. La guesthouse a été divisée en appartements par un promoteur.

Beaucoup de gens sont morts : Joséphine O'Flaherty, quelques semaines après le double crime. Puis Duffy McMahon, monsieur Moran, maman Claudette, Edmond et Margaret, dans un crash aérien, en Patagonie où ils étaient partis pêcher la truite de mer.

La pêche… Je me suis mis au goût du jour, qui veut qu'on tire profit de tout et de n'importe quoi. J'ai loué à l'année la Blackross et le Lough Nakeela à une société qui les sous-loue à la journée.

Sally fait les courses et s'occupe de tout.

Sally est ma gouvernante.

Sally est ma femme.

Le second référendum sur le divorce a été le bon. Sally a divorcé et je l'ai épousée.

Sally est une gouvernante efficace et une épouse adorable. Il ne lui manque aucune de ces délicates intuitions des âmes pures indulgentes à l'égard des petitesses d'autrui.

Je peux dire sans mentir que Sally parle d'Anjela presque tous les jours. Anjela aurait fait comme ceci, Anjela aurait fait comme cela, Anjela aurait aimé ces fleurs, Anjela aurait voulu qu'on recouvre ce canapé d'un nouveau tissu… Au début, cela me rendait mélancolique, et puis j'ai fini par comprendre que c'était la meilleure façon d'éviter qu'Anjela ne nous sépare, qu'elle ne soit pas entre nous mais avec nous, tout le temps.

Sally ne me reproche jamais mes silences. Sally est toujours gaie. Sally est toujours enthousiaste. Une fois par semaine, nous allons dîner chez Moran. Une fois par mois, nous allons dîner et passer la nuit à Leenane.

De la fenêtre de notre chambre, au Leenane Hotel, nous avons vue sur le cimetière, de l'autre côté de l'estuaire. Avec un peu d'imagination, ou de suggestion, nous devinons ou croyons deviner la tache claire des fleurs sur la tombe d'Anjela. Sally plante et chérit des parterres de fleurs rien que pour composer les merveilleux bouquets qu'elle offre à Anjela.

Sally est plus qu'indulgente à l'égard de mon principal défaut. J'ai suivi l'exemple de Duffy McMahon : je suis a *silent drinker*. Je ne bois que le soir, et du whiskey de qualité. Après dîner, Sally pose un verre, ma bouteille et des glaçons sur la table basse du salon. Je me sers, elle sourit. Elle sourit parce que je ne dépasse jamais la dose qui me rend gai, seulement gai. Pour nous deux, ce moment est le meilleur moment de la journée.

Sally est heureuse de vivre à mes côtés, je suis heureux qu'elle soit à mes côtés.

Je l'ai couchée sur mon testament. Comme il est probable qu'elle me survivra, elle héritera de Ballynakill, et son fils après elle, et les enfants de son fils après lui. Ainsi le testament des McGovern se perpétuera-t-il de génération en génération d'Irlandais.

Si elle meurt avant moi, c'est le village de Keelkyle qui héritera. Ainsi on parlera une dernière fois du testament des McGovern comme d'un conte de fées. Un étranger lègue sa propriété à un village du comté de Mayo où sa femme et leur amie furent assassinées.

On dira, on écrira : « C'est bien la preuve qu'il a pardonné à l'Irlande. »

Mais ce ne sera pas tout à fait vrai, je le crains.